낮잠

낮잠

한수영 장편소설

차례

1

아버지를 죽이지 않겠습니다.

이 밖에 알아내지 못한 죄도 용서해주십시오.

담임은 제자들의 영혼에 관심이 많은 사람이었다. 고2라는 시기를 무사히 넘기고 1년 뒤 수능시험에서 좋은 결과를 얻으려면 은혜가 필요하다, 은혜를 받으려면 영혼이 맑아야 한다, 영혼이 맑으려면 죄에 대한 고백을 해야 한다. 담임은 그렇게 믿었다.

마르고 큰 키에 홍학처럼 목을 길게 빼고 걷는 담임의 모습은 멀리서도 눈에 띄었다. 두 팔을 옆구리에 붙인 채 뒤돌아보거나 옆을 보는 법 없이 직진했는데 어쩌다 팔이 흔들리기라도 하면 얼른 몸통에 끌어다 붙이곤 했다. 두 눈은 에덴동산에서 벌어진 일을 목격이라도 한 것처럼 커다랗게 열려 있었고, 그 아래 놓인 긴 코가 누런 얼굴을 정확히 둘로 나누었다. 오른손에는 늘 30센티 정도 되는 막대기가 들려 있었다. 손의 일부가 자라난 것처럼 보였는데 용도는 다양했다.

매주 수요일 6교시는 전교생이 학급별로 토론과 회의를 하는 시간이었다. 학기 초, 각 반의 교훈을 정하고 학생회 임원을 선출하는 일 따위가 이 시간에 이루어졌다. 그러고 나면 두어 번 회의 비슷한 걸 하다가 자율학습 시간으로 활용되었다. 담임은 창가 책상에 앉아 보고서 작성이나 성적 산출 작업을 하고, 학생들은 재량껏 무협지를 넘기거나 밀린 숙제를 하는 것으로 50분을 보내곤 했다. 하지만 3층 복도 맨 끝에 자리한 2학년 7반 교실 풍경은 어딘가 달랐다.

—고백합니다.

한때 독실한 기독교 신자였던 담임은 제자들의 영혼을 위해서라면 삼천배든 오체투지든 뭐든 할 수 있다고 자신하는 사람이었다. 그러니 제자들이 죄를 고백할 수 있도록 가톨릭의 고해성사 형식을 빌리는 것쯤은 어려운 일이 아니었다.

은혜는 깨끗한 그릇에 받아야 한다.

담임은 그렇게 말했다. 이런 눈물겨운 사랑에 몇몇 배은망덕한 제자들은 체체파리처럼 붕붕거리는 것으로 보답했다. 담임의 담당 교과인 생물 시간에 진화론과 창조론을 들먹이며 시시껄렁한 질문을 해대는 거였다. 담임은 성가셔했지만 난처해하지는 않았다. 오른손에 쥔 막대기를 몽매한 파리떼 눈앞에 흔들어 보이며 창조론의 당위를 설파하곤 했다. 달아오른 얼굴에 어쩌다 조바심이 비치기도 했지만 그건 말하는 동안 새롭게 솟아난 확신이 가져다준 희열 때문이었다.

아무려나 매주 수요일 6교시, 2학년 7반 학우들은 1분단 맨 앞에서부터 4분단 맨 뒤까지 한 사람도 빠짐없이 일어나 자신의 죄를 고백해야 했다.

—어제 야자 빠지고 오락실에 갔습니다.

—지난 금요일 지각한 건 배탈이 아니라 늦잠 때문이었습니다.

—동생을 때렸습니다.

—문제집 사야 할 돈으로 신해철 테이프를 샀습니다. 이 밖에 알아내지 못한 죄도 모두 용서해주십시오.

이 과정은 세 단계를 거쳐 완성되었다. 죄를 고백한다, 용서를 빈다, 담임이 아멘, 이라는 말과 함께 숙제를 내준다. 담임 말에 따르면 고백으로 죄는 용서를 받지만 벌까지 없어지는 건 아니었다. 벌을 없애려면 담임의 훈계를 가슴에 새기고 그가 내준 숙제를 해야 했다. 숙제는 고백 내용과 상관없이 둘 중 하나였다.

매일 아침 수학 문제 다섯 개씩 풀기.

혹은, 매일 아침 영어 단어 열 개씩 외우기.

일주일이면 벌써 몇 개냐. 바위는 그렇게 뚫는 거다.

영혼을 위한 프로그램에도 불구하고 잊을 만하면 도난 사고가 발생하고 폭력 사건이 이어졌다. 그 사실이 담임을 괴롭혔지만 이 프로그램은 몇몇 학부모의 거센 항의로 중단되기까지 몇 달 동안 이어졌다. 또 그 몇 달 뒤에는 성수대교 무너져 내리는 소리가 이 도시를 흔들겠지만 아직은 나지막이 고백하는 소리로 수요일 오후가 지나가고 있었다. 창밖에서 연둣빛 이파리를 단 백양나무가 2학년 7반의 죄 많은 영혼들과 함께했다.

처음에는 제법 진지했다. 이 새로운 경험이 아이들을 고양시키는 듯했다. 게으름과 질투, 음란, 자만, 과욕에 대한 고백이 이어졌다. 간혹 눈앞이 환해지는 은혜를 경험했다는 얼빠진 놈이 나오기도 했다. 하지만 그 나이 때 대부분의 일이 그런 것처럼 처음의 진지함은 오래가지 못했다. 몇 번 하고 나자 시들해지기 시작했다. 죄 같지도 않은 죄를 줄줄이 늘어놓는 놈은 공공의 적이 되었다. 놈 때문에 다른 반보다 종례가 늦어지는 대참사가 발생하기 때문이었다. 몇 번의 참사 뒤로 2학년 7반 학우들은 어떻게든 수업 시간 안에 끝내는 단체 기술을 터득했다.

짝꿍이나 옆 반 친구의 죄를 빌리는 놈들이 생겨났다. 어떤 놈은 쉬는 시간에 급히 죄를 발명하기도 했다. 대담한 몇몇은 더 이상 고백할 죄가 없다고 고백했다.

―고백합니다.

그날, 거기서 거기인 고백들이 끝난 뒤 한상오가 맨 마지막으로 일어났다. 벌써 여기저기서 키득거리기 시작했다. 점심시간에 한상오는 몰려다니는 몇몇과 예행연습을 해둔 터였다. 녀석들 주변에는 언제나 고백할 것이 차고 넘쳤다. 만장일치로 그중에서 가장 짭짤한 걸 골랐다. 며칠 전 만원버스에서 옆에 있던 여학생한테 벌인 수작에 관한 거였다.

―아버지를 죽이지 않겠습니다. 이 밖에 알아내지 못한 죄도 모두 용서해주십시오.

놀란 몇몇이 실눈을 뜨고 한상오를 바라보았다. 고해 의식을 할 때는 눈을 감아야 한다는 규칙이 있었지만 한상오는 칠판의 한 지점을 뚫어지게 바라보고 있었다. 맨 뒤에 앉을 만큼 큰 키에 좋은 맷집, 왼쪽 눈에서 시작해 광대뼈 아래까지 덮은 두텁고 검은 반점, 그걸 의식해서인지 왼쪽으로 살짝 기운 고개, 내려찍듯 책상을 딛고 있는 굵고 짧은 손가락. 체중이 온통 거기로 쏠린 듯 손톱에 핏기가 없었다.

팬다, 개새끼. 점심시간에 모의했던 녀석들 중 하나가 뒤돌아보며 잇새로 내뱉었다. 녀석은 한상오를 향해 주먹을 쥐어 보였다. 녀석과 눈이 마주치자 한상오는 재빨리 윙크를 날렸다. 하지만 자신의 고백을 스스로도 이해하지 못하겠다는 표정이었다.

―그게 어떻게 죄가 된다는 거냐?

담임의 목소리는 오른손에 쥔 막대기에서 흘러나온 것처럼 딱딱했다.

담임은 고백 첫 시간에 죄에 대한 정의를 말해주었다. 죄란 나쁘다는 걸 알고도 자신의 양심을 거슬러 행동하는 걸 말한다. 우리는 여기서 한 발 더 나아가야 한다. 행위까지 가지 않더라도 마음먹은 것만으로도 죄가 된다. 더 큰 은혜를 받기 위해서는 더 엄격해야 한다. 알겠나? 몇몇은 그 말을 받아 적기까지 했었다.

―죄가 되나?

한상오의 대답을 듣지 못한 담임이 교탁 앞으로 나서며 다시 물었다.

―아무튼…… 저에게는 죄가…… 되는 것 같습니다. 죽여드려야 하는데……

한상오는 자신도 어쩔 수 없다는 듯 고개를 흔들었다.

―아버지를 죽이지 않는 게 죄란 말이지?

―예. 못하겠으니까……

누군가가 소리 죽여 기침을 했다. 의자들이 삐걱거렸다. 담임은 모두가 지켜보는 가운데 순식간에 늙어버렸다. 손에 쥔 막대기로 책상을 짚고 그 위에 간신히 가슴을 얹고 있었다.

―앉아라.

담임은 갈라진 목소리로 말하며 돌아섰다. 고백 뒤에 해주는 아멘도, 숙제도 없었다. 담임의 말을 듣지 못했는지 한상오는 그대로 서 있었다. 조금 전 누나의 일기장을 훔쳐봤다고 고백한 짝꿍이 한상오의 셔츠를 당겨 앉혔다.

2

2학년 7반 반장 이현우는 2분단 중간에 앉아 있었다. 교실의 배꼽에 해당하는 자리였다. 전교 1등을 놓친 적 없고 친구 없이 압도적으로 혼자인 이현우와 급우들의 세계는 겹쳐지는 게 없었다. 그가 아는 급우들은 땀냄새를 풍기고, 아이스크림을 돌려가며 빨거나, 체육복 바지를 서로 빌려 입고, psycho를 피지코로 발음하는 사이코들이었다. 이현우의 그들을 향한 경멸은 이 시간에 최고조를 이루었다. 담임은 모두 눈을 감으라고 했지만 이현우는 실눈을 뜨고 고백하는 아이들을 지켜보곤 했다. 거기에는 누군가의 수음 장면을 엿보는 것처럼 역겨우면서도 아찔한 데가 있었다. 어떻게 그럴 수 있는지 이해하지 못한 채, 이현우는 혼란스러운 평화 속에서 종종 아랫도리가 부풀어 오르는 경험을 하기도 했다.

한상오의 고백이 끝났을 때, 이현우는 뒤돌아 한상오를 바라보고 싶은 걸 애써 참았다. 지금까지 한상오와 한 번도 말을 해본 적이 없었다. 반장이라고 반 아이들 모두와 트고 지낼 의무가 있는 건 아니었다. 뒷문 근처 어디쯤에 한상오가 있다는 건 알고 있었다. 그의 왼쪽 얼굴을 뒤덮은 오타반점은 월요일 아침마다 전교생을 운동장에 모아놓고 훈시를 늘어놓는 교장이 연단에서도 알아볼 정도였다. 그 반점 때문에 녀석의 별명은 '팬다'였다. 언젠가 이현우는 복도를 지나다 한상오 패거리가 낄낄거리는 걸 본 적 있다. 오늘 야자 시간에 팬다가 1학년 그 새끼 팬다는데. 오타반점이 '판다'를 연상시키고 거기에 한상오의 거친 말투와 주먹이 모음 하나를 더 붙게 만들었다. 그래서 '팬다'. 급우들의 창의력이라는 게 기껏 그 정도였다. 그가 누구든, 뭐라 불리든, 그때까지만 해도 이현우에게는 한상오가 존재하지 않았다.

이틀 뒤. 이현우는 체육 수업이 끝나고 운동장을 가로지르다 걸음을 늦추었다. 뒤쪽에서 한상오 패거리가 모래먼지를 피워 올리며 걸어오고 있었다.

—한상오.

이현우 자신에게도 자신의 목소리가 낯설었다. 햇빛은 쨍한데 소름이 돋았다.

—에이, 설마. 나?

한상오가 손가락으로 자신의 가슴팍을 찌르며 천천히 다가왔다. 다른 녀석들은 이현우의 표정을 보더니 그대로 가버렸다. 이현우는 한상오의 얼굴에서 한참 동안 눈을 뗄 수 없었다. 이렇게 가까이서 그를 보는 건 처음이었다. 왼쪽 눈을 둥 그렇게 감싼 야구공 크기의 반점이 관자놀이에서 휘어져 광대뼈 아래까지 덮고 있었다. 반점은 아래로 내려오면서 조금 옅어졌는데 검은색이 아니라 자줏빛이 도는 보라에 가까웠다. 왼쪽 눈동자는 반점 깊숙이 박혀 있었다. 그래서인지 어딘가 기우뚱해 보였다.

—이것 땜에?

한상오가 이기죽거리며 자신의 왼뺨을 찰싹 소리가 나게 쳤다. 지금껏 이렇게 노골적으로 자신의 얼굴을 바라보는 놈은 없었다. 다른 때 같으면 벌써 주먹이 나갔을 거였다.

—정말이냐?

이현우는 한상오의 눈으로 천천히 시선을 옮기며 물었다.

—뭐가?

—지난번 고백한 것.

—고백? 내가 뭘 고백을 했더라? 지은 죄가 하도 많아서.

—아버지 죽이겠다는……

한상오는 말없이 이현우를 바라보았다. 그러다 갑자기 키득거리기 시작했다. 검은 반점이 그의 길게 찢어진 눈을 삼켜버렸다. 웃음을 멈춘 것도 갑작스러워 사라진 눈이 되살아났을 때는 더 서늘해 보였다. 한상오는 모래 바닥에 침을 뱉은 다음 운동화 앞축으로 문질렀다.

—너만 못 들은 거냐? 그렇게 학생이 수업 시간에는 집중

을 해야지. 죽이지 못하겠다고 했잖냐.

한상오는 고개를 흔들었다. 그러고는 이현우에게 바짝 다가와 속삭였다.

—너, 그러고 싶구나?

이현우는 한 발짝 물러나며 쏘아보았다. 한상오는 자신의 목을 긋는 시늉을 해 보이며 킬킬거리기 시작했다. 웃음소리가 점점 커졌다. 벌어진 입 안쪽에 검게 썩은 어금니가 보였다. 앞서가던 녀석들이 뒤돌아 이쪽으로 달려오고 있었다. 이현우는 그들 중 누구와도 눈을 마주치지 않고 지나쳤다.

—이 밖에 알아내지 못한 죄도 모두 용서하소서.

한상오가 이현우 등에 대고 외쳤다. 이현우는 뒤돌아보는 실수 같은 건 하지 않았다.

며칠 뒤, 이현우는 자습 시간에 빠져나간 한상오 패거리를 칠판 앞으로 불러냈다. 담임은 반장에게 자신을 대리할 권한이 있다고 선포했었다. 이현우는 한상오를 대표로 지목해 패거리 숫자만큼 엉덩이를 때렸다.

—씨팔, 관심 있으면 말로 해야지 이게 뭐냐?

한상오는 얼얼한 엉덩이를 털어내며 이현우를 향해 한쪽 눈을 찡긋했다.

3

—들어와. 그러려고 따라온 거잖아.

한상오는 골목을 올라오는 내내 뒤돌아보지 않았다. 그러다 골목 끝 막다른 집, 문이라고도 할 수 없는 문 앞에서 홱 고개를 틀며 말했다. 학교 앞 버스정류장에서부터 이현우의 존재를 알고 있었다. 녀석은 등하교를 기사 딸린 세단으로 하기 때문에 버스라고는 탈 일이 없는 몸이셨다. 그런 녀석이 자신을 따라 버스에 올랐고 종점 부근에서 따라 내렸다. 버스 유리창에서 눈이 마주치기도 했지만 서로 못 본 척했다.

—이런 데 첨이지?

한상오는 굳은 표정의 이현우와 골목을 번갈아 보며 킬킬거렸다. 이현우는 무슨 말이든 하고 싶었지만 떠오르는 게 없었다. 좁고 냄새나는 골목에서 들려오는 소음과 불에 탄 것처럼 엉겨붙은 지붕들이 믿기지 않을 뿐이었다.

—더한 것도 있어.

한상오는 턱으로 집 안을 가리키더니 문을 밀치고 들어갔다. 이현우는 따라 들어갔다. 눅눅하고 쏘는 듯한 냄새가 기다리고 있었다. 이현우는 숨을 참을 수 있을 만큼 참았다가 표시 나지 않게 내쉬었다. 어둑한 실내에 눈이 적응하는 데 시간이 걸렸다. 방 한쪽에 기다랗고 홀쭉한 자루 비슷한 게 놓여 있었다. 아버지. 한상오가 중얼거렸다. 아버지를 부른 건지, 이현우에게 네가 보고 있는 게 우리 아버지야, 라고 말해주는 건지 알 수 없었다.

—왔어요.

한상오는 냉장고에서 꺼낸 페트병을 흔든 뒤 걸쭉한 뭔가를 컵에 따르며 말했다. 그는 자루와 벽 사이에 컵을 내려놓았다. 자루가 움직이는 듯하더니 반백의 머리가 드러났다. 아버지. 한상오가 다시 중얼거렸다. 이현우는 방 가운데 엉거주춤 서 있는 자신이 바보처럼 느껴졌다. 한상오에 대해 아는 건 없지만 적어도 교실에서 본 팬다가 아닌 건 분명했다. 돌아 나오고 싶은데 끈적한 비닐장판에 발바닥이 붙어버린 것처럼 움직일 수 없었다. 한상오의 표정이 궁금했지만 고개를 돌릴 수도 없었다. 한상오의 어머니가 등장하기까지 방 안의 누구도 입을 열지 않았다.

왼쪽 눈이 바깥으로 살짝 돌아간 어머니는 식은 수제비처럼 밋밋하고 멀건 인상이었다. 이현우는 얼른 이곳에서 벗어나야 한다는 생각에 붙들린 채 그 말없는 가족의 밥상에 끼어앉아 이른 저녁 식사까지 하게 되었다. 입안에서 우물거리기는 했는데 아무리 삼키려 해도 목이 열리지 않았다. 한상오의 아버지는 여전히 돌아누워 있었고 내내 뚱한 표정이던 여동생은 알아들을 수 없는 말을 쏘아붙이고 나가버렸다. 침묵 속에서 무언가 씹고 삼키는 소리만 울렸다. 방 안의 누구도 이현우에게 질문 같은 건 하지 않았다. 그런데도 이현우는 아무 대답이라도 해야 할 것만 같은 기분에 사로잡혔다.

—어때?

밖으로 나왔을 때는 어스름이 내려앉고 있었다. 말없이 골목길을 내려오다 한상오가 먼저 입을 열었다.

—우리 아버지 궁금해서 온 거잖아.

해를 등지고 있어 한상오 얼굴의 반점이 얼굴 전체로 번진 것처럼 보였다. 한쪽 입꼬리를 올리며 웃고 있었지만 어딘가 초조해 보였다.

—굉장하지?

이번에도 한상오는 대답을 들을 생각이 없어 보였다. 둘은 말없이 버스를 기다리다가 누가 먼저랄 것도 없이 맞은편 산으로 올랐다. 야트막한 바위투성이 산이 근방에서 유일하게 색깔을 띤 것처럼 보였다.

—베트남 가기 전까지는 말짱했다던데?

바위 중턱에 앉아 한상오는 질문하듯 말을 꺼냈다. 자신과 상관없는데 그냥 심심해서 던져본다는 투였다. 유월 저녁의 스러져가는 빛이, 관측기록 사상 최고의 폭염을 기록할 여름의 입구에서 내리는 저녁 안개가 이것저것 털어놓게 만들었다.

자루처럼 돌아누워 있던 사람은 베트남전 막바지에 참전했고 귀국해 잠깐이긴 하지만 직장 생활도 했다. 그러다 조금씩 이상해졌다. 직장에서 쫓겨난 뒤 방에만 박혀 있다 한번 나가면 알아보지 못할 몰골이 되어 돌아오곤 했다. 결혼 생활이 그를 잡아줄 거라고 기대했지만, 처음 얼마 동안은 그런 것도 같았지만, 더 나빠졌다. 한상오가 태어날 무렵 방 모퉁이에 눕더니 여동생이 태어나고는 영원히 돌아누워버렸다.

—4학년 때가 처음이야. 엄마는 일 나가고 나랑 동생만 있는데 목을 매려고 했어. 우리가 빤히 보고 있는데 기둥에 줄을 감더라고. 처음에는 뭐 하는 건지 몰랐어. 제대로 감겼는지 잡아당겨보면서 아버지가 그러대. 내가 신호하면 발밑의 의자를 빼버려라.

그 뒤로 몇 번 더 비슷한 시도를 했지만 번번이 실패했다. 지금은 그런 시도를 할 기력조차 없어 보인다. 아버지가 말을 하거나 씻거나 먹는 걸 본 적이 없다. 어느 때는 숨소리가 들리지 않아 혹시나 하는 기대를 하게 된다. 그러다 숨소리를 듣게 되면 숨이 턱 막힌다. 그 숨소리는 아버지를 포함해 가족 모두가 실패했다는 걸 말해주는 소리였다.

이현우는 한상오의 얼굴에서 눈을 떼지 않았다. 오타반점은 한상오한테 세 개의 얼굴이 있는 것처럼 보이게 했다. 언뜻언뜻 비치는 어둡고 우울한 기운은 반점으로 덮인 왼쪽 얼굴에서 스며 나왔다. 큰 소리로 웃거나 누군가와 싸울 때의 기운은 오른쪽 얼굴에서 흘러나왔다. 정면에서 본 얼굴은 애매하고 모호했다. 얼굴 전체가 석양에 물든 지금 이 순간에는 한 번도 본 적 없는 새로운 얼굴이 드러나 있었다.

―너는?

한상오가 물었다. 이현우는 아무 말도 하지 않았다. 한상오에게 모든 걸 털어놓고 싶은 마음과 그러고 싶지 않은 마음이 충돌했다. 어둠이 내리고 있었다. 다른 곳보다 더 빨리 어둠에 잠겨가는 한상오의 왼뺨이 이현우를 끌어당겼다. 거기 검은 반점 속에 모든 걸 풀어놓고 싶었다.

―우리 아버지 보여줘?

―사진이라도 가지고 다니는 거냐?

이현우는 대답 대신 몸을 틀며 셔츠를 올렸다. 저녁 빛이 별안간 드러난 등을 물들였다. 마르고 긴 등에 짙고 옅은 체벌의 흔적과 멍이 남아 있었다. 얼핏 보면 얼룩덜룩해서 부식된 동판 표면처럼 보였다. 거기에 저항하듯 날카롭고 섬세한 등뼈가 일정한 간격으로 솟아 있었다. 보고 있는데도 믿기지 않았다. 한상오는 하마터면 거기를 향해 손을 뻗을 뻔했다.

―왜?

한상오는 이현우를 쏘아보며 덤비듯 물었다. 어느새 셔츠를 내리고 돌아앉은 이현우의 눈빛에 쓸쓸함이 감돌고 있었다.

―내가 경쟁 상대라던데?

이현우는 조금 전 한상오가 그런 것처럼 질문 투로 대답했다. 자신과 상관없는 얘기를 하듯 말이다.

―경쟁 상대라고?

한상오는 이해할 수 없어 고개를 저었다. 뭔가 더 묻고 싶은 게 있었지만 그게 뭔지 자신도 알지 못했다. 이현우는 그게 뭔지 알았다.

　—친아버지 맞아.

　직접 겪지 않았다면 이현우 자신도 같은 반응을 보였을 거였다. 이렇게 한상오와 나란히 앉아 있을 일도 없었을 테고. 한상오의 아버지는 어떤 사람인지 궁금했다. 자신의 아버지와 같은 종류인지 아닌지. 그래서 따라온 거였다.

　—뭘 가지고 경쟁하는데?

　이현우의 생각을 끊으며 한상오가 물었다.

　—할아버지.

　—할아버지?

　할아버지는 나일론으로 시작해 섬유 사업으로 일찌감치 거부가 된 사람이었다. 무슨 이유에선지 할아버지와 아버지는 처음부터 사이가 좋지 않았다. 할아버지의 애정과 믿음은 세대를 건너뛰어 이현우에게 집중되었다. 이현우를 손자가 아니라 늦게 얻은 아들처럼 여겼다. 아주 어렸을 적부터 이현우는 할아버지와 함께 있다 아버지 눈에 띄면 뭔가 잘못을 저지르다 들킨 기분이 되곤 했다. 할아버지는 세상을 뜰 때 자신의 것을 아들과 손자에게 똑같이 나누어 주었다(어차피 미성년자인 이현우를 대신해 아버지가 관리했다). 아버지에게 이현우는 아들이 아니라 자신의 것을 나눠 가져야 하는 핏덩어리 동생에 불과했다. 이현우는 자기 의지와 상관없이 아버지의 경쟁 상대가 되었고 승자가 되었다. 아버지가 그의 아버지한테서 한 번도 받지 못한 것을 열 살의 그가 모두 받은 거였다.

—나도 4학년 때가 처음이었어. 할아버지 첫 기일. 제삿밥을 먹다가 맞은편에 앉은 아버지와 눈이 마주쳤어. 아버지는 나를 지켜보고 있었어. 저절로 얼어붙었지. 뭔가 잘못된 것 같은데 뭐가 문젠지 모르겠는 거야. 그러다 겨우 깨달은 게 내가 왼손으로 수저를 쥐고 있다는 사실이었어. 그것 말고는 모르겠어.

문제는 그다음이었다. 아버지와 눈이 마주친 순간 얼른 오른손에 숟가락을 옮겨 쥐었는데 이젠 입이 벌어지지 않았다. 국물이 턱을 타고 셔츠로 흘러내렸다. 아버지 손이 뺨으로 날아왔다. 그 순간 누구보다도 놀란 사람은 아버지인 것 같았다. 자신의 손바닥을 들여다보며 어쩔 줄 몰라 했다. 하지만 그게 시작이었다. 어쩌면 다른 이유가 있었는지도 모르지.

거기까지 말한 다음 이현우는 입을 다물어버렸다. 문득문득 할아버지가 원망스러웠다. 할아버지는 자신의 아들보다 오래 살아남든지, 아니면 그 아들이 어느 정도의 인간인지 예측했어야 했다.

—베트남전보다 더 어렵네.

한상오는 침을 뱉으며 중얼거렸다. 어떻게 그럴 수 있는지, 이현우 같은 녀석이 왜 견디고 사는지 이해할 수 없었다.

—엄마는? 너희 엄마가 어떻게 좀 해줘야 하는 거 아니냐?

—너희 엄마도 못하잖아.

둘은 한참 동안 말없이 앉아 있었다.

—죽일 거냐?

침묵을 깨며 한상오가 물었다.

—그럴까? 그래버릴까?

이현우의 눈이 반짝였다. 하지만 오래가지 않았다.

—아냐, 요즈음은 내 근처에 얼씬도 하지 않아. 얼마 남지 않았어. 대학 가면 뜰 테니까.

한상오는 이현우가 거짓말하고 있다는 걸 알았다. 조금 전 본 그의 등이 그걸 말해주고 있었다. 그의 눈에 담긴 두려움 이 그걸 말해주고 있었다.

—정말 웃긴 건 뭔지 알아? 맞고 난 뒤에 나 스스로 이유를 찾는다는 거야. 내가 맞아야만 했던 이유. 찾지 못하면 만들 어내기라도 해야 해. 그러지 않으면 견딜 수가 없어.

이현우를 향한 연민과 그의 아버지를 향한 살의가 동시에 솟아올랐다. 이현우의 희고 깨끗한 이마와 짙고 단정한 눈썹, 그 아래 두 눈이 붉게 물들어 있었다. 한상오는 지금 이 시간 이 흔적도 없이 사라져버릴까 봐 조바심이 났다. 어디 아무도 모르는 곳으로 이현우와 달아나고 싶었다.

한상오는 여전히 패거리들과 어울렸고, 이현우는 독보적인 성적을 유지했다. 학교에서는 서로 모른 척했지만 일요일이면 함께 남산도서관에 갔다. 이현우가 기하 문제를 푸는 동안 한상오는 맞은편에 앉아 무협지를 읽었다. 검으로도 베지 못하는 우정과 의리에 관한 이야기가 끝없이 펼쳐졌다.

언제부턴가 한상오는 패거리 사이에서 겉돌기 시작했다. 그들과 몰려다니는 것이 재미없어졌다. 여름방학에도 둘은 함께 도서관에 갔다. 그 무렵 우연히 패거리 중 하나와 도서관에서 마주쳤다. 녀석은 단번에 뭔가를 알게 되었다는 듯 히죽거렸다. 까닭 없이 한상오의 얼굴이 붉어졌다. 이현우는 아무렇지 않아 보였다.

2학기가 시작되자마자 사건 하나가 터졌다. 매끈하게 빠진 몽블랑 볼펜만 한 사건. 담임은 제자들의 황폐한 영혼에 절망하며 이미 폐지된 고해성사의 부활을 잠시 꿈꾸었다.

한상오는 학교를 그만두었다. 한상오와 이현우 사이의 우정의 1막도 거기서 막을 내렸다. 여름방학처럼 모든 것이 너무 빨리 끝나버렸다.

4

개새끼들, 이렇게 막 처넣고 가면 어쩌라는 거야.

맨홀 바닥에 내려서자마자 한상오 입에서 욕이 터져 나왔다. 바닥에는 외선팀이 끌어다 놓고 간 케이블이 어지럽게 놓여 있었다. 작업하기 쉽게 케이블을 정리하는 데만도 30분 넘게 걸렸다. 그만큼 본작업은 늦어지는 거였다.

한상오는 자리를 잡고 앉아 케이블을 싼 PVC 피복 안으로 칼을 밀어 넣었다. 밀봉되었던 피복이 열리면서 공기 빠지는 소리가 났다. 정상이었다. 배를 가르듯 조심스럽게 칼질을 해 피복을 벗겨냈다. 삐끗하면 안에 든 케이블이 손상을 입을 수 있었다. 무뎌질 때도 되었는데 아직도 이 순간에는 살짝 흥분이 되었다. 기다렸다는 듯 색색의 코팅을 입힌 케이블 가닥이 흘러내렸다. 본격적인 작업은 지금부터였다. 백, 적, 흑, 황, 자색으로 피복된 양극의 구리선을 청, 주황, 녹, 갈, 회색을 띤 음극 구리선과 차례대로 접속하는 일이었다. 순서든 색깔이든 바뀌어서는 안 된다.

새벽에 시작한 일이 아직도 끝나지 않고 있었다. 다른 때 같으면 진즉 마무리되었을 시간이다. 토치에서 나오는 열기와 땀냄새로 불구덩이 속 같은데 작은 맨홀이라 영일과 붙어 앉을 수밖에 없었다. 작업복을 벗어 짜내고 다시 입어보지만 금세 축축해졌다. 그나마 맨홀이 깊지 않아 랜턴은 켜지 않아도 되었다. 랜턴의 열기까지 더해졌다면 한상오의 입에서 간간이 터져 나오는 욕이 더 걸걸해졌을 것이다. 물안경을 쓴 것처럼 눈앞이 뿌옜다.

—왕십리 거기보다 더 매가리가 없네.

　한상오는 페트병에 남은 물을 들이켜다 내던지며 투덜댔다. 영일이 힐끗 쳐다보았다. '왕십리'는 한상오와 영일이 자주 가는 곱창집에서 일하는 사람이었다. 사귀는 여자들을 이름 대신 출신지나 상호명으로 부르는 건 한상오의 버릇이었다. 한상오보다 두 살 연상인 왕십리와는 2년 전부터 만나오고 있었다. 이렇게 오래 만난 여자는 왕십리가 처음이었다. 왕십리 전의 '양주' '수원' '대성' 모두 몇 달을 넘기지 못했다.

　—매가리 없어 어쩐대요? 이번에는 제대로 살아볼 거라고 큰소리치더니.

　영일은 한상오가 던진 페트병을 구석으로 밀어놓으며 슬쩍 한마디 했다. 땀이 눈으로 입으로 흘러들었다. 페트병에 물을 담아 얼려 오는 건 영일의 몫이었다. 바람구멍 하나 없는 맨홀에서는 얼음물만 한 게 없었다. 열기에 금세 밍밍해지긴 하지만 없는 것보다 나았다.

　영일은 한상오가 좀 풀어진 것 같아 마음이 놓였다. 잊을 만하면 내뱉는 욕 말고 한상오는 오늘 작업 내내 말이 없었다. 어쩔 수 없이 눈치를 보게 되었다. 이틀 전 마무리한 작업에 문제가 있었다. 중국집으로 들어갈 전화선과 영어학원으로 들어갈 전화선이 바뀌었던 거다. 중국집은 주말 장사를 제대로 하지 못했고 영어학원 데스크는 상담이 아니라 짜장면 주문 전화로 불이 났다. 세상에서 제일 무서운 것이 민원이었다. 전화국에서 하청을 받는 회사라 한 번이라도 이런 실수를 하면 회사 전체에 비상이 걸린다. 다음 입찰 때 불리하기 때문이다. 어제도 그렇고 오늘도 한상오의 입이 거친 건 그래서였다.

—갔다 올까요?

영일이 고갯짓으로 위쪽을 가리키며 물었다. 작업 시작하고 이맘때쯤 되면 으레 한상오가 먼저 주문하곤 했다. 캡틴큐 포켓용 하나. 둘이서 두 번에 나눠 마시기 딱 좋았다. 일 시작하기 전 각자 한 모금, 남은 반병은 중간에 한 모금씩. 일이 잘 풀리지 않다가도 그것 한 모금 넘기고 나면 수월해지곤 했다. 오늘은 새벽부터 맨홀에 들어오느라 그걸 사 오지 못했다.

한상오는 조금 전부터 다른 생각에 빠져 있어 영일의 말을 듣지 못했다. 몇 시간째 맨홀 바닥에서 쭈그리고 작업하다 보면 멍해질 때가 있었다. 손이 저절로 알아서 움직일 뿐이었다. 그러다 지금처럼 불쑥 딴생각으로 빠져들곤 했다.

왕십리를 만나기 전 잠깐 사귄 여자는 회사 근처 주점에서 만난 여자였다. 큰 키에 목소리가 걸걸하고 뭐든 시원시원한 사람이었다. 여자가 일하는 주점에 영일을 데려가기도 했다. 거기서 파는 중국술에서는 휘발유 비슷한 냄새가 났다. 그래도 참고 마셔가며 꽤나 팔아주었다. 나중에 알고 보니 애인이 있었다. 주먹깨나 쓰는 치인 것 같아 그걸로 끝냈다. 그 전에

만난 사람은 수원이었다. 아니 대성이었던가?

　—진짜 나쁜 놈 아니에요?

　한상오가 아무런 반응이 없자 영일은 접속이 끝난 선을 모아 테이프로 감으며 중얼거렸다. 영일의 그 말이 예전 애인들 사이를 떠돌던 한상오를 다시 맨홀로 불러들였다.

　—누구?

　—어떻게 주말 장사 좀 못했다고 그렇게나 뜯어가요?

　중국집 주인은 전화 주문을 받지 못한 것에 대한 손해배상으로 한 달 치 월세를 요구했다. 관할 전화국은 하청을 준 회사에 책임을 물었고, 회사는 팀장에게, 팀장은 한상오와 영일에게 책임을 물었다. 하필 어린이날 연휴가 끼어 일이 커졌다. 전화국과 회사와 팀장이 원하는 건 하나였다. 시끄러워지지 않는 것. 일단 불부터 끄고 봐야 했다. 한상오는 팀장의 제안을 받아들였다. 우선 회삿돈으로 물어주고 이번 달 한상오 월급에서 제하기. 영일이 반반 책임지겠다고 했다가 한상오한테 욕만 먹었다. 팔모가지 포기 각서까지 쓴 새끼가.

　땀이 흘러들어 눈이 쓰라렸다. 발목으로 흘러내린 땀에 작업화가 묵직해졌다. 땀이 괜찮은 건 딱 한 가지뿐이었다. 오줌으로 갈 걸 줄여주는 거였다. 오줌 누겠다고 맨홀 바깥으로 들락날락했다가는 시간 안에 작업을 마칠 수 없다. 대충 돌아서서 맨홀 귀퉁이에 해결하고 만다. 이런 날은 중간에 일어나 허리띠 푸는 것도 힘에 부쳤다.

오늘따라 생각이 끊이질 않았다. 영일의 아내 얼굴이 떠오른 순간 한상오는 고개를 세게 저어 떨쳐냈다. 흘깃 영일을 살폈다. 튀어나온 입에 잔뜩 힘이 들어가 있는 걸 보면 작업에 집중하고 있는 거였다. 키는 작지만 부리부리한 눈에 몸이 딴딴해 다부진 인상이었다. 하지만 속이 물러 당하는 게 일이었다.

─너 낼모레 또 청주 내려갈 생각 하고 있지?

한상오 목소리에 날이 서 있었다. 영일은 얼른 발을 바꿔 앉으며 자세를 다시 잡았다.

─그 여자 니가 생각하는 그런 여자 아니다.

한상오는 백색 케이블을 매듭 지으며 말했다. 별생각 없이 뱉은 말인데 말해놓고 나자 슬슬 부아가 났다. 영일은 아무런 반응 없이 손만 움직였다.

─그래도 마누라라고 욕하니까 싫으냐? 정신 차려, 애저녁에 아닌 건 아니라고. 너 지금 속으로 그러고 있지? 너나 잘해, 너라고 안 당했냐, 당한 건 똑같잖냐. 인마, 그래도 나는 끝이라도 있잖어.

─알아요, 형. 인제 나도 살아야죠.

─그렇게 똑똑하신 놈이 피똥은 왜 싸고 앉았냐고!

한상오는 숨을 몰아쉬었다. 20년 가까이 해온 일인데도 문득문득 맨홀에 들어앉은 자신이 낯설어질 때가 있었다. 정수리까지 차오른 열기, 저려오는 다리, 잊을 만하면 왼쪽 귀에서 시작되는 귀울음, 빈 페트병, 조장의 재촉. 다시는 저 바깥으로 나가지 못할 거라는 생각이 달려들면 숨쉬기가 어려웠다. 그럴 때마다 자신이 애먼 영일을 잡는다는 걸 잘 알고 있었다. 알고 있는데도 매번 말이 곱게 나가지 않았다.

영일은 몇 달 전에도 이자를 제때 보내지 못해 쩔쩔맸다. 한상오는 탈탈 털어 이백만 원을 해주었다. 세번째였다. 고마워요. 형 건 저것부텀 해결하고 갚을게요. 앞으로 얼마를 더 해결해야 되는지 물어도 영일은 대답하지 않았다. 한상오도 모르는 게 편했다.

—그 옆에 빨강이나 좀 잡아줘요.

영일이 땀을 뱉어내며 말했다. 한상오가 말은 저렇게 해도 따뜻한 사람이라는 걸 영일은 알고 있었다.

—너나 나나 틀렸어 인마. 이번 생에는.

한상오는 영일의 눈에 자신의 모습이 비치는 것 같아 고개를 돌려버렸다.

작업은 두시를 넘기고서야 끝이 났다. 근처 편의점에서 컵라면에 김밥으로 대충 점심을 때우고 다음 맨홀로 들어갔다. 뚜껑을 연 다음 가스검출기로 내부 상태를 점검한 뒤 들어가야 하지만 그럴 시간이 없었다. 무조건 다리부터 밀어 넣었다.

오전에 작업했던 맨홀보다 상태가 괜찮았다. 바닥에 물기도 없고 좀 떨어져 앉아도 될 정도의 크기였다. 한상오는 오전에 영일을 몰아붙인 게 마음에 걸렸다. 영일이나 되니 자기와 짝을 이뤄 일한다는 걸 잘 알고 있었다.

—마셔.

한상오는 편의점에서 사온 캔틴을 따 한 뚜껑 내밀었다.

—먼저 해요.

—먼저 해.

함께 일한 지 십 년이 훌쩍 넘었다. 눈빛이나 숨소리나 뚜껑을 받아드는 손동작만 봐도 무슨 생각을 하는지 아는 사이였다. 술을 삼킨 영일이 뚜껑을 건넸다. 한상오도 한 모금 털어 넣었다. 식도가 벌어지는 듯하다가 졸아붙었다.

—얼렁 끝내고 올라가자.

한상오는 자신의 목소리가 맨홀 벽에 부딪혀 튕겨 나오는 걸 보았다. 소리 가장자리가 또렷하질 않고 번져 들렸다. 요즘 들어 부쩍 이랬다. 지금이야 구리선에 색색의 코팅을 해 색깔로 구별하지만 이 일을 시작할 때만 해도 누런 갱지로 싼 케이블이 대부분이었다. 송수화기용 헤드셋을 쓰고 회선 하나하나를 집어 소리를 들어가며 작업해야 했다. 뚜뚜, 뚜뚜 울리는 소리 사이에서 뚜우— 하는 소리를 찾아내는 거였다. 제대로 접속이 되면 그런 소리가 난다. 맨홀에 들어앉아 종일 뚜뚜와 뚜우— 사이에 있다 보면 머릿속에 숭숭 구멍이 뚫리는 것 같았다. 구멍마다에서 소리가 울렸다. 몇 년 지나지 않아 왼쪽 귀에 버저가 들어앉았다. 놈은 제멋대로 작동했다.

잠잠하다가도 아무 때나 내키는 대로 깨어난다. 한 번 깨어나면 골치가 아프다. 손가락으로 후벼대도 잡히질 않는다. 날이 흐리면 반대쪽 귀에서도 비슷한 소리가 난다.

한상오는 왼쪽 귀를 쑤시며 자리에 앉았다. 이 바닥에 좀더 붙어 있으려면 귀가 버텨줘야 한다. 케이블을 타고 오가는 소리를 잡아내지 못하면 끝장이다. 지난번 건강검진에서 난청 증상이 의심된다는 검사 결과를 받았다. 회사에서도 알고 있을 거였다.

오후 작업은 3차선 도로의 차선 하나를 막고 하는 공사라 퇴근 시간 전에 마무리 지어야 했다. 머리 위로 오가는 바퀴의 진동이 고스란히 전해졌다. 지금 지나가고 있는 건 소형이다. 그 뒤로 묵직한 승합차. 스타렉스 12인승 정도 되겠다. 트레일러나 덤프트럭은 달려오는 것이 아니라 아스팔트 자체를 둘둘 말면서 천천히 걸어온다. 멀어지는 데도 한참이 걸린다. 그렇다 해도 일만 꾸준하면 상관없었다. 갈수록 일감이 줄고 있었다. 경쟁 업체가 늘어난데다 구리 케이블 대신 광케이블이 대세가 되었다. 팀장은 벌써 광케이블 접속기를 장만했다고 한다. 같은 해 일을 시작한 동기인데 몇 년 전에 팀장이 되었다.

건장한 남자 둘이 영일의 피똥을 받으러 온 건 작업이 끝나갈 무렵이었다. 덤프트럭이 남긴 둔중한 진동이 맨홀을 흔들고 있었다. 한상오는 갑자기 생겨난 그늘에 위를 올려다보았다. 검고 동그란 머리 두 개가 맨홀 입구에서 내려다보고 있었다. 빛을 등지고 있어 얼굴은 알아볼 수 없었다. 한상오는 귀에서 버저가 작동할 기미를 느꼈다.

─어째, 내가 내려갈까?

머리 하나에서 나온 말이 맨홀 바닥으로 내려앉았다. 그 정도 배려는 얼마든지 할 수 있다는 듯 나긋나긋한 말투였다. 나머지 머리 하나가 사라지자 맨홀 안이 조금 밝아졌다. 그제야 위를 올려다본 영일이 케이블 다발을 내려놓으며 주섬주섬 일어섰다.

전에도 두어 번 이런 적이 있었다. 영일이 전화기를 꺼두어도 놈들은 귀신같이 알고 찾아왔다. 입금 날짜를 지키지 못한 거였다. 한상오는 사다리를 타고 올라가는 영일의 뒷모습을 바라보았다. 3미터 남짓한 높이일 뿐인데 아득해 보였다. 끝없이 올라가도 오늘 안에 바깥으로 나가지 못할 것만 같았다. 한상오는 케이블 더미 아래에서 캡틴큐를 찾아내 모두 삼켜 버렸다.

영일은 저승에라도 다녀온 것처럼 핼쑥한 얼굴로 돌아왔다. 오른손에는 박카스 한 상자가 들려 있었다.

─그것 마시고 좆빠지게 달리라 하디?

영일은 말없이 상자를 내려놓고 자리에 앉았다.

─새꺄, 그걸 받아 오고 싶냐고!

영일은 접속이 끝난 케이블 다발을 초록과 검정 테이프로 구분해가며 묶기 시작했다.

—저 새끼들 한 번만 더 오게 하면 그때는 니 손모가지 내 꺼다. 알겠냐?

—먼저 올라가요.

영일이 부탄가스 토치를 꺼내들며 말했다. 접속이 끝난 케이블 다발을 습기와 먼지로부터 보호하려면 PVC를 녹여 외피를 입혀야 했다. 독한 연기와 열기를 마셔가며 해야 하는 작업이었다. 다른 조에서는 이 일을 서로 안 하려고 다투기도 하는 모양이지만 영일은 늘 군말 없이 해냈다.

—이리 줘.

한상오는 영일의 손에서 토치를 뺏어 들며 쏘아붙였다. 어쨌거나 오늘 작업이 끝나가고 있었다. 오늘도 이 케이블만큼의 전화번호가 새로 생겨났고 곧 어느 집에선가 첫번째 전화벨이 울릴 거였다. 이것이 영일과 한상오 자신이 만들어낸 하루였다. 얼른 끝내고 올라가 소주로 목구멍을 씻어내면 그만이었다. 다른 건 더 생각하고 싶지 않았다.

5

—잠깐 쉬었다 가지.

이현우는 옆에 앉은 수련의에게 말하고 의자에 등을 기댔다. 오늘따라 환자가 많았다. 지난밤에도 새벽에 잠깐 잠든 게 전부라 오후 들어서는 집중하는 데 어려움을 느꼈다. 수면의학 분야 전문의라지만 정작 자신은 불면증에 시달리고 있었다.

감고 있는 눈앞으로 새벽에 꾼 꿈속 장면이 지나갔다. 커다랗고 오래된 나무 대문. 검은 개. 쇠줄에 묶인 개는 송곳니 사이로 침을 흘리며 대문 앞에 엎드려 있었다. 자신은 대문 앞에서 누군가를 기다리며 서성이고 있었는데 그게 누구인지 알 수 없었다. 낯선 집 앞이어서인지 맹견 때문인지 꿈속에서 내내 초조함에 시달렸다. 별것 아닌 꿈이었다. 꿈의 해석에 인용되곤 하는 특별한 상징이 등장한 것도, 사로잡힐 만큼 내용이 강렬한 것도 아니었다. 그런데도 종일 머릿속에서 떠나질 않았다.

본과생 시절부터 꿈을 기록하기 시작했다. 머리맡에 공책을 두고 꿈에서 깨어나면 바로 메모를 했다. 깨어난 뒤 30초 안에 기억나지 않는 꿈은 영원히 복구 불가능하기 때문이었다. 단순한 흥미로 시작한 일이 지금까지 이어지고 있었다. 메모 끝에는 ○, △, × 세 가지 기호로 깨고 난 뒤의 기분을 표시했다. 지금까지 모인 몇 권의 공책을 살펴보면 ×가 압도적으로 많았다. 오늘 아침에도 간단한 메모 뒤에 표시를 했다. ×.

수련의는 소리 나지 않게 하품을 하며 자신의 지도교수인 이현우를 바라보았다. 학부생과 전공의들 사이에서 인기가 많은 교수였다. 우울하고 냉소적인 기질의 사람이지만 강의는 지루하지 않고 학사 처리는 정확하고 공정했다. 선배 기수로부터 내려오는 족보에 묻어 이 교수에 대한 이런저런 소문도 전해졌다. 의대 개교 이래 그가 받은 성적을 아직까지 후배이자 제자인 누구도 깨지 못했다는 것, 아버지와 그 자신 어마어마한 자산가라는 것, 결혼 전 유명한 방송 진행자와 스캔들이 있었다는 것, 초등생 딸아이가 바이올린 신동이라는 것 등등. 이현우 교수가 해마다 수면의학 첫 수업 시간에 학생들을 향해 날리는 친절한 독설은 이제 이 의과대학에서 꽤나 유명했다. 여러분이 여기 앉아 있는 건 여러분이 똑똑해서가 아닙니다. 여러분 친구들의 잘못된 잠버릇 덕분입니다.

아무려나 그가 매력적인 교수인 것만은 틀림없었다. 눈에 띄는 외모에 세련된 옷차림, 조용하면서도 당당해 보이는 태도가 그를 동료 교수들 사이에서 돋보이게 했다. 저음인데도 맑고 분명한 음성은 입이 아니라 미간에서 울려 나오는 것 같았다. 무엇보다도 인정할 만한 학문적, 직업적 능력, 환자와 학생들을 대하는 모습이 그를 신뢰하게 만들었다. 회식이나 회의 자리에서는 말없이 듣고만 있다가 툭 던진 한마디로 존재감을 드러냈고, 남들보다 일찍 자리를 뜨지만 무례하다는 인상을 주지 않았다. 종종 이 모두를 뒤엎을 만한 분노와 무모함이 그의 눈에 떠올랐다 사라지기도 했다. 하지만 워낙 빨라 그걸 알아보는 사람은 없었다. 어쩌면 이현우 자신도 눈치채지 못했다.

　마지막 환자는 꿈수면행동장애를 앓고 있는 중년 남자였다. 5년 전 아내 손에 이끌려 처음 온 뒤 정기적으로 진료를 받고 있었다. 그 당시 아내의 설명에 따르면 남자는 자다 일어나 집 안을 돌아다니거나 TV를 보거나 했다. 잠결에 돌아다니다 가구나 문에 부딪혀 몸 여기저기 멍이 들어 있는데도 남자는 아내의 말을 인정하지 않았다. 자기가 그럴 리 없다는 거였다. 전형적인 꿈수면행동장애 증상이었다. 검사 결과도 마찬가지였다. 뇌가 잠들면 팔다리도 잠이 들어야 하는데 그러지 않는 거였다. 다행히 집 안에서만 움직이지만 어느 순간 잠에 빠진 채로 8차선 한가운데로 차를 몰고 갈 수도 있고, 스파이더맨처럼 아파트 꼭대기에서 날아오를 수도 있었다.

　―요즈음은 어떠세요?

　이현우는 남자와 눈을 맞추며 물었다. 광대뼈 부근이 넓게 홍조를 띠고 있었고 눈동자는 흐린 물속처럼 뿌옜다.

　―요즘 들어 자꾸 기운이 빠지네요. 건망증도 심해지는 것 같고……

　남자는 분명하지 않은 발음으로 말끝을 흐렸다. 지난번 진료 때보다 표시 나게 가라앉아 보였다. 뭔가 문제가 있었다.

이현우는 그동안의 진료 기록을 빠르게 검토했다. 지난 5년 동안 같은 약을 처방했다. 지금까지는 잘 막아냈지만 변화를 줄 필요가 있었다. 약을 바꾸기보다 복용량을 늘린 뒤 지켜보는 게 나을 것 같았다.

─괜찮아질 겁니다.

이현우는 남자의 눈을 보며 말했다. 남자는 아무런 반응도 보이지 않았다. 이현우는 스멀스멀 올라오는 무력감을 누르며 부드럽게 덧붙였다. 그럼요. 좋아질 거예요. 눈앞으로 남자의 머릿속 회로가 펼쳐졌다. 민물과 짠물이 섞여드는 하구처럼 뇌의 어느 갑문에선가 문제가 생겨 꿈과 현실이 분리되지 못하고 서로 드나들고 있는 거였다. 아직은 아니지만 조만간 신경과 검사를 하게 될 거였다. 이런 질환의 경우 파킨슨이나 치매와 같은 퇴행성 질환으로 진행될 확률이 높았다.

남자는 들어올 때처럼 천천히 걸어 나갔다. 이현우는 남자의 굼떠 보이는 뒷모습을 지켜보다 갈증을 느꼈다. 오늘은 다른 날보다 많은 말을 한 것 같았다. 몸속에 아무 말도 남아 있지 않다. 순간적으로 몽롱해지면서 꿈을 꾸고 난 듯한 기분이 되었다. ×. 얼른 퇴근해 한잔하고 싶었다. 다른 건 더 생각하고 싶지 않았다.

6

퇴근 시간대라지만 오늘따라 길이 막혔다. 차들은 가다 서다를 반복하고 있었다. 앞쪽 어딘가에 사고가 났거나 공사 중일 거였다. 이현우는 습관적으로 대시보드 중앙의 숫자를 확인했다. 다른 날 같으면 아파트 주차장에 들어서고 있을 시간이었다. 주중에는 학회나 의국에 관련된 것 아니면 약속을 잡지 않아 퇴근 시간이 일정했다.

맨 바깥 차선에 '작업 중'이라는 표지판이 서 있었다. 작업복 차림의 젊은 남자가 맨홀에서 케이블 다발과 장비 등속을 받아 올린 다음 트럭으로 날랐다. 1톤 남짓한 낡은 트럭이 경계석에 걸쳐 서 있었다. 작달막하지만 다부진 체형의 남자는 숙련된 일꾼처럼 보였다. 동작에 군더더기라고는 없어 보였다.

신호가 바뀌고 저 앞에서부터 차들이 움직이기 시작했다. 이현우는 앞차를 따라 조금씩 전진하면서도 맨홀 근처에서 눈을 떼지 못했다. 그 안에서 더 올라오는 물건은 없었다. 이제 그 안에 든 누군가만 올라오면 되었다. 그 누군가가 얼른 올라와주었으면 했다. 이유는 알 수 없었다. 막힌 도로에서의 무료함 때문에 그런 건지도 몰랐다. 그 순간 맨홀에서 머리 하나가 쑥 올라왔다. 갑작스러운데다 상체가 바로 따라 나오지 않아 그 장면은 기이한 느낌을 불러일으켰다. 목 아래로는 잘려 나간 머리통이 아스팔트 위에 덩그러니 놓인 것처럼 보였다. 곧 상반신이 드러나고 몸 전체가 올라왔지만 이현우는 그 느낌에 그대로 붙들려 있었다.

남자는 땅 위로 올라오자마자 몸을 재게 움직였다. 멀리서도 작업복이 젖어 있다는 걸 알아볼 수 있었다. 돌아서 있어 얼굴은 보이지 않았지만 먼저 남자보다 큰 몸집에 나이도 있어 보였다. 뒤쪽에서 경적이 울리지 않았다면 이현우는 한참을 더 그러고 있었을 거였다. 앞차가 벌써 저만치 가고 있었다. 이현우는 가속기를 밟았다. 거의 동시에 남자가 이쪽을 돌아다보았다. 왼쪽 얼굴이 반점으로 덮여 있었다.

이현우는 맨홀 옆을 지나치면서 다시 확인했다. 많은 시간이 흘렀지만 한상오를 몰라본다는 건 불가능했다. 하지만 멈추지 않고 그대로 달렸다. 점점 가슴이 조여오다 더 이상 참기 어려워졌을 때 바깥 차선으로 빠져나와 차를 세웠다. 이현우는 선글라스를 벗어 들고 룸미러를 조절했다. 거울 속에 저 뒤쪽 두 남자가 비쳤다. 길은 휘어지고 풍경은 비현실적으로 보였다.

—예전에 어떤 정신 나간 조장 놈이 확인도 안 하고 뚜껑을 덮었다는 거 아니냐. 회식 자리에서 조원 한 명이 비는 걸 보고서야 지가 뭔 실수를 한 건지 알아챘지.

한상오는 랜턴으로 맨홀 안을 비춰 보며 떠들었다.

—아깝네요. 나도 그 조장처럼 형 올라오기 전에 뚜껑 덮고 떴어야는데.

영일이 한상오가 건넨 렌턴을 연장 가방에 밀어 넣으며 대꾸했다.

—그러지 그랬냐. 저 아래서 석 달 열흘 푹 잠이나 좀 자다 오게.

새벽부터 시작된 긴 하루였다. 한상오는 맨홀 뚜껑을 끌어와 덮고 테두리를 따라가며 힘주어 밟았다. 아귀가 딱 맞았다. 이걸로 오늘 작업 끝이었다. 한잔할 생각에 벌써 마음이 들떴다. 영일은 표지판과 연장 가방을 짐칸에 싣고 보조석쪽으로 돌아가고 있었다. 한상오도 막 트럭에 올라타려는데 등뒤에서 누군가가 불렀다. 한상오. 영일이 먼저 뒤를 돌아보았다.

검게 탄 얼굴, 굵은 주름이 잡힌 이마, 넓게 자리 잡은 광대뼈는 여전했다. 호명될 때면 짓던 특유의 귀찮아하는 표정도 남아 있었다. 그리고 무엇보다도 그 검보랏빛 반점. 이현우는 가슴 한가운데가 먹먹해지는 걸 느꼈다. 그걸 들키고 싶지 않아 들고 있던 선글라스를 쓸까 하다 그만두었다.

한상오는 멈칫하며 숨을 참았다. 자신을 향해 다가오는 남자의 얼굴 속에서 희고 깨끗한 얼굴 하나가 천천히 떠올랐다. 꿰뚫어보는 듯 날카로우면서 슬픔이 담긴 눈빛이 그대로였다. 그런데도 한눈에 알아보지 못한 건 이렇게 다시 만날 거라고 상상해본 적이 없어서였다.

—나, 현우다.

이현우가 손을 내밀고 있었다. 한상오는 친구 사이에 악수
란 게 어쩐지 내키지 않았지만 이현우의 손을 맞잡았다. 부드
럽고 따뜻했다.

작업이 끝났으므로 얼른 트럭을 이동시켜야 했다. 제대로
된 몇 마디를 나누기에는 턱없이 짧은 시간이었다. 두 사람은
그동안 얼마나 많은 시간이 흘러가버렸는지 갑작스럽게 깨달
았고, 그러고 나자 더 이상 나눌 말이 없었다. 반가움과 어색
함이 섞인 표정으로 믿기지 않다는 듯 고개를 젓거나 의미 없
는 감탄사만 내뱉고 말았다. 헤어지기 직전 전화번호를 주고
받기는 했다.

한상오는 이현우의 검은색 재규어가 보이지 않을 때까지
그 자리에 서 있었다. 뜻밖의 우연이 재회의 자리를 마련하는
데 23년이 걸렸다. 그리고 몇 분 만에 끝나버렸다. 한때 잘 지
냈지만 오래전 일이었다. 접속이 잘되지 않는 전화선을 붙들
고 있을 때처럼 몸속 어딘가가 아릿하고 칼칼했다.

—밤샐 거예요?

먼저 트럭에 오른 영일이 고개를 내밀고 소리쳤다. 한상오
는 타이어를 툭툭 차 작업화에 묻은 먼지를 털어내고 운전석
에 올랐다. 번호를 주고받긴 했지만 서로 연락할 일 없을 거
라는 걸 잘 알았다. 한상오는 손바닥에 남은 이현우의 체취와

온기를 작업복 바지에 문질러 닦고 시동을 걸었다. 영일이 안전벨트를 매며 물었다.

　―누구예요?

7

　그해 여름방학 내내 한상오와 이현우는 아침 일찍 도서관에서 만나 종일 함께 있었다. 한상오의 입에서 욕이 사라졌고 주먹은 잠잠해졌다. 늘 오가던 개똥투성이 골목이 새롭게 보였고 돌아누운 아버지에게 자주 말을 걸었다. 기록적인 폭염이라지만 더위를 느끼지 못했다. 아침에 눈을 뜬 순간 가슴이 뛰었다. 밤에 이현우와 헤어져 돌아올 때면 세상이 끝난 것 같아 한 발짝도 떼기 어려웠다. 자신이 정상이 아니라는 생각에 두려웠다. 여름방학이 조금만 더 길었다면 두려움과 혼란이 한상오를 삼켜버렸을지도 몰랐다. 그 직전에 여름방학이 끝나주었다.

　개학하자마자 학교에 소문이 돌았다. 팬다와 이현우가 사귄다는 소문이었다. 누군가 한상오에게 귀띔해주었다. 어디서 들었는지 이현우도 알고 있었다. 소문의 진원지는 정수 녀석이었다. 패거리들 중 하나로 한상오와 제일 가까운 사이였다. 놈은 언제부턴가 패거리에서 겉도는 한상오를 못마땅해

했다. 그러던 중에 남산도서관 열람실에서 마주치게 된 거였다. 놈은 이현우와 마주앉아 있는 한상오를 향해 윙크를 날렸다. 그 뒤로 소문이 돈 거였다.

팬다, 정말 그런 거냐?

녀석들은 히죽거리며 한상오에게 물었다. 바로 주먹을 날리고 싶었지만 그런 식의 소란으로 이현우가 신경 쓰게 하고 싶지 않았다. 누구도 이현우는 건드리지 못했다. 그는 잘 지내는 것처럼 보였다. 언제부턴가 서로 서먹해져버렸다. 한마디도 나누지 않았고 어쩌다 마주치면 이현우는 말없이 지나쳤다.

화장실 벽에서 둘에 관한 낙서를 발견한 날, 한상오는 정수를 손봐주기로 했다. 정수의 배경이나 성격으로 보아 학교가 뒤집어지겠지만 상관없었다. 학교를 떠나면 그만이었다. 이현우의 냉랭한 태도에 자포자기한 심정도 있었다. 이현우가 아니라면 자신에게 학교는 의미 없었다. 생계를 책임지고 있는 어머니를 도와야 한다는 명분까지 마련하고 나자 더 미루고 싶지 않았다. 야자 끝나고 가는 길에 놈에게 한 방 먹일 계획이었다. 하지만 몇 시간 차이로 기회를 뺏기고 말았다. 자신이 미적거리는 사이 이현우가 먼저 잽을 날린 거였다.

정수의 몽블랑 볼펜이 사라졌다. 체육 시간이 끝난 뒤 자신의 애장품이 사라진 걸 알게 된 녀석은 제정신이 아니었다. 교실과 복도를 오가며 난리를 쳐 다른 반 아이들까지 몰려왔다. 그 소란 속에서 어느 순간 한상오와 이현우의 눈이 마주쳤다. 이현우는 기다리고 있었던 듯 검지로 자신의 가슴을 가리킨 뒤 재빨리 내렸다. 한상오는 믿지 않았다. 그런데도 귓속이 윙윙거리며 메스꺼웠다.

담임은 누구나 실수할 수 있으며 그 실수를 고백하고 회개할 때 더 큰 용서와 은혜가 따른다고 했다. 모두 눈을 감아라. 자기가 한 일을 알고 있는 사람만 조용히 눈을 떠 나를 봐라. 모든 건 비밀에 부쳐지고 어떤 불이익도 없을 거다. 종례 시간이 끝나도록 효과가 없자 담임은 방법을 바꾸었다. 반장과 부반장을 앞으로 불러내며 나머지는 모두 두 손을 머리 위로 올리고 복도로 나가게 했다. 소지품 검사를 하려는 거였다. 한상오는 칠판 앞으로 걸어 나가는 이현우의 등이 뻣뻣하게 굳는 걸 보았다. 다른 사람은 몰라도 자신은 알아볼 수 있었다. 그 순간 한상오는 한 손을 번쩍 들며 외쳤다.

제가 그랬습니다.

한상오는 가슴이 벅차오르고 왼뺨이 불타는 것 같아 서 있기 힘들었다.

담임의 추궁에 한상오는 학교 뒷산에 버렸다고 했다. 담임은 믿지 않으면서도 반장을 포함한 몇몇을 한상오가 자백한 지점으로 보냈다. 이현우는 충격을 받은 듯했다. 한상오 옆을 지나가면서 무슨 말인가를 하려는 듯 쳐다보았지만 한상오는 모른 척했다. 당연히 이현우 일행은 빈손으로 돌아왔다.

한상오는 다음날까지 펜을 찾아오겠다고 약속했다. 모두 자신을 바라보고 있다는 걸 알았지만 누구와도 눈을 마주치지 않았다. 순식간에 백 년 넘게 살아버린 기분이 들었고 모든 것이 시시해 보였다. 젖비린내 나는 애들 누구와도 말을 섞고 싶지 않았다. 이현우도 예외는 아니었다.

약속대로 몽블랑 볼펜은 다음날 아침 정수의 책상 위에 돌아와 있었다. 솔잎이나 이끼 하나 묻은 흔적 없이 말끔한 상태였다.

화장실 벽에 새로운 낙서가 등장했다. 조악한 솜씨로 그린 자이언트 판다 모습이었는데, 판다는 아랫도리를 드러내놓은 채 한 남자를 향해 '아이 러브 유'를 연발하고 있었다. 판다 정수리에는 '몽블랑 스타'가 꽃처럼 피어 있었다. 안타깝게도 한상오는 그 자이언트 판다를 보지 못했다. 자이언트 판다도 한상오를 보지 못했다. 그날 이후 학교에서 한상오를 본 사람은 아무도 없었다.

8

그 우연한 재회 이후, 한상오는 한동안 이현우의 연락을 기다렸다. 그럴 일 없다는 걸 알면서도 휴대폰이 울릴 때마다 혹시나 했다. 먼저 연락해볼까 하는 마음이 들기도 했지만 그러지 않았다. 왠지 그러면 안 될 것 같았다. 언제부턴가는 그런 마음마저 들지 않았다. 기록적인 폭염이 이어지고 있었다. 한낮의 맨홀과 끝나지 않을 것 같은 열대야가 고교 동창 정도는 쉽게 잊게 해주었다.

이현우도 한상오를 떠올리곤 했다. 그에게 갚아야 할 빚이 있었다. 그 부채감이 연락을 주저하게 만들었다. 너무 많은 시간이 흘러버렸고 이제 와 오래전 일을 들춘다고 달라질 게 없었다. 빡빡한 일정과 방학을 맞아 잠깐 귀국한 아내와 딸이 고교 동창 정도는 쉽게 잊게 해주었다.

좀 와줄 수 있니?

8월의 마지막 일요일 오후. 어머니한테서 전화가 걸려왔다. 아내와 딸이 뉴욕으로 돌아가고 이현우는 모처럼 혼자만의 시간을 누리는 중이었다. 가늘게 떨리는 어머니의 목소리는 언제나 마음을 불편하게 만들었다. 보호 본능과 동시에 죄책감을 불러일으켰다. 이현우는 보고 있던 책을 덮었다.

바로 갈 수도 있었지만 조금이라도 시간을 늦추고 싶었다. 이현우는 거실 창가에 놓인 물구나무서기 기구에 몸을 얹었다. 발목이 아플 만큼 단단히 고정한 다음 버튼을 눌러 천천히 뒤로 넘어갔다. 몸이 완전히 거꾸로 섰을 때 버튼에서 손을 뗐다. 머리로 피가 쏠렸다. 양쪽 관자놀이 부근이 부풀어오르면서 눈이 뜨거워졌다. 마음이 복잡할 때, 뭔가 생각할

거리가 있을 때, 어떤 결정을 내려야 할 때 이현우는 거꾸로 매달려 머리에 피를 채우곤 했다. 강 건너편 붉은 지붕의 2층 저택을 바라볼 때도 마찬가지였다.

어머니가 부르는 건 아버지가 집에 없다는 뜻이었다. 아버지는 지금 시드니에 가 있고 다음 주에나 돌아올 예정이었다. 아내한테 들었고 이제 막 어머니한테서도 들었다. 묻지도 궁금하지도 않은 아버지의 근황을 매번 이런 식으로 듣게 되었다.

아버지는 해마다 여름이면 시드니 본다이 해변의 별장에서 머물다 온다. 이현우와 어머니는 가본 적 없지만 아내와 딸아이는 몇 번 다녀온 곳이었다(눈치 빠른 아내는 시아버지와 일정을 잘 조율한다. 시아버지 혼자 머물지 않을 거라는 걸 알기 때문이다). 아버지가 젊은 애인과 본다이 해변의 별장에서 뒹구는 동안 베트남 공장은 여공들 손에 의해 쉬지 않고 돌아간다. 강남과 여의도에 있는 빌딩들은 전문 관리팀이 맡아 운영해준다.

이현우는 거실 유리창에 비친 자신을 바라보았다. 머리카락이 곤두서고, 이마 한가운데로 핏줄이 돋아 있었다. 그 아래에서 튀어나올 듯 번들거리는 눈이 자신을 쏘아보고 있었다. 충혈된 눈 위로 한남대교 교각 일부가 겹쳤다. 머리카락 사이에서 강물이 반짝였다. 수변공원 산책로는 텅 비어 있고 강변도로에는 길게 늘어선 차들이 여름 햇빛을 튕기며 움직이고 있었다. 그 위쪽으로 정원에 둘러싸인 빌라와 저택들이 강을 내려다보며 서 있었다. 이현우는 그중 하나에서 눈을 떼지 않았다. 자신이 태어났고 대학에 입학해 독립하기 전까지 살던 집이었다. 아내는 내켜하지 않았지만 한강을 사이에 두고 부모의 집과 마주보는 이 아파트를 고집한 건 이현우 자신이었다. 그 집을 똑바로 서서 바라보는 건 여전히 고통스러웠다.

이현우는 물구나무 기구에서 내려와 욕실로 향했다. 어머니의 목소리가 남긴 불편함을 찬물로 씻어냈다. 그런 면에서 아버지는 고민거리를 주지 않았다. 통화하거나 만날 일이 없었다. 거울에 비친 자신의 몸에 아버지가 남긴 흔적 같은 건 남아 있지 않았다. 지난날이 살갗 아래에서 사라져버린 지 오래였다. 그렇다 해도 그 집을 방문하기 전이면 살갗 밑에서 무언가 꿈틀거리는 걸 느끼곤 했다. 언제든 살갗을 뚫고 튀어나올 수 있는 거였다.

검은 프렌치 불도그 혼자 1층 거실을 차지하고 있었다. 배를 깔고 엎드려 있던 놈이 이현우를 향해 머리를 들었다가 도로 내려놓았다. 열 살을 넘긴 놈은 오로지 아버지만의 불도그였다. 다른 사람에게는 아무런 관심이 없다는 게 놈의 유일한 미덕이었다. 누가 와도 짖거나 달려들지 않았다. 맨드라미처럼 두텁고 붉은 혀 밑으로 날카로운 이가 살짝 비쳤다. 짧은 다리는 흘러내린 살에 묻혀 보이지 않았다. 무엇보다 혐오스러운 것은 놈의 두상이었다. 사람처럼 수면무호흡증을 겪는 동물은 불도그와 시추뿐이다. 납작한 머리와 상관있었다. 이현우는 놈을 노려보며 2층으로 이어지는 나무 계단을 올랐다.

어머니는 거실 창가에 앉아 있었다. 두 시간 전 이현우 자신이 물구나무선 자세로 바라본 풍경이 창문에 들어와 있었다. 이곳에서는 풍경 전체가 뒤로 물러난 것처럼 보였다. 수변공원에는 하나둘 자전거를 타는 사람들이 있었고 강변도로의 차량 행렬은 더 길게 이어졌다. 강 건너편 아파트 숲에서 자신의 집을 찾는 건 어렵지 않았다. 강을 가로질러 정면으로 마주보는 위치였다. 저곳으로 한 번도 어머니를 초대하지 않았다. 어머니도 방문하겠다는 뜻을 비친 적 없었다. 이곳에서 자신의 집을 바라볼 때마다 어머니에게 뭔가 잘못하고 있다는 생각이 떠나지 않았다.

늘 그렇듯 어머니는 낯선 사람을 대하듯 이현우를 올려다보았다. 가파르고 오뚝한 콧날, 주름지긴 했지만 여전히 붉고 단호한 입술, 완강하게 가로지른 쇄골 아래 움푹 들어간 곳에 터키석 메달이 돌처럼 가라앉아 있었다. 어머니는 늘 아들을 부를 명분을 찾고 있었다. 2주 전에는 수면제 종류를 바꿔보고 싶어서, 그 전달에는 자신 소유의 화랑 운영에 관해 상의하고 싶어서. 전화로도 얼마든지 얘기할 수 있는 것들이었다. 오늘은 컴퓨터에 문제가 생겼다고 했다.

어머니의 맥북은 거실 탁자 위에 놓여 있었다. 외출은 거의 하지 않은 채 노트북으로 뉴욕의 손녀와 플로리다에 사는 여고 동창과 영상통화를 하는 것이 유일한 사회생활이었다. 아들의 학창 시절에도 불가피하게 참석해야 하는 학교 행사가 아니면 외출하지 않았고, 지금도 어쩌다 화랑에 가는 것 말고는 집에 머물렀다. 어떻게 그럴 수 있는지 모르겠지만 스스로를 집 안에 유폐시킨 채 정물 데생을 하거나 노트북을 들여다보는 것이 일과의 대부분이었다.

—언제부터 이런 거예요?

이현우가 몇 번 시도해보았지만 인터넷 접속이 되지 않았다. 어제 서비스센터에서 다녀간 뒤 괜찮아졌다가 오전부터 다시 먹통이 되었다는 거였다. 노트북 문제인지 통신 시스템에 이상이 생긴 건지 알 수 없었다. 이런 문제에 대해서 이현우도 어머니보다 아는 게 없었다.

이현우가 센터 직원과 통화하는 내내 어머니는 말없이 그를 바라보고 있었다. 서비스센터 직원은 일요일인데다 당직 기사들이 모두 예약 현장에 나가 있어 내일 오전에나 방문할 수 있다고 했다. 이현우는 미간을 세게 문질렀다. 어머니에 관련된 거면 자기도 모르게 예민해졌다. 이 정도의 일도 그냥 넘기지 못하는 어머니가 안쓰럽기도 하고 피곤하기도 했다. 언젠가 아내는 보호자 역할이 바뀐 것 같다고 말했다. 당신이 태어난 순간부터 어머니가 아니라 당신이 어머니의 보호자였을 것 같아요.

　아버지의 폭력 앞에서 어머니는 무기력했다. 아버지는 그렇다 해도 어머니는 뭔가. 아들의 공포와 두려움, 고통을 생각한다면 어떻게든 막아줘야 하는 거 아닌가. 이현우는 한때 아버지보다 어머니를 향한 분노와 배신감으로 더 힘들었다. 지금도 어머니에게 느끼는 고립감은 거기서 비롯되었다. 좀 더 자란 뒤에는 자신이 어머니를 지켜주지 못했다는 쪽으로 생각이 바뀌었다. 어머니를 남자인 자신이 보호해주어야 했다. 어머니를 향한 죄책감은 거기서 비롯되었다. 고립과 죄책. 어쩌면 어머니 쪽에서도 똑같이 느낄지 몰랐다. 어쨌거나 아버지는 어떤 종목에서든 최소한 두 배는 남기는 인간이었다.

　이곳에 온 지 30분도 지나지 않았지만 이현우는 얼른 강 건너 자신의 집으로 돌아가고 싶었다. 그럴 수 없다는 걸 알기에 더 간절했다. 어머니는 뉴욕이나 플로리다와 연결될 때까지 조바심을 낼 거였다. 오늘 밤을 꼬박 뜬눈으로 보낼 거고, 한 번 깨진 리듬은 며칠 동안 어머니를 괴롭힐 거였다. 그럴 만한 일인지 아닌지는 중요하지 않았다. 어떻게든 바로 해결해야 했다. 한상오가 떠올랐다. 통신 쪽 일을 한다고 했으니 도움을 받을 수 있을지 몰랐다. 연락하지 않다가 이런 일로 전화한다는 게 내키진 않았다.

쉬는 날이라 한상오는 왕십리와 서울숲공원에 나와 있었다. 원룸이나 나무 그늘 아래나 찜통이긴 마찬가지였다. 근처 식당에서 늦은 점심 겸 해장이나 할까 하고 일어서는데 핸드폰이 울렸다. 이현우였다. 한상오는 한참 동안 액정에 뜬 이름을 바라보다 버튼을 눌렀다. 이현우는 집으로 와줄 수 있는지 물었다.

—집? 한남동 그 집?

—그래, 그 집.

잠시 침묵이 흘렀다. 한상오는 이현우도 자신과 같은 생각을 하고 있을 거라고 생각했다.

왕십리는 모처럼의 데이트가 깨진 것에 서운해했다. 민원이라는데 어쩔 수 없었다. 한상오는 혼자 갈까 하다 아무래도 인터넷 쪽이라면 영일이 나을 것 같아 불러냈다. 영일은 예전에 잠깐 그쪽에서 일한 적이 있었다.

그 집은 여전히 그 자리에 서 있었다. 높다란 담장에 매달린 붉은 넝쿨장미도 예전 그대로였다. 널찍한 실내는 서늘할 정도로 선선했다. 금세 땀이 식었다. 거실 한가운데 엎드려 있는 불도그만 아니라면 사람이 사는 집이 아니라 고급 전시장이나 화랑처럼 보일 만했다. 한상오는 이현우를 따라 나무 계단을 오르다 영일을 돌아보았다. 픽, 웃음이 나왔다. 영일의 긴장한 표정 때문이었다. 영일도 소리 없이 웃었다.

이현우의 어머니는 창가 의자에 앉아 있었다. 한상오는 그녀를 바로 알아보았다. 그녀도 그런 것 같았다.

—네가 친구를 데려온 건 그때가 처음이잖니. 그 뒤로도 없었고.

이현우의 소개에 그녀는 고개를 끄덕이며 말했다. 그녀는 무슨 말인가를 더 할 듯하다가 그만두었다. 미소를 지었지만 눈동자 한가운데가 경계심으로 오므라들고 있었다. 둔한 편이지만 한상오도 그 정도는 느낄 수 있었다. 한상오는 왼뺨을 문지르며 어색하게 목례를 했다.

집 안으로 인터넷 선을 끌어오는 분배기에는 이상이 없었다. 그렇다면 공유기에 문제가 있을 거였다. 공유기를 찾느라 커다란 대리석 테이블을 벽에서 떼어내야 했다. 남자 셋이 힘을 썼는데도 테이블은 조금밖에 움직이지 않았다. 영일은 간신히 그 틈으로 들어가 맨홀에서처럼 한쪽 무릎을 꿇고 앉았다. 한상오는 그 뒤에 앉아 영일이 분해한 공유기를 들여다보았다.

에어컨 팬이 돌아가며 내는 소리뿐 실내는 고요했다. 이현우는 한 발짝 떨어져서 한상오와 영일이 작업하는 모습을 말없이 지켜보았다. 한상오의 두툼한 어깨와 구부린 등, 작업하다 얻었을 팔뚝의 상처와 흉터들. 그들 옆에 놓인 공구 가방은 처음 색을 짐작할 수 없을 만큼 낡아 보였다. 벌어진 입구로 펜치와 가위, 드라이버, 접이식 칼 따위가 보였다. 그 속에서 예전의 한상오를 떠올리게 할 만한 건 찾을 수 없었다.

작업은 오래 걸리지 않아 끝났다. 이현우의 어머니는 말없이 미소를 짓는 것으로 고마움을 표시했다. 이현우를 따라 아래층으로 내려오는 동안 한상오는 자신의 등에 들러붙는 그녀의 시선을 느꼈다.

불도그는 여전히 거실 한가운데를 차지한 채 꼼짝도 않고 엎드려 있었다. 가사도우미 아주머니가 마실 것을 내왔다. 커다랗고 차가운 유리컵 안에서 얼음 조각들이 부딪치며 맑은 소리를 냈다. 이현우는 조심스럽게 수고비 얘기를 꺼냈다. 한상오는 웃고 말았다.

─그럼 나가서 한잔할까? 저녁 식사도 할 겸.

이현우가 느끼는 서먹함이 한상오에게 그대로 전달되었다. 한상오는 대답 대신 이현우를 바라보았다. 역광으로 이현우의 얼굴이 푸른빛을 띠고 있었다. 그의 등뒤로는 석양을 받은 강물이 붉은 쇳물처럼 고여 있었다. 멀리 반포대교 너머 63빌딩이 눈에 들어왔다. 황금색으로 빛나는 빌딩이 분명 거기 있다는 걸 아는데도 지글거리는 열기가 만들어낸 신기루일지 모른다는 생각이 스쳤다. 까닭 없이 불안한 마음이 들었다.

─일단 나가볼까?

한상오는 소파에서 일어서며 말했다. 영일이 발치에 둔 공구 가방을 챙기며 일어섰다. 이현우도 따라 일어서려는데 거실 한가운데 있던 불도그가 먼저 몸을 일으켰다. 놈의 귀가 뒤로 젖히는가 싶더니 바짝 섰다. 어느새 놈은 육중한 소리를 내며 현관을 향해 달려가고 있었다. 동시에 현관 디지털 도어록이 소리를 내며 돌아갔다. 순간 이현우는 뭔가 잘못돼가고 있다는 걸 깨달았다. 초인종을 누르지 않고 들어올 사람은 한 사람밖에 없었다. 그 사람은 지금 본다이 해변에 있고 다음 주에나 돌아와야 했다.

블도그는 현관으로 들어서는 이태주를 향해 뛰어 올랐다. 놈의 뱃살이 물을 담은 자루처럼 출렁였다. 이태주는 놈을 안아 올리며 알아들을 수 없는 말로 얼렀다. 놈의 혀가 이태주의 빰과 목덜미를 핥았다.

—여기 내 집 아닌가?

이태주가 어정쩡한 자세로 자신을 바라보고 있는 세 사람을 차례차례 훑으며 말했다. 높낮이 없이 부드럽게 울리는 목소리였다. 자신의 귀가가 이렇게까지 환영받지 못할 줄 몰랐다는 조소 뒤에 이 뜻밖의 상황을 즐겨보자는 심산이 느껴졌다.

영일이 갑작스런 분위기에 숨을 참으며 한상오를 바라보았다. 한상오는 이현우를 바라보았다. 이현우의 얼굴은 몰라볼 정도로 굳어 있었다.

—일정에 착오가 있었어요.

이태주는 소리를 듣고 주방에서 나온 아주머니에게 말했다. 아주머니는 묵례를 한 뒤 바로 사라졌다.

―아버지야.

이현우는 누구와도 눈을 마주치지 않은 채 말했다. 그의 눈은 이미 다른 것에 사로잡혀 있었다. 아버지가 등장한 순간 눈앞으로 그림 한 장이 떠올랐다. 어릴 적, 어머니 책장에 꽂힌 화첩에서 본 그림이었다. 러시아 화가 일리야 레핀의 「아무도 기다리지 않았다」. 혁명가인 아버지가 유배지에서 돌아왔으니 이제 무슨 일이 벌어지게 될까. 그림 속 한 여자아이의 눈이 공포와 두려움으로 가득 차 있었다. 그 아이가 어린 이현우 자신이었다. 아버지의 귀가는 늘 두려움을 불러일으켰다. 더군다나 이렇게 뜻밖의 귀가는.

―친구예요. 인터넷에 문제가 있어 봐주러 왔어요.

이현우는 얼른 이 상황을 끝내고 싶다는 걸 굳이 감추지 않은 채 차갑게 말했다. 한상오는 이태주의 얼굴에서 눈을 떼지 못한 채 묵례를 했다. 뭔가 아귀가 맞지 않는다는 느낌이 떠나지 않았다. 이태주의 얼굴은 주름이나 반점 하나 없이 팽팽했다. 아버지가 아니라 이현우의 형제라 해도 이상할 것 없어 보였다.

―우리가 처음은 아니죠?

이태주가 목덜미에서 불도그를 떼어내며 한상오에게 말했다. 미소를 짓고 있었지만 눈빛은 서늘했다. 한상오의 손 하나가 저절로 올라가 왼뺨을 가렸다. 한상오는 조금 전부터 까닭 없이 불안해졌던 것이 이 순간 때문이었다는 걸 깨달았다.

이현우의 아버지와 마주칠지 모른다는 생각을 자신도 모르게 하고 있었던 거다. 오래전 새벽에 마주한 얼굴을 떠올려보려 했지만 잘되지 않았다. 그날 느꼈던 공포와 모멸감이 그대로 되살아났다.

　—내가 분위기를 망친 건가요?

　여전히 부드럽고 은근한 목소리였다.

　—아닙니다.

　한상오는 왼뺨의 반점이 딱딱해지는 걸 느끼며 대답했다. 자신의 기억대로라면 그날 새벽에도 이현우의 아버지는 이 비슷한 말을 했었다.

　어느새 이현우는 현관 쪽으로 걸어가고 있었다. 영일은 이러지도 저러지도 못한 채 한상오만 바라보았다. 한상오는 다시 한 번 묵례를 하고 이태주에게서 벗어나려 했다. 하지만 그의 눈빛이 놓아주지 않았다.

　—인터넷 말고 다른 것도 손봐줄 수 있나요? 집 안에 고장 난 것투성이라……

　이태주가 명함을 꺼내들며 말했다. 대답을 기다리는 표정은 아니었다. 한상오는 두 손으로 명함을 받아들었다. 기이하다 할 만큼 짧고 뭉툭한 엄지가 눈에 들어왔다.

　이태주와 그의 개가 거실을 가로질러 방으로 들어가는 걸 보며 한상오와 영일은 현관 쪽으로 나왔다. 기다리고 있던 이현우가 막 현관문 손잡이를 돌리는 순간 등뒤에서 거칠게 혈

떡이는 소리가 났다. 누가 먼저랄 것도 없이 일제히 뒤를 돌아보았다. 윤기 흐르는 검은 살덩어리가 달려오고 있었다. 뭔가 손을 써야 했지만 놈은 벌써 맨 뒤에 있는 영일에게 들러붙어 있었다. 순식간에 벌어진 일이라 이현우와 한상오는 멍하니 바라보기만 했다. 영일은 바짓단에 불이 붙은 것처럼 튀어 오르며 놈을 털어내려 했다. 하지만 놈은 영일의 정강이와 허벅지를 물어뜯은 다음에야 떨어졌다. 임무를 완수한 놈이 이태주의 방 안으로 뛰어들었다. 안에서 조용히 문이 닫혔다. 어머니가 블라우스 앞섶을 움켜쥔 채 2층 난간에서 내려다보고 있었다.

영일은 바지 위로 핏물이 배어 나오는데도 괜찮습니다, 만 되풀이했다. 소동 한가운데 자신이 있다는 사실이 부담스러운 듯했다. 이현우와 눈이 마주치자 미안한 표정으로 웃어 보이기까지 했다. 이현우의 질린 얼굴은 이상해 보일 정도로 뒤틀려 있었다.

한상오는 자신이 물린 것처럼 절뚝거리며 영일을 끌고 나왔다. 명함을 건네던 순간의 이태주와 오래전 새벽의 이태주가 겹쳐 떠올랐다. 문득, 불도그가 사람을 잘못 골라잡은 거라는 생각이 스쳤다. 놈의 주인이 원한 건 영일이 아니었을 거였다.

9

몽블랑 사건으로 학교를 그만둔 뒤 한상오는 호프집에서 아르바이트를 했다(학교 행정상으로는 자퇴가 아닌 무단결석에 따른 퇴학이었다. 한상오에게는 그거나 그거나지만). 이현우가 집으로 찾아왔다는 걸 여동생한테 들었다. 집에 있었어도 만나주지 않았을 거였다. 여전히 모든 게 시시해 보였다. 이현우에게 품었던 애정과 호의도 마찬가지였다.

호프집을 그만두고 좀더 오래 할 수 있는 일을 찾았다. 전화국에 다니는 먼 친척이 통신 계통 쪽 기술을 배워두면 괜찮을 거라고 했다. 무엇보다도 당장 집을 나올 수 있어 끌렸다. 부산 쪽에 큰 공사가 있어 1년 정도는 그곳 숙소에 머무를 수 있었다. 떠나기 전 왠지 이현우를 한 번 보고 가야 할 것 같았다. 이현우의 집 앞에서 야자를 끝내고 오는 그를 기다렸다. 그날 밤 이현우 어머니의 허락을 받아 그곳에서 자게 되었다.

몇 주 사이 한상오는 성인의 세계에 속해버렸고 이현우는 명민하고 조숙하긴 하지만 여전히 소년의 세계에 머물러 있었다. 하지만 몇 마디 나누고 나자 그런 경계는 사라졌다. 몽블랑에 관한 얘기는 누구도 꺼내지 않았다. 말하지 않아도 이현우가 미안해하고 있다는 걸 느낄 수 있었다. 한상오는 그거 하나면 충분했다. 둘은 밤늦게까지 이야기를 나누었다. 그러다 잠이 들었고 느닷없이 쏟아진 불빛에 깨어났다.

방문 앞에 한 남자가 버티고 서 있었다. 엉거주춤 일어나 앉는 이현우의 얼굴을 본 순간 한상오는 남자가 그의 아버지라는 걸 깨달았다. 남자가 불빛 속으로 한 걸음 들어섰다. 가면을 쓴 것처럼 보이는 얼굴에 사나운 눈이 박혀 있었다. 그 눈이 침대 위의 둘을 번갈아 쏘아보다 한상오에게 고정되었다. 한상오는 왼뺨을 가리며 고개를 숙였다.

―내가 분위기를 망친 건가?

이현우의 아버지는 뭔가 역겨운 장면을 보고 있다는 듯 고개를 저었다. 그러고는 어떤 대답도 듣지 않고 사라졌다.

한상오는 조용히 그 집을 빠져나왔다. 새벽 정원을 걸어 나오는 동안 자신의 등에 꽂히는 시선들을 느꼈다. 다시는 이 정원에 발 들일 일이 없을 거라고 생각했다.

10

9월이 끝나가는데도 한낮의 더위는 여전했다. 지상을 달군 열기가 맨홀로 흘러들었다. 개에 물린 자리는 잘 아물지 않았다. 땀에 쓸려 자꾸 상처가 덧났다. 그날 응급실을 찾아 파상풍 주사를 맞고 처치를 한 뒤로 이현우는 자신이 직접 치료를 해주고 싶어 했다.

이현우는 한상오와 영일의 작업이 끝나는 시간에 맞춰 사무실 근처에서 기다렸다. 처치는 이현우의 차 안에서 이루어졌다. 오래 걸리지 않았다. 처치가 끝나면 식사를 겸한 술자리로 이어졌다. 식사 때마다 부드럽고도 독한 술을 맛보았다. 아무리 마셔도 숙취가 남지 않았다. 이현우는 그런 식으로라도 갚고 싶어 했다.

물린 자리는 작은 흉터를 남기고 아물었다.

일은 있다 없다 했다. 공치는 날이면 영일은 야간 아르바이트를 찾아 뛰었다. 영일이 빠진 채로 두 고교 동창은 만났다. 만나는 횟수가 늘면서 남아 있던 어색함이 사라졌다. 서로의 지난 20여 년을 알아가게 되었다.

한상오의 부모는 모두 세상을 떠났고, 여동생은 결혼해서 단란하게 살고 있었다. 맨홀 일이 힘들긴 해도 아직 견딜 만하고(지금부터가 문제지 뭐), 1년 넘게 만나는 여자 친구가 있었다.

이현우의 아내와 딸은 뉴욕에 머물고 있고, 자신은 진료보다 강의나 연구가 더 적성에 맞고, 중고등학교 시절 동창은 아무도 만나지 않는다. 팬다 너 말고.

한상오는 이현우가 아직도 그 별명을 기억하고 있다는 게 신기했다. 어떻게 그걸 잊어? 이현우의 대답에 한상오는 자신의 왼뺨을 툭툭 치며 시원하게 웃었다. 하기야 이것 아니었으면 다시 만나지도 못했지.

—근데, 하필 왜 수면의학이냐?

한상오는 자신이라면 칼을 쥐는 외과를 택했을 거라며 물었다. 케이블 다발을 싼 외피를 개봉할 때 칼을 쓰는데 팀 내에서 자신의 실력이 최고라고 했다. 자신의 눈꺼풀 위에는 늘 잠이 올라타 있어 등만 붙이면 어디서든 잠들 수 있고, 그러니 미안하게도 네 환자가 될 일은 없을 거라며 너스레를 떨기도 했다.

한상오의 질문에 이현우는 잠시 생각에 빠졌다. 어머니에게 잠은 에어 캡 같은 거였다. 어머니를 불행한 결혼으로부터 둘둘 감싸 부서지지 않게 해준 것. 아버지의 폭력 앞에서 어머니는 기면증을 앓는 사람처럼 잠 속으로 기절해버리곤 했다. 며칠 동안 깨어나지 않는 어머니는 죽은 것처럼 보였고, 이현우가 두려움에 휩싸여 있을 때 깨어나 놀라게 했다. 그 터널을 통과한 어머니는 잠들기 전의 일은 기억하지 못하는 것처럼 보였다. 어머니는 새롭게 태어났고 그런 어머니가 낯설었다. 분명 잠에는 무언가가 있었다. 잠의 심해로 내려가보고 싶은 유혹이 이현우를 이끌었다. 발을 들여놓긴 했지만 아직도 잠의 대부분은 깊은 물 아래 가라앉아 있었다.

이현우는 한상오에게 이런 얘기를 하지는 않았다. 얘기하다 보면 그 시절이 딸려 나올 테고, 그래서 건드리고 싶지 않았다. 대신 한상오에게 네 얘기나 더 해보라며 잔을 부딪쳤다. 맨홀 안은 어때? 상상이 안 돼. 한상오는 상상할 게 뭐 있냐면서도 늘어놓았다.

　—비행기는 뜰 때하고 내려앉을 때가 제일 위험하다며? 맨홀도 그래. 들어갈 때, 나올 때. 말로는 안전규칙 준수 떠들어 대. 들어가기 전 반드시 가스검출기로 맨홀 상태를 점검하고, 안전모를 착용하며…… 말뿐이야. 현장에 도착해봐. 화이바 쓰고, 검출기 넣어보고 할 시간이 어딨어? 여기 빨리 끝내고 얼른 다음 맨홀로 입수해야는데. 뚜껑 열어젖힌 다음 일단 다리부터 밀어 넣고 보는 거지 뭐. 재수 없으면 그길로 못 올라오는 거고.

　—그것 지키기가 그렇게 어려워?

　—사고 나면 사람들이 맨 첨 묻는 것도 그거야. 모르고 하는 소리지. 죽겠다고 내려가는 사람이 어딨겠어? 위에서 빨리 끝내라고 쪼아대니 어쩔 수 없지. 지금은 가스검출기라도 있지. 예전에는 그것도 없었어. 뚜껑 열고 영 찝찝하면 성냥을 켜서 던져 넣어봐.

　—던져서?

　—꺼지면 골치 아프지. 환풍기 설치하고 그 안에 공기 빼내고 하면 시간이 배는 걸려. 그날은 거기밖에 못하는 거지 뭐. 근데 이런 얘기가 재밌냐?

　이현우는 술잔을 비우며 말했다. 계속해봐.

　—뚜껑 열고 들어가면 둘 중 하나야. 지옥이거나 조금 덜 지옥이거나. 뻥이 아니라니까. 물 차 있는 건 양반이지. 양수

기로 퍼내고 작업하면 되니까. 정화조가 터져서 흘러들어온 데도 있다니까. 어떡해. 작업은 해야겠고. 영일이랑 그걸 퍼서…… 미안하다, 술맛 떨어지게. 흐흐흐. 근데 생각하면 묘해. 똥물에 잠긴 케이블로 이런저런 얘기가 오간단 말이지. 사랑 고백일 수도 있고, 용서를 비는 걸 수도 있고, 축하한다는 인사일 수도 있고.

이현우는 자세를 고쳐 앉으며 고개를 끄덕였다. 한상오는 그런 반응에 더 신이 났다.

—뱀이 들어와 있는 데도 있고 쥐가 죽어 있는 데도 있고. 시체가 들어 있기도 해.

—시체?

—완전 뼈만 남았다 하더라고. 내가 일한 데서는 아니고, 저 아래 어디 공단 근처였던가 그래.

—제 발로 걸어 들어간 것 아닐까? 그럴 수도 있잖아?

—어쭈, 우리 이현우 상상력 좀 보소. 세상에 저 죽겠다고 맨홀로 내려갈 놈이 어딨겠냐?

—범인은 잡혔어?

—어떻게 잡아. 죽은 사람이 누군지도 모르는데. 우리들끼리는 그러지. 이건 이 바닥에서 일해본 사람 짓이다. 왜냐고? 그 맨홀이 오랫동안 열리지 않을 걸 알고 있었으니까.

뭐, 이런 식의 이야기들.

—한 번 들어간 맨홀은 기억해?

—너는? 한 번 본 환자 기억해?

—글쎄.

—어쩌다 내가 작업한 맨홀 위를 지나갈 때가 있어. 시간이 아무리 지났어도 뚜껑 밑이 훤히 다 보여.

—그러고 보면…… 우리 일에는 뭔가 비슷한 데가 있는 것 같아. 맨홀이나 잠이나 어두운 세계인 것도 그렇고, 거기서 뭔가를 찾고 이어주고 해결하려는…… 뭐, 그런 것. 매력적이네.

이현우가 한상오의 잔에 술을 따르며 나지막하게 말했다.

한상오는 잔을 들어 천천히 마셨다. 지금까지 이렇게 말해준 사람은 아무도 없었다.

이현우는 한상오를 만나면 편안했다. 아무 얘기나 해도 되고 아무 얘기를 하지 않아도 되었다. 처음부터 끝까지 한상오의 얘기만 듣다 온 적도 있었다. 새롭거나 새겨들을 만한 얘기는 아니었다. 종종 앞뒤가 맞지 않는 얘기일 때도 있었다. 그런데도 지루하지 않았다. 헤어질 때 다음 약속 같은 건 잡지 않았다. 다시 연락할 일 있을까, 하는 생각이 들기도 했다. 그러다 잊을 만하면 또 술 한잔하고 싶어졌다.

한상오는 이현우의 전화를 받으면 두말 않고 나왔다. 왕십리나 동료들과 선약이 있어도 이현우가 우선이었다. 또 애인 생겼어? 동료들이 한 소리씩 했다. 한상오는 실실 웃기만 했다. 왕십리와 몇 번 말다툼도 했다.

11

　두 동창의 만남은 해를 넘겨 이어졌다. 공통의 관심사나 화제가 있는 건 아니었지만 몇 개의 경험이 둘을 묶어주고 있었다. 물론 그 경험들에 대해 서로 한마디도 나누지 않았다. 가장 최근 불도그가 영일에게 제공한 경험까지도. 사실 몽블랑 볼펜이나 함께 잠들었던 하룻밤, 불도그가 특별한 경험이라고 할 수 없었다. 특별한 게 있다면 그건 약속이나 한 것처럼 그것들에 대해 함구한다는 사실이었다. 얘기하다 보면 결국 이태주에게 가닿게 되리라는 걸 둘 다 알고 있었다. 그걸 피하는 거였다. 그런 의미에서 두 사람이 공유한 진짜 특별한 경험은 이태주 그 자체인지도 몰랐다.

　그날 한상오는 약속 시간에 늦었다. 강남역 근처 사거리 한가운데 있는 맨홀에서 작업한 날이었다. 교통량이 밀집된 곳이라 차선 하나도 막을 수 없었다. 맨홀 위를 강판으로 덮은 채 작업할 수밖에 없었다. 강판 구멍으로 바퀴들이 그대로 올려다보였다. 매연과 부스러기가 떨어져 내렸다. 한상오에게는 소음이 더 성가셨다. 맨홀이 아니라 어마어마한 터빈 속에 들어와 있는 것 같았다.

요즈음 들어 회사 분위기가 부쩍 나빠졌다. 입찰 결과가 좋지 않은 모양이었다. 오천만 원이 넘어가는 관급 공사면 무조건 입찰을 해야 했다. 입찰되어 공사를 맡는다 해도 하청의 하청이라 대가리 떼고 몸통 떼고 나면 남는 게 없었다. 그나마 그것도 입찰되었을 때 얘기였다.

—이번 것도 틀린 것 같던데.

한상오는 옆에서 말없이 작업 중인 영일에게 툭 던졌다. 영일은 듣지 못했는지 반응이 없었다. 잠시 후 영일에게 그의 무릎 근처에 있는 펜치 좀 집어 달라고 했는데 이번에도 알아듣지 못했다. 소리를 지르자 그때야 알아듣고 고개를 들었다.

일이 끝나고도 두 사람은 한참을 맨홀 안에서 기다려야 했다. 이런 맨홀에서는 반드시 바깥에서 올라오라는 신호를 해줘야 했다. 그냥 머리를 내밀었다가는 바퀴에 으깨지기 십상이었다. 조장이 와 꺼내주기로 했는데 차가 막히는지 도착 시간을 훌쩍 넘기고 있었다. 작업할 때는 바빠 몰랐는데 머리 위로 지나가는 바퀴들이 더 위협적으로 느껴졌다. 감금된 거나 마찬가지였다. 또 애먼 영일한테 화살을 날리고 말았다.

—넌 도대체가 작업 중에 뭘 그렇게 딴생각이냐!

이현우는 기다리다 먼저 한잔하고 있었다. 한상오는 앉자마자 연거푸 술잔을 비웠다. 오늘 같은 날은 영일과 한잔하며 풀어야 했다. 소리 지른 걸 사과하고 잔을 부딪쳐야 했다. 일은 고되지만 우리가 하는 일이 매력적인 데가 있다는 걸 말해주어야 했다. 하지만 이현우 전화를 받고 여기로 달려오고 말았다.

―기분 별론 거 같은데?

이현우는 한상오의 얼굴을 빤히 쳐다보았다. 한상오는 손을 저으며 다시 술잔을 들었다.

―왼쪽 뺨이 잔뜩 화나 있다니까.

한상오에게 이런 식의 농담을 할 수 있는 사람은 이현우뿐이었다. 둘은 잔을 부딪치고 단숨에 비웠다.

―여기야 늘 뿔이 나 있지.

한상오는 자신의 왼뺨을 툭툭거리며 웃어 보였다.

―자꾸 영일이를 갈구고 마네. 마음은 그게 아닌데.

―무슨 일 있었어?

―일은 무슨? 그놈 인생 자체가 무슨 일이지.

영일의 아내는 몇 년 전에 종적을 감추었다. 자그마한 체구에 조용하고 부지런한 사람이었다. 아이가 생기지 않는 거만 빼면 결혼 생활에 다른 문제는 없었다고 했다. 문제라면 아는 언니와 함께 시작한 부업이 문제였다. 집 안에 갖가지 건강식품과 의료기기가 쌓여갔다. 뜯지도 않은 상자들이 좁은 베란다와 방을 차지했다. 건강식품부터 적외선 살균기에 옥매트까지 다양했다. 욕실에 쌓아둔 상자 더미에서 곰팡이가 피어

났다. 맨 아래 상자는 물에 젖었다 마르기를 반복했다. 상자 겉면에 인쇄되어 있던 '현대 정주영 회장이 평생 사용한 정수기'라는 문구는 알아볼 수 없게 되었다. 카드빚을 막으려 사채를 끌어다 썼다고 털어놓았다. 전세금을 빼 급한 것부터 막았다. 말하지 않은 사채가 또 터졌다. 남자 둘이 고시원까지 찾아온 날, 영일의 아내는 모습을 감추었다. 겁도 나고 미안해서 그런 거예요. 곧 올 거예요. 영일은 아직도 명절이면 처가가 있는 청주에 내려간다. 거긴 나타날지 모르잖아요. 처음에는 안타까워하던 처가 식구들도 이제 슬슬 귀찮아하는 눈치라고 했다.

한상오는 다시 잔을 들어 입안에 털어 넣었다. 여기에 함께 오자고 했지만 영일은 들어가 쉬고 싶다고 했다. 지금쯤 영일도 고시원 골방에서 한잔하고 있을 거였다.

이현우는 말없이 한상오를 바라보았다. 그의 이렇게 가라앉은 모습은 처음이었다. 술로도 풀리지 않는 모양이었다. 다른 위로가 필요해 보였다. 엉뚱한 생각 하나가 스쳐 지나갔다. 그 시절의 것이라면 어떤 것도 반갑지 않았다. 하지만 한번 든 생각은 수그러들지 않고 점점 또렷해졌다. 유치하고 말도 안 된다고 생각할수록 더 구미가 당겼다.

—팬다!

한상오가 고개를 들어 바라보았다.

—영일이한테 그런 게 자꾸 걸려?

—그렇지.

—잘못한 것 같아?

—그렇다니까.

—그럼 고백하고 용서를 빌어.

—뭐?

—잘못한 게 있다며?

한상오는 뜨끔했다.

—뭘 그렇게 놀라? 정말 뭐 있는 거 아냐?

이현우는 한상오의 반응에 묘한 재미를 느꼈다.

—있긴 뭐가 있어? 영일이 갈군 게 걸린다니까. 그런 걸 가지고 고백하고 말고 할 게 뭐 있냐?

—고백 앞에서는 겨자씨 한 알이나 태평양이나 똑같은 무게다.

이현우는 담임 말투를 흉내 냈다. 담임이 그런 말을 했는지 아닌지는 중요하지 않았다. 어차피 그때나 지금이나 이건 놀이 이상의 어떤 것도 아니었다. 둘은 한참 동안 말없이 서로를 바라보았다. 잠시 후 한상오는 자세를 고쳐 앉았다.

—늦게 꺼내주러 온 조장을 욕했습니다. 오늘도 애먼 영일이를 갈구고 또 갈궜습니다. 이 밖에 알아내지 못한 죄도 용서해주십시오.

한상오는 눈을 감고 두 손을 모은 다음 중얼거렸다. 이현우는 숨을 죽이고 그를 지켜보았다. 두툼한 입술 근처에 어딘가

72

아둔해 보이는 기운이 남아 있었지만 미간의 주름과 왼쪽 뺨의 반점이 그를 제법 진지해 보이게 했다. 이현우는 술잔을 내려놓으며 웃음을 참았다. 그 기미에 한상오가 실눈을 떴다. 둘의 눈이 마주쳤다. 이현우는 더 참지 못하고 웃음을 터뜨렸다. 한상오도 웃기 시작했다. 주변 테이블에서 힐끗거렸다.

— 야, 이거 정말 신기하네. 옛날 맛이 나.

한상오는 눈가를 닦으며 말했다.

— 웃기지 마.

— 정말이라니까. 이현우, 너도 한번 해봐. 참, 그 전에 아멘부터 해줘야지.

한상오는 반쯤 일어나 이현우 앞으로 머리를 들이밀었다. 그러고는 자신의 머리를 톡톡 치며 말했다.

— 담임처럼 해보라니까. 이왕 시작한 거 제대로 하자고.

이현우는 내키지 않았지만 한상오 머리에 손을 얹었다. 그의 머리에서 마른 먼지 냄새가 났다. 아멘.

한 달 뒤, 얼큰해진 두 동창은 다시 이 놀이를 했다. 이번에도 한상오가 고백하고 이현우가 받아주었다. 왕십리와 이전의 여자들이 불려 나왔다. 한상오는 양주, 수원, 대성을 차례로 부르며 그녀들에게 저지른 잘못을 고백했다. 이현우는 담임이 그랬던 것처럼 숙제를 내주었다. 양주 수원이 뭐냐. 대성은 또. 앞으로는 별명 말고 이름을 부르도록 해. 알겠지,

팬다?

다시 웃음이 터졌다.

12

이태주가 코를 골며 돌아눕자 김주희는 침대에서 조용히 빠져나와 욕실로 갔다. 이태주의 땀과 체취로 몸이 끈적였다. 그녀는 샤워기 아래 우두커니 서서 한참 동안 물을 맞았다. 벌거벗은 사람이 거울 속에서 이편을 바라보고 있었다. 뜨거운 물을 맞고 있는데도 소름이 돋았다. 자신의 눈을 똑바로 바라보기가 힘들었다.

대학 3학년 2학기를 앞두고 세번째 휴학을 했었다. 학기나 학년이 바뀔 때마다 다음 학기 등록금과 생활비를 마련하려면 어쩔 수 없었다. 졸업까지 몇 번의 휴학이 더 필요할지 알수 없었다. 물리도록 한 편의점이나 카페가 아닌 자동차 수입상에 아르바이트 자리를 얻었다. 운이 좋다고 생각했다. 주요고객을 위한 골프 모임이나 만찬 등의 행사를 보조하는 일이 업무 중 하나였다.

이태주는 주요 고객 중에서도 사장이 따로 관리하는 고객이었다. 그의 자산과 사업 수완, 여자관계에 대한 얘기가 사무실에 돌았다. 그때까지만 해도 김주희 자신에게 그는 엄청

난 자산가에 나이를 짐작할 수 없는 얼굴을 한 노인일 뿐이었다.

와인 판매회사와 공동으로 연 파티에서 이태주가 주문한 와인을 테이블에 내려놓고 돌아서는데 그가 봉투를 내밀었다. 뭔지 모른 채 받아 와 동료들과 함께 열어보았다. 월급 두 배가 넘는 액수의 수표가 들어 있었다. 착오가 생긴 것 같아 사장을 통해 돌려주었다. 다시 돌아왔다. 사장은 팁이니 넣어두라고만 했다. 뭔가 더 하고 싶은 말이 있는 듯했는데 하지 않았다.

얼마 후 비슷한 만찬 모임이 다시 잡혔다. 그날 이태주가 차고 있던 손목시계가 잠깐 화제에 올랐다. 다이아몬드와 사파이어가 빼곡히 박힌 시계였다. 이태주의 잔에 와인을 따르면서 슬쩍 본 그 시계가 김주희에게는 조악한 장난감 시계처럼 보였다. 너무 번쩍거려 추하다는 느낌마저 주었다. 수십억짜리라는 말을 듣고도 아무렇지 않았다. 너무 큰 것은 없는 거나 마찬가지였다. 하지만 테이블을 오가며 시중을 드는 동안 점점 기분이 이상해졌다. 지독하게 단것을 먹고 난 것처럼 속이 메스꺼웠다. 쳐다보지 않으려 할수록 자꾸 그 시계로 눈이 갔다. 그가 두번째 팁이 담긴 봉투를 내밀던 순간, 김주희는 수표가 아니라 그 빛을 뿜어내는 시계를 원한다고 말할 뻔했다. 안 된다면 훔치기라도 하고 싶었다. 며칠 뒤 이태주한테서 한번 만나자는 연락이 왔다. 스폰서가 되어주겠다고 했다.

김주희는 그대로 물을 맞으며 서 있었다. 벌거벗고 있지만 무언가 더 벗겨낼 게 남아 있는 것 같았다. 몸을 타고 흘러내린 물이 발 아래에서 작은 소용돌이를 일으키며 빠져나갔다. 이태주의 애인으로 보낸 지난 5년도 그렇게 사라져버렸다. 친구들 사이에서 자신에 대한 소문이 돌았다. 이미 오래전 일이었다. 그때로부터 너무 멀리 와버렸다. 2년 전쯤인가, 예전 남자 친구한테서 연락이 와 만났다. 이태주 이전으로 돌아갈 수도 있으리라는 기대를 품고 나갔다. 하지만 그의 얼굴에 뜬 지치고 가난한 표정을 본 순간 자신 없어졌다. 그 친구도 김주희 자신의 얼굴에서 무언가를 본 듯했다. 헤어질 때 그가 말했다. 힘들다고 다 너처럼 살진 않아.

김주희는 거품을 내 몸을 닦기 시작했다. 바깥이 조용한 걸 보면 이태주는 아직 낮잠에서 깨지 않았다. 그의 팽팽하고 붉은 빛이 도는 얼굴이 떠올랐다. 이태주에 대한 환멸, 아니 그의 애인으로 지내온 자신에 대한 환멸로 가슴이 조여왔다. 요즈음 부쩍 이런 상태에 빠지곤 했다. 이제 이 생활을 정리하고 싶었다. 하지만 자신에게 그런 힘이 있는지 알 수 없었다. 그녀는 조바심으로 살갗이 빨개지도록 몸을 문질렀다. 문득, 재력가 아버지에게 열패감을 안겨준다는 그의 아들이 생각났다. 이태주는 아들을 미워하면서도 자랑스러워했고 언젠가 한 번은 꼭 무릎 꿇게 만들겠다고 별렀다.

물을 잠갔다. 갑자기 생겨난 고요 속에서 김주희는 그대로

서 있었다. 샤워기에서 한 방울씩 떨어져 내리는 물이 정수리를 때렸다. 그녀는 거울에 어린 수증기를 닦아내고 자신의 눈을 바라보았다. 이태주를 가장 강하게 만드는 존재는 그의 아들이었다. 가장 약하게 만들어버리는 존재도 그였다. 어쩌면 그 아들이라는 사람한테서 이태주를 벗어날 힘을 얻게 될지도 몰랐다. 오직 그 사람만이 그런 힘을 줄 수 있다는 착각마저 들었다. 말도 안 되는 생각이었지만 그럴수록 빨려 들어갔다.

김주희는 점점 심해지는 악몽과 불면 때문에라도 수면의학 전문가라는 그 사람을 만나볼 필요가 있다고 스스로에게 구실을 갖다 붙였다.

13

김주희는 마지막 환자였다. 올리브색 실크 원피스가 그녀의 희고 투명한 피부에 잘 어울렸다. 어깨까지 오는 갈색 머리는 단정하게 묶었고 빠져나온 머리칼이 살짝 귀를 가리고 있었다. 그녀가 진료실에 들어선 순간 수련의가 자세를 고쳐 앉았다. 금요일 오후 나른했던 진료실 공기가 묘하게 출렁였다.

이현우는 환자용 의자에 앉는 그녀를 일별하고 컴퓨터 모니터로 눈을 돌렸다. 예진 기록에 따르면 그녀는 하루 네 시간 이상 자지 못하고, 자주 잠에서 깨며, 깰 때마다 두통을 느낀다. 수면유도제를 복용한 적 있고, 거의 매일 악몽을 꾼다.

—자주 잠에서 깬다고 하셨는데 악몽 때문인가요?

이현우는 이런 상태가 얼마나 된 건지, 복용한 약은 무언지 확인한 뒤 물었다.

—그러기도 해요. 하지만 대부분은 꿈이 아니라 숨이 막히는 듯한 느낌에 깨어나요.

질문 내용을 예상이라도 한 듯 김주희는 차분한 어조로 대답했다. 스미는 듯 낮고 부드러웠지만 어딘가 단호함이 느껴지는 목소리였다.

—수면 중에 10초 이상 숨을 쉬지 않는 걸 수면무호흡증이라고 하죠. 두통도 그것과 관련 있을 수 있습니다. 뇌에 산소 공급이 원활하지 않아 두통이 오는 거죠.

이현우는 자신의 표정과 목소리가 자연스럽지 않다는 걸 알았다. 왠지 이 환자를 똑바로 쳐다보는 데 어려움을 느꼈다.

—참았던 숨을 몰아쉬다 보면 컥컥거리는 소리를 내게 됩니다. 그 소리에 본인이나 함께 자던 사람이 깨기도 합니다. 그런 적 있나요?

옆에 있던 수련의가 자신의 지도교수를 슬쩍 보았다. 진료 외의 다른 걸 궁금해한다는 인상을 받은 때문이었다. 어쩌면 상당한 호감을 주는 환자 앞에서 자신처럼 긴장한 것인지도 몰랐다.

—아니요.

김주희는 이현우에게서 눈을 떼지 않은 채 대답했다. 그는 아버지와 정반대인 사람처럼 보였다. 고요하고 섬세한데다 뭔가 초월한 듯한 느낌마저 주었다. 어떻게 이런 그가 이태주를 그렇게 자주 분노와 회한에 빠트릴 수 있는지 믿기지 않았다.

몇 가지 질문과 대답이 좀더 오갔다.

—일단 검사해보도록 하죠. 예약하고 가시면 됩니다.

이현우는 서둘러 일어서며 말했다. 김주희가 진료실에 들어온 지 몇 분 되지 않았지만 종일 그녀만 상대하고 있는 기분이 들었다. 그녀가 진료실에 들어선 순간부터 뭔가 흐트러지기 시작했다는 걸 스스로 인정할 수밖에 없었다. 공복감과 동시에 메스꺼운 느낌이 올라왔다. 이현우는 구석 세면대로 갔다.

세면대 거울에 진료실을 걸어 나가는 김주희의 뒷모습이 잡혔다. 균형 잡힌 체형에 유난히 긴 팔과 다리가 독특한 미감을 부여했다. 탄성 좋은 재료로 뼈대를 세운 다음 거기에 알맞게 석고를 부어 만든 조각처럼 보였다.

이현우는 손 세정제를 듬뿍 짜 손을 비볐다. 등뒤의 수련의가 의아한 표정으로 자신을 보고 있다는 걸 느낄 수 있었다. 그녀는 어느새 거울에서 사라지고 없었다. 공기 중에 아릿하고 낯선 향이 떠돌았다. 아내가 쓰는 것과 다른 종류의 향수였다.

　김주희는 예약 날짜에 와 검사를 받았다. 하룻밤 입원해 자면서 뇌파와 심장 박동, 호흡 패턴, 근전도 등을 측정하는 검사였다. 검사를 위해 몸 곳곳에 수십 개의 전극선을 연결한 채 침대에 누웠다. 병실 벽에 설치된 특수 카메라가 밤새 자는 모습을 촬영했다. 일곱 시간 정도 녹화한 거라 분량이 상당했다.

　검사 결과를 확인하기 위해 그녀는 다시 내원했다. 두번째 만남이었다. 이현우는 진료 전에 미리 데이터와 녹화 영상을 검토하고 분석했다. 어떤 환자의 경우나 마찬가지였다.

　이현우는 김주희에게 의자를 당겨 가까이 앉게 했다. 모니터를 함께 보며 설명해야 하기 때문이었다. 모니터 상단에 김주희의 잠든 모습을 녹화한 장면이 떠 있었다. 그 아래에 뇌파와 심전도, 다리의 움직임을 기록한 그래프가 끝없이 이어지고 있었다.

　—잠이 들기까지 시간이 걸리긴 했지만 전체 데이터를 보면 큰 문제는 없어 보입니다.

　이현우는 모니터에 나타난 그래프를 짚어가며 설명을 시작했다. 그녀는 자신의 잠든 모습을 보는 것이 불편한 듯했다. 일반적인 반응이었다. 거기다 의료진이라고 하지만 누군가 자신의 자는 모습을 밤새 지켜봤고, 그 장면을 또 다른 의료

진과 함께 보고 있다는 사실이 편할 리 없었다. 그런 이유로 녹화를 거부하고 근전도나 심박동 같은 반쪽자리 검사만 받는 사람도 있었다.

—여기가 첫번째 렘수면 단곕니다.

이현우는 커서를 움직여 그래프의 한 부분을 지정했다. 이런 설명이 그녀에게 별 의미 없으리라는 걸 이현우는 알고 있었다. 사람들이 궁금해하는 건 어떻게 해야 잠을 잘 수 있는지, 왜 자다 자주 깨는지, 자도 자도 피곤한 이유는 무엇인지 따위였다. 수면의 단계와 과정까지 알고 싶어 하지는 않았다. 그녀도 마찬가지일 거였다.

—그 시간대에 첫번째 꿈을 꾸었다는 말인가요?

김주희가 그래프 위에 나타난 시간을 확인하며 물었다. 렘수면 단계가 무얼 의미하는지 알고 있다는 말이었다.

—그렇죠.

이현우는 사무적인 투로 대답했다.

—얼마 동안 얕은 잠, 깊은 잠, 렘수면 단계가 별문제 없이 반복됩니다. 패턴이 잘 유지되다가…… 오전 3시 반 살짝 잠에서 깹니다. 다리 움직임 때문이죠. 이게 근전도 그래픕니다.

입면까지는 1시간 20분이 걸렸고 첫번째 렘수면은 새벽 1시 반경부터 진행되었다. 이후 두 차례 더 렘수면 단계를 거친다. 그러다 마지막 렘수면 단계에서 심박동 수치에 급격한 변화가 나타난다. 악몽을 꾸었을 것이다.

—여기 갑자기 진폭이 커지는 부분 보이시죠? 마지막 렘수면 단겐데, 이 단계가 이렇게 토막 나 있어요. 보이시나요? 우리가 보통 꿈자리 사납다라는 말을 쓰는데 그건 이런 렘수면 단계를 거쳤다는 뜻이죠.

화면 속 김주희는 아이처럼 몸을 옹크린 채 잠들어 있다. 쫓기는 중이었거나, 맞은편에서 달려오는 덤프트럭을 피해 핸들을 틀었거나, 절벽에서 떨어져 내리는 중이었을 것이다. 이 상태에서 팔다리를 움직일 수 있게 되면 추적자로부터 달아나기 위해 창문을 열고 뛰어내리거나, 다리에 힘을 실어 브레이크를 밟느라 침대에서 굴러떨어질 수 있다. 다행히도 김주희의 팔다리는 잠에 묶여 있었다.

결론적으로 말하면 수면 중 무호흡이라 할 만한 증상은 보이지 않았다. 하지불안증후군 증상이 있긴 했지만 약물 치료가 필요한 정도는 아니었다. 문제는 악몽에 있었다. 마지막 렘수면 단계에서 두려운 듯 숨을 몰아쉬며 깨어났고 그 뒤로 더 잠들지 못했다.

악몽 없이 숙면할 수 있게 도와주는 약을 써보기로 했다. 이현우는 나타날 수 있는 부작용에 대해 설명한 뒤 걱정할 정도는 아니라고 덧붙였다.

—일주일 뒤에 오시면 됩니다.

이현우는 모니터에서 눈을 떼지 않은 채 말했다. 의자에서 일어선 김주희는 목례를 한 뒤 돌아섰다. 이현우의 얼굴에 주저하는 듯한 표정이 떠올랐다가 사라졌다.

　―잠에서 깬 뒤 무언가를 메모하시던데요?

　이현우는 어쩔 수 없다는 듯 그녀의 등을 올려다보며 물었다. 진료와 상관없이 순전한 호기심에서 나온 질문이었다. 진료 전 녹화 화면을 살펴보다 이현우는 인상적인 장면 하나를 발견했다. 마지막 렘수면 직후 잠에서 깨어난 그녀는 얼어붙은 듯 꼼짝도 하지 않는다. 잠시 후 스탠드를 켜고 머리맡에 둔 수첩을 펼쳐 든다. 그리고 무언가를 적는다.

　김주희는 나가려다 말고 돌아보았다. 두 사람의 눈이 마주쳤다.

　―꿈을 기록해두는 습관이 있어요.

　―꿈을요?

　그녀는 대답 대신 고개를 끄덕였다.

14

　샤워를 하다가, 병동 계단을 내려가다가, 동료 교수들과 점심을 먹다가, 기면증 환자와 상담을 하다가, 차로 한남대교를 건너다가 이현우는 느닷없이 떠오르는 김주희와 맞닥뜨렸다. 꿈을 기록해두는 습관이 있어요. 그녀의 목소리가 반복해 울렸다. 자신과 같은 습관을 지닌 사람을 만난 건 처음이었다.

같은 취미를 가진 사람을 만나는 것과는 또 다른 일이었다. 그녀가 처음 진료실에 들어서던 순간부터 끌렸던 이유가 그 때문이라는 생각이 들었다. 이현우는 그런 자신을 인정하고 싶지 않았다. 아내에게 자주 전화를 걸었다. 서로의 안부만 확인하고 끊던 통화가 사소한 얘기까지 주고받는 것으로 바뀌었다. 친밀감까지는 아니지만 그 비슷한 것을 아내에게 느꼈다. 오랫동안 잊고 있던 감정이었다. 당신 뭔가 수상한데? 아내가 전화기 너머에서 톡톡 튀는 목소리로 덧붙였다. 나한테 들키지만 말아줘.

딸아이와 주고받는 카톡에도 전보다 많은 이모티콘을 썼다. 딸아이의 연주 실력은 놀라울 정도로 발전하고 있었다. 다른 무엇보다도 그것이 힘이 되었다. 어떤 경우에도 가족과 스스로를 혼란에 빠트리지 않을 거라는 믿음이 생겨났다. 하지만 오래가지 못했다.

이현우에게 새로운 취미가 생겼다. 그는 병원 컴퓨터에 저장된 김주희의 수면다원검사 녹화 기록을 몰래 복사해 왔다. 법적으로나 도덕적으로나 위험한 일이었다. 그동안 수많은 녹화 기록을 검토했지만 이런 유혹은 처음이었다. 그는 퇴근하면 아파트 상가에서 사 온 샌드위치에 와인으로 저녁 식사를 하며 영상을 보았다.

밤 10시 정각, 수면실 조명이 꺼진다. 카메라 위치가 높아 김주희는 저 아래 있는 것처럼 보인다. 어둠 속에서 시트가 푸른빛을 낸다. 시트 바깥으로 나온 그녀의 얼굴과 두 손에서도 푸른빛이 난다. 왼손 검지에 부착된 산소포화도 측정 장치에서 빨간 불빛이 규칙적으로 점멸한다. 시트 아래로 그녀의 몸의 윤곽이 드러난다. 발가락에 걸려 시트 끝이 살짝 솟아 있다. 그녀는 오랫동안 잠들지 못하고 뒤척인다. 그럴 때마다 머리에 붙인 전극선이 신경 쓰이는지 조심스럽게 머리를 매만진다. 돌아누울 때 가슴께까지 올라와 있던 이불이 배 아래로 빨려 들어간다. 다시 반대쪽으로 돌아눕는다. 왼쪽 다리가 시트 바깥으로 나온다.

이현우는 와인 한 잔을 새로 따랐다. 와인에 관심이 많은 아내는 좋은 와인이 나온 해에는 꽤 많은 양을 구입하곤 했다. 이곳과 한남동 지하 와인 저장고는 아내가 모은 와인으로 가득 차 있었다. 아내가 와인에 관심을 갖게 된 데는 시아버지가 와인 애호가라는 점도 영향을 미쳤을 거였다.

김주희의 몸에 붙인 전극선들은 수면실 중앙에 놓인 커다란 기계 장치에 연결되어 있다. 뇌파와 근전도, 심박동 등을 기록하는 기계다. 오랫동안 뒤척이던 그녀는 침대 옆 탁자에 둔 핸드폰을 켜 시간을 확인한다. 불빛에 아주 잠깐 그녀의 얼굴이 환하게 드러난다.

이현우는 그 장면을 몇 번이나 반복해 보았다. 그런데도 눈을 감으면 그녀의 얼굴이 떠오르지 않았다.

다음날은 잠으로 빠져드는 순간의 모습을, 그 다음날은 잠에서 깨 수첩에 꿈을 기록하는 순간을 반복해 보았다. 그녀와 자신의 모습이 하나로 겹쳐졌다.

이현우는 그 일을 멈출 수 없었다. 이러면 안 된다고 생각하면서도 어느새 잠든 그녀 앞에 앉아 있었다. 자신이라고 알고 있던 사람 안에서 수없이 낯선 사람들이 들끓었다. 하루에도 몇 번씩 스스로에 대한 합리화와 혐오로 터지기 일보 직전이었다.

15

일주일 만에 일이 잡혔다. 현장이 경기도 외곽이라 한상오와 영일은 새벽에 만나 출발했다.

일이 없는 동안 영일은 공사장을 돌며 일당치기를 했다. 한상오는 하릴없이 시간을 보내다 영일이 소개해준 인력사무소에 나가봤다. 일을 잡긴 했는데 하필 맨홀을 청소하고 보수하는 일이었다. 수수료 떼고 9만 원을 손에 쥐었다. 이 바닥에서 수수료를 왜 '똥'이라고 부르는지 알 만했다. 구렸다.

—똥값으로 뭔 만 원씩이나 떼 가냐고. 개새끼들.

—그 사람들도 먹고살아야죠.

보조석에 앉은 영일이 아직 어둑한 창밖에 시선을 둔 채 말했다.

—암만. 우리 영일이 불알 속으로 사리 한 알이 또 고이는 구나.

영일은 대꾸하지 않았다.

—어머닐 봤다.

한상오는 전방에서 눈을 떼지 않은 채 말했다. 새벽안개 너머로 앞차의 미등이 희미하게 보였다.

—또요?

—또?

—지난번에도 어머니 꿈 꿨다고 했잖아요. 그날 경태처럼 로또 왕창 사놓고선.

—로또?

—그러게 술 좀 작작해요.

그제야 생각이 났다.

—너 아직도 그놈이랑 연락하고 지내냐?

—말이 왜 그쪽으로 가요?

—연락하냐고?

—그렇게 나쁜 놈 아니에요.

—그것 봐. 니 입에서도 대번에 놈 자가 나오잖아.

영일은 더 얘기하고 싶지 않아 창밖으로 고개를 돌렸다. 괜히 경태 얘기를 꺼냈나 싶었다.

—하긴 세상에 처음부터 나쁜 놈이 어딨냐? 그놈만 빼고.

그놈이 공중전화로 들어갈 선을 가정집으로 뺀 바람에 난리 난 거 너도 알지?

　—그 얘기라면 귀에 따까리가 앉았어요. 전화 요금이 오십만 원도 넘게 나와 집주인이 난리 치는 걸 막느라 애먹었다, 조원들이 한 푼 두 푼 걷어서 해줬는데도 그놈은 고맙다는 말 한마디 안 하더라, 그거 아녜요.

　잠을 설쳤는지 영일의 눈이 벌겋다. 안개가 걷히면서 국도변 풍경이 점점 모습을 드러냈다.

　—남의 전화 엿듣다 들킨 건 또 어떻고. 그때 우리 팀 다 잘릴 뻔했잖아.

　—그걸로 치면 우리도 할 말 없잖아요.

　케이블 접속 작업을 하다 보면 뜻하지 않게 누군가의 통화를 듣게 되는 경우가 생긴다. 그럴 때는 얼른 그 케이블에서 접속 장비를 떼야 한다. 오래전 마포구청 근처 맨홀에서 작업하다 한상오도 그런 적이 있었다. 여자 둘이 통화 중이었는데 그중 한 목소리가 유난히 귀에 와 박혔다. 케이블을 추적해보니 근처 꽃집으로 들어가는 전화선이었다. 맨홀에서 고개만 내밀면 정면으로 보이는 꽃집이었다. 목소리의 주인은 꽃집에서 일하는 아가씨였다. 한상오는 영일을 꼬드겨 함께 엿들었다. 그 케이블에 표시를 해뒀다가 맨홀 공사가 끝날 때까지 가끔 몰래 듣곤 했다. 다른 현장으로 작업을 옮긴 뒤에도 영일은 꽃집에 들러 안개꽃 다발이나 손바닥만 한 선인장을 사

모았다. 1년 뒤 영일은 그 아가씨와 결혼했다.

　―그래도 우리는 들키지는 않았잖아.

　말해놓고도 한상오는 씁쓸했다. 그때 들켰어야 했다. 그랬으면 자신과 영일은 회사에서 잘렸을 테고, 그랬으면 영일이 그 꽃집 아가씨와 결혼하지 못했을 테고, 그랬으면 지금처럼 이렇게 몰리지도 않았을 거였다. 한상오 자신도 죄책감에 시달릴 일 없었을 테고.

　―경태가 가끔 형 안부도 묻고 그래요.

　영일은 하는 수 없이 다시 경태를 끌어들였다. 아내를 떠올리게 하는 얘기는 피하고 싶었다. 한상오도 그런 영일의 마음을 알았다.

　―그런 놈이 로또 맞고도 술 한잔 안 사냐?

　―오만 원짜리 하나 맞았대요.

　―그 말을 믿냐? 그놈이 오만이랬으면 최소 오십은 된다. 그놈 눈빛을 봐라.

　―그렇게 사람 미워하면 벌받아요.

　영일의 말에 한상오는 어이가 없어 웃음을 터뜨렸다.

　―벌? 아이구야, 어떻게 너보다 더 큰 벌을 받냐?

　영일은 말없이 고개를 돌렸다.

　―그때 내가 꿈 얘기 했었지? 어머니가 커다란 자루 하나를 턱 안겨주는데 그 안에 주먹만 한 살구가 그득하더라고. 근데 어떻게 오천 원짜리 하나가 안 맞냐고.

미안해진 한상오는 일부러 큰 소리로 툴툴댔다. 살구 자루
는 자투리 구리선을 모아놓은 것처럼 황등색 빛을 내뿜었다.
그 꿈을 믿고 로또를 일곱 장이나 샀었다.

—형도 참, 탓할 걸 탓해요. 살구 자루를 돈 자루로 해몽한
사람이 잘못이지.

영일은 퉁명스럽게 내뱉었다.

—왜 성질은 내고 그래? 너도 생각해봐라. 그게 꼭 우리
'돼지'처럼 보였다니까. 그럼 당연히 돈 생긴다는 뜻 아니냐?
우리한테 로또 말고 다른 구멍 있어? 경태는?

—경태가 뭐요?

—잘살아?

—상종을 말라며요.

—그놈은 잘살 거다. 아무것도 모르는 놈 붙잡고 술 사줘
가며 일 가르쳐줬지, 사고 치고 쫓겨날 뻔한 것 사정해서 막
아줬지. 그래도 월급 좀더 준다니까 뒤도 안 돌아보고 가버린
거 봐라.

—거기도 팍팍하대요.

—하긴 외선팀이나 우리나 좆빠지지. 이래 빠지나 저래 빠
지나……

한상오는 룸미러를 힐끗 보며 말을 멈추었다. 조금 전부터
뒤에서 바짝 붙어 오는 흰색 벤츠가 거슬렸다.

—저 새끼 저, 왜 아까부터 자꾸 남의 후장을 노려? 내 궁

둥이가 그렇게 이쁜가?

—형도 참…… 이 교수도 형 이러는 거 알아요?

—이 교수? 아, 우리 현우?

요즈음 들어 이현우한테서 연락이 뜸했다. 그래도 이현우 얘기만 나오면 한상오 얼굴이 저절로 펴졌다.

—얼른 나가요. 똥차 주제에 1차선 차지해놓고선.

낡은 트럭은 조금만 경사가 져도 맥을 못 추었다. 폐차해도 아깝지 않지만 이 트럭이라도 있어 한상오는 동료들보다 수당을 조금 더 받았다. 작업에 필요한 자재와 발전기, 사다리 등속을 직접 싣고 다니기 때문이었다.

—영일아, 오늘 돈 좀 붙겠다. 아침부터 이렇게 똥, 똥 하는 걸 보면.

한상오는 2차선으로 갈아탔다. 기분이 좀 나아졌다. 지난 밤 꿈은 그냥 개꿈이었다. 벤츠는 벌써 저 앞에 달려가고 있었다.

—거기 생각나냐? 중곡동?

—갑자기 거긴 왜요?

한상오가 킬킬거리기 시작했다. 영일은 한상오 쪽으로 슬쩍 몸을 틀었다. 중곡동 새로 들어서는 아파트 단지에서 몇 달짜리 공사를 하던 시절이 있었다. 오래전 일이었다. 그때는 구리 값이 지금보다 몇 배 더 나갔다. 작업하고 남은 구리 케이블은 전량 회사에 반납해야 했지만 한상오와 영일은 자투리 구리선을 따로 모았다. 상태가 제일 좋은 맨홀을 골라 거기에 자루를 숨겨두고 다람쥐 도토리 모으듯 한 거였다. 이미 작업이 끝난 구간이라 다른 사람이 들어갈 일이 없었다. 작업량도 많고 증설이며 가설로 일이 끊이지 않던 시절이라 두 달이면 자루 하나는 채울 수 있었다. 그 자루를 둘이만 아는 말로 '돼지'라고 불렀다. 그게 어느 정도 찼다 싶으면 한상오가 한마디 했다. 영일아, 오늘 돼지 한번 잡을까? 영일은 바로 알아듣고 자루를 꺼내 왔다. 그걸 고물상에 넘기고 받은 돈으로 술도 한잔하고 노래방에도 갔다.

—그때가 좋았는데 말이야.

한상오 말에 영일이 비죽이 웃었다.

—아라비아나이튼가? 그 왜, 열려라 참깨 하는 거. 그러면 동굴 문이 쫙 열리면서 거기 숨겨논 금은보화가 그냥…… 우리 돼지가 꼭 그랬잖냐.

—갸들이나 우리나 도둑질한 건 마찬가지죠, 뭐.

—새끼 참, 말하는 거 하고는.

구리 케이블은 점점 유물이 되어가고 있었다. 맨홀에서 맨홀로 흐르던 목소리들이 무선통신 시대가 되면서 이제 공중으로 떠다니고 있었다. '돼지'의 시절은 다시 오지 않을 거였다.

한상오는 가래를 끌어모아 운전석 창밖으로 뱉었다. 신트림이 올라왔다. 딸린 식구 없이 혼자라는 게 그나마 다행이었다. 한 발만 삐끗하면 그길로 끝이었다. 영일을 보고 있으면 더 조바심이 났다.

—그 새끼는 꼭 이런 데로만 보낸다니까.

한상오는 트럭에서 내려서며 욕부터 내뱉었다. 오늘 작업할 맨홀이 마음에 들지 않는 거였다. 작업할 맨홀을 지정해주는 것은 조장의 권한이었다.

맨홀은 주택가를 한참 벗어난 외진 공터에 있었다. 잡풀 사이로 녹슬고 고장 난 운동기구 몇 개가 보이고 비둘기 한 떼가 공터 햇빛을 차지하고 있었다. 그 주변으로 얼룩덜룩한 고양이 한 마리가 얼쩡거리다 한상오와 눈이 마주치자 등을 꼿꼿이 세웠다. 윤기 없는 털에 뱃구레가 홀쭉했다. 한상오는 돌멩이 하나를 주워 던졌다. 놈은 잡풀 사이로 잽싸게 사라졌다. 그 서슬에 비둘기들이 날아올랐다. 벤치 아래의 잿빛 비둘기는 날개 한쪽을 퍼덕이기만 할 뿐 그대로 앉아 있었다. 어디가 불편한 모양이었다.

맨홀은 한눈에 봐도 오랫동안 열리지 않은 거였다. 영일은 뚜껑 홈에 쇠꼬챙이를 끼웠다. 뚜껑은 바닥에 붙어버린 것처럼 꿈쩍 않다가 한참 만에 열렸다. 가장자리에 붙어 있던 녹이 부슬부슬 떨어져 내렸다. 한상오는 랜턴으로 맨홀 안을 비춰보았다. 물이 고여 있고 내부 사다리도 없는 걸 보면 오래된 맨홀이었다. 지난밤 꿈이 스쳐 지나갔다. 어머니는 신발을 잃어버렸다며 밤새 동동거렸다.

—골로 갈 일 있냐?

한상오는 사다리를 걸고 막 맨홀로 내려가려는 영일을 잡아챘다.

—느낌이 쎄하잖아. 라이터 있어?

한상오가 자신의 작업복 주머니를 더듬으며 물었다. 없다는 걸 알고 묻는 거였다. 둘 다 담배를 피우지 않았다.

—담배도 안 피우고 그 돈 벌어 다 뭐하냐?

널린 게 라이터지만 꼭 이럴 때는 없었다. 가스점검기는 조장 트럭에 있었다.

—얼른 갔다 올게요.

영일이 공터 건너 꽤 떨어진 주택가를 바라보며 말했다. 한상오는 가래를 끌어 올려 소리 나게 뱉었다. 차라리 트럭을 몰고 3백 미터 남짓 떨어진 곳에서 작업 중인 김에게 다녀오는 게 빠를 것 같았다. 다른 것도 아니고 라이터 하나가 없어 작업을 시작하지 못하고 있다는 것에 분통이 터졌다. 마음 같아서는 부탄가스 토치에 불을 붙여 던져 넣어보고 싶었다. 터지든지 말든지. 한상오 눈에 조금 전 비둘기가 다시 눈에 들어왔다.

비둘기는 한상오가 다가가도 달아나지 않았다. 몇 번 뒤뚱거리긴 했지만 그대로 있었다. 가까이 가서야 이유를 알았다. 두 다리와 한쪽 날개에 검은 실이 엉켜 있었다. 다리 하나는 부스럼으로 완전히 덮여 있었다. 비둘기의 눈알이 빠르게 움직였다. 한상오는 돌멩이를 줍듯 비둘기를 주워 들고 왔다.

영일은 한상오의 의도를 알아채고 그의 손에서 비둘기를 빼앗아내려 했다. 한상오는 영일을 밀쳐내며 비둘기를 맨홀 안으로 던져 넣었다. 비둘기는 퍼덕이는 듯하다가 바닥으로 떨어져 내렸다. 한상오가 돌멩이 몇 개를 던져보았지만 반쯤 물에 잠긴 비둘기는 꼼짝도 하지 않았다.

─저것 봐라, 어머니가 살려준 거야. 아니면 우리 중에 하나는 골로 갔어. 둘 다 갔든지.

한상오의 지원 요청을 받은 조장은 30분 후에야 도착했다. 환풍기를 설치해 가스를 빼내고 들어오긴 했지만 일하는 내내 뒷골이 당겼다. 영일은 비둘기를 구석으로 치워두었다. 실에 엉킨 날갯죽지가 부러진 우산대처럼 접히지 않았다. 주황색 테두리가 있는 눈알은 맨홀 바깥 파란 하늘을 올려다보고 있었다. 영일은 일이 끝날 때까지 한마디도 하지 않았다.

─호상이야, 호상. 그 고양이 안 봤냐? 그놈한테 먹히느니 이렇게 죽는 게 낫지.

작업을 끝내고 올라오면서 영일은 비둘기도 챙겨 왔다. 한상오는 얼른 돌아가 한잔할 생각에 서둘렀지만 영일은 공터 조팝나무 울타리 아래에 비둘기씩이나 묻어주고 있었다. 새끼, 어디 써먹을 데도 없는 사리 쌓이는 소리가 여기까지 들리네. 한상오는 영일을 바라보며 중얼거렸다. 곡을 해라, 곡을.

영일은 침울한 표정으로 보조석에 올라탔다. 한상오는 한

마디 해주고 시동을 걸었다.

—얀마, 그러니까 당하고 사는 거야.

16

사무실 근처 포장마차에서 동료들과 한잔하는데 이현우한 테서 전화가 왔다. 다짜고짜 지금 만날 수 있는지 묻는 전화 였다. 선약 없이 이렇게 갑자기 보자고 하는 건 처음이었다. 목소리가 가라앉아 있었다. 한상오는 주변을 둘러보며 슬그 머니 일어섰다. 어디 가요? 영일이 물었지만 급한 사정이 생 긴 것처럼 손만 저어 보이고 빠져나왔다.

이현우는 안주에는 손도 대지 않고 사케를 홀짝이고 있었 다. 조금 야윈 듯했고 지쳐 보였다. 무슨 일인지 물었지만 아 무 일 없다는 말만 돌아왔다. 병을 비우고 새 술을 주문해 마 시면서도 달라지지 않았다. 그러더니 뜬금없이 노래방에 가 자고 했다. 어디든 시끄러운 데 있고 싶다는 거였다. 이현우 는 노래방이라면 질색을 했었다.

—니 속이 시끄럽구만.

한상오가 슬쩍 던진 말에 이현우는 대꾸하지 않았다.

노래방에서도 이현우는 맥주만 들이켰다. 한상오는 혼자 몇 곡을 부르다 마이크를 내려놓고 앉았다. 기분이 나지 않았다. 이웃한 방에서 넘어온 노랫소리로 방 안이 울렸다. 빈 캔을 만지작거리던 이현우가 중얼거리듯 무슨 말인가를 했다. 술이 오른데다 귀가 울려 한상오는 제대로 듣지 못했다. 이현우의 표정으로 봐서는 뭔가 의미 있는 말인 것 같았다. 한상오는 앞으로 당겨 앉으며 물었다.

—뭐라고 한 거야?

이현우는 고개를 들어 한상오를 바라보았다. 고등학교 시절 담임 앞에서 고백할 때 한 번도 진심으로 한 적이 없었다. 고백하고 편안해졌다고 떠들어대는 녀석들을 혐오했었다. 지난번 한상오에게 자신이 먼저 권하긴 했지만 그건 장난이었다. 녀석은 하고 나서 후련하다고 했다. 자기가 얼마나 아둔해 보였는지 알지 못하고 하는 소리였다. 한데 이현우 자신도 지난 며칠에 대해 털어놓고 싶어지는 거였다.

—고백할 게 있어.

이현우는 메스꺼운 기분을 누르며 쥐어짜듯 말했다.

—고백?

한상오는 사케와 맥주에 절여진 두 눈을 꿈벅이며 머리를 흔들었다. 고백. 바보 같고 우스우면서도 사람 홀리는 말이었다. 그의 두 눈은 호기심으로 벌써 빛을 내고 있었다. 한상오는 속마음을 감추기 위해 짐짓 진지한 표정을 지었다. 하지만 검푸른 반점 주위로 떠오른 코미디언과 같은 열기까지 감추지는 못했다.

이현우는 멈칫했다. 무언가 마음에 걸렸다. 한상오의 달뜬 표정 때문인지, 지금 유치한 놀이에 발을 담그려는 자신이 못마땅해서인지 알 수 없었다.

—아니다.

이현우는 맥주 캔을 새로 따며 말했다. 한상오 얼굴에 실망한 빛이 떠올랐다.

—뭔데?

—아무것도 아니라니까.

—에이, 그러지 말고 이 담임한테 털어놔봐. 나도 지난번에 해봤잖아. 평화가 온다니까.

한상오는 자신의 가슴께를 두드려 보였다.

—뭘 고백했었지?

이현우는 알면서도 모른 척 물었다.

—영일이 갈군 거였잖아.

—그런 건 고백도 아니지.

—장난이잖냐. 진짜 맞아 죽을 건 누구도 고백 못하지. 그러니까 맘 편히 해보라고.

—우리 왜 이러고 노냐?

—그러게 담임을 잘 만났어야지.

한상오는 맥주 캔을 따 이현우 것에 부딪친 뒤 들이마셨다. 이현우도 캔을 들었다.

—잘 봐. 내가 먼저 할게.

한상오는 캔을 내려놓으며 탁자 위에 두 손을 모았다.

―고백하겠습니다. 오늘 비둘기 한 마리를 죽였습니다. 이 밖에 알아내지 못한 죄도 모두 용서해주십시오.

―비둘기?

―어차피 죽을 거였습니다. 그래도 용서해주십시오.

한상오는 이현우 앞으로 머리를 들이밀며 자신의 정수리를 톡톡 쳤다. 아멘. 이현우는 건성으로 중얼거렸다. 서로 눈이 마주쳤고 동시에 웃음이 터졌다. 이현우는 한결 기분이 나아지는 걸 느꼈다.

―아멘! 자자, 이제 현우 네 차례다. 얼른 고백하고 광명 찾자.

한상오가 부추겼다.

―하면 안 되는 짓을 했어.

―그러니까 고백해야지. 할 짓 한 건 고백할 필요가 없어요. 자자, 2학년 7반 반장! 일어서서 제대로 한다.

이현우는 주섬주섬 일어섰다.

―고백하겠습니다.

이현우는 김주희의 녹화 장면을 훔쳐본 사실을 고백했다. 그러면 안 된다는 걸 잘 알고 있다고도 말했다. 다시는 그러지 않을 거라고 다짐했다. 이 밖에 알아내지 못한 죄도 용서해달라고 했다. 탁자를 짚고 서 있는데도 그의 몸이 흔들거렸다.

한상오는 고백하는 이현우를 올려다보았다. 머릿속이 부풀어 오르다 졸아들기를 반복했다. 천장에서 느긋하게 돌고 있는 미러볼이 사방에 빛을 뿌렸다. 어룽거리는 빛 조각들이 이현우 얼굴 위로 떠다녔다. 한상오는 이현우의 고백을 제대로 알아듣지 못하면서도 이 순간을 좀더 오래 끌고 싶었다. 고백의 내용은 중요하지 않았다. 이 놀이 자체가 베푸는 즐거움이면 되었다. 이 놀이는 돌아갈 수 없는 그 시절을 떠올리게 해주고, 그 시절의 두근거림과 애틋함을 다시 맛보게 해주었다.

—고백할 수 있다는 것 자체가 이미 용서받은 것이다.

이현우가 고백을 마쳤을 때 한상오가 말했다. 자기가 말해놓고도 한상오는 신기했다. 담임이 귀에 박히도록 했던 그 말이 취한 머릿속 어딘가에 아직도 남아 있었다.

취기 때문인가. 이현우는 사정을 하고 난 뒤처럼 나른하고 몽롱한 기분으로 빠져들었다.

아멘.

한상오는 담임과 같은 표정을 하고 중얼거렸다.

17

장난이긴 했지만 고백 놀이 이후 한결 가벼워진 마음이 무모해 보일 만한 용기를 내게 해주었다. 이현우는 김주희의 전화번호와 주소를 외우고 있었다. 하루에도 몇 번씩 그녀에게 전화하고 싶은 충동에 시달렸다. 그럴 리 없지만 퇴근하다 순간적으로 차를 돌려 그녀가 사는 곳으로 가게 될지도 몰랐다. 거기에 비하면 전화는 예의바른 것처럼 여겨졌다. 김주희가 세번째 진료를 받고 돌아간 날, 이현우는 자신의 차 안에서 그녀의 핸드폰 번호를 눌렀다. 그녀의 목소리를 듣지 않고는 한 발짝도 움직일 수 없을 것 같았다.

핸드폰이 울린 건 이태주가 돌아가고 얼마 지나지 않은 때였다. 그는 매일 아침 9시쯤 와서 낮 시간을 함께 보내고 저녁 6시 무렵이면 돌아간다. 어쩌다 저녁 모임에 동행해야 할 때도 있지만 자주 있는 일은 아니었다. 이태주가 가고 나면 김주희는 혼자만의 시간을 보낼 수 있었다. 그 시간이 시작되려는 즈음에 전화벨이 울린 거였다.

그녀는 나중에 몇 번이나 이 순간을 돌이켜보곤 하지만 어떤 말을 주고받았는지 기억하지 못했다. 이현우의 목소리가 잠겨 있었다는 것과 자신의 머릿속 피가 일제히 빠져나가는 듯했던 것만 기억날 뿐이었다.

그날 이후 몇 차례 통화했고 만남으로까지 이어졌다. 치료 과정에 대한 정연한 설명과 오랜 악몽과 불면에 효과를 보이는 처방, 그가 다른 누구도 아닌 이태주의 아들이라는 두려움이 김주희를 끌어당겼다. 물릴 걸 알면서도 사자 우리로 조금씩 다가가는 아이처럼 그녀는 그쪽으로 끌려가고 있었다.

오래지 않아 두 사람은 연인이 되었다. 이현우의 아파트가 그들을 위한 아지트가 되었다. 둘은 서재와 욕실과 거실 일부만 빌린 것처럼 집 안의 다른 곳으로는 가지 않았다. 이현우는 아내의 체취가 묻어 있는 침대가 보이지 않게 안방 문은 닫아두었다. 서재에는 아내를 떠올리게 할 만한 게 없었다.

집 안의 불을 모두 꺼도 김주희의 몸에서는 빛이 났다. 이현우는 섹스가 끝난 뒤에도 자신의 몸 일부를 한참 더 그녀의 몸속에 남겨두었다. 그녀와 분리되고 싶지 않았다. 때로는 그녀가 그를 보내주지 않았다. 그러는 동안 이현우의 손끝은 그녀의 몸 여기저기를 탐사했다. 등뼈 하나하나를 확인하며 내려갔다가 꼬리뼈가 끝나는 지점의 오목한 곳을 쓸어보고, 머리카락 뒤에 숨은 말랑말랑한 귓불을 찾아내고, 쇄골의 날카로움과 아랫배의 따뜻함을 느꼈다. 그녀의 몸은 부드럽고 단단하고 촉촉했다.

늦은 밤, 김주희가 돌아가고 나면 이현우는 상실감에 시달리곤 했다. 안개와 뒹굴었던 것처럼 아무런 흔적도 남아 있지 않았다. 함께 밤을 보내고 싶었지만 그녀는 일정한 시간이 되면 서둘러 돌아갔다. 그녀 안으로 파고들수록 그녀는 조금씩 물러나며 거리를 유지했다. 무언가 감춘 듯했는데 그게 무언지 알 수 없었다.

언제부턴가 이현우는 갈증을 느끼기 시작했다. 자신의 치골에 와 닿는 따뜻한 아랫배를 가진 그녀가 누구인지 알고 싶었다. 비밀을 감춘 눈빛의 그녀가 누구인지 알고 싶었다. 그녀의 첫사랑이라는 행운을 차지한 사람이 누구였는지 알고 싶었다. 그 알지도 못하는 젊은 친구에게 질투를 느꼈다. 그녀를 둘러싼 자신 아닌 모든 것에 질투를 느꼈다. 그녀의 입에서 아버지의 이름이 나왔을 때도 순간적으로 든 감정은 그 것이었다. 놀람과 두려움은 그다음에 찾아왔다.

아버지에게 젊은 애인이 끊이지 않는다는 건 비밀이 아니었다. 누구도 얘기한 적 없지만 가족 누구나 알고 있었다. 애인 A가 B로 교체될 때 A가 어머니에게 전화해 B의 험담을 하며 하소연한 적도 있었다. 그런 종류의 문제가 문제된 적은 없었다. 어머니나 이현우 자신이나 그런 일로 상처 받지 않았다. 아버지도 감추거나 해명하려 든 적 없었다. 그렇다 해도 김주희에게서 아버지의 이름을 듣는 순간이 오리라고는 상상하지 못했다.

그녀에게 아버지의 호칭은 회장님이었다. 그녀는 회장님을 어떻게 만났는지부터 그를 떠나기로 한 최근의 생각까지 담담한 표정으로 털어놓았다. 그녀의 얘기를 듣는 동안 이현우는 이 모든 것이 오래전에 결정된 것이어서 익숙하다는 착각에 빠져들었다. 그것이 질서라는 생각마저 들었다. 하지만 그녀와 눈이 마주친 순간 거부할 수 없는 현실이 그를 찔렀다. 김주희는 한 번도 본 적 없는 낯선 얼굴을 하고 있었다.

—나를 찾아온 이유가 뭐지?

이현우 자신이 듣기에도 소름이 돋을 만큼 차가운 목소리였다.

—수면제 때문에? 악몽을 좀 어떻게 해보고 싶어서?

이현우는 대답을 기다리지 않고 계속했다.

—회장님이 보낸 건가?

이현우 자신에게 고등학교 졸업은 아버지를 졸업한 거나 마찬가지였다. 대학 입학과 동시에 집을 나온 것으로 마침내 그 손아귀에서 놓여났다. 그가 손을 뻗지 못하도록 단단한 벽을 쌓았고 지금까지는 성공했다. 하지만 생각지도 못한 곳에 틈이 생기고 말았다. 이런 식의 틈으로 아버지와 연결되어버렸다는 게 믿기지 않았다.

—그런 거야?

이현우가 하얗게 질린 얼굴로 다그쳤다. 김주희는 아무 말도 하지 않았다.

—아버지는 얼마든지 그럴 수 있는 인간이야. 나를 파괴시키려고 뭔 짓이든 할 수 있는 인간이라고!

김주희는 그의 마음 깊은 곳에 자신이 생각한 것보다 짙은 어둠이 자리 잡고 있다는 걸 느꼈다. 이 대화가 어떻게 흘러갈지 알 수 없었다. 분명한 건, 위험하다는 걸 알면서도 자신이 그 어둠에 빨려들었고 점점 더 그렇게 될 거라는 거였다.

─회장님이 보낸 건 아니에요.

그녀의 대답을 듣는 순간 두 눈이 저절로 감겼다. 이현우는 손가락 하나 까딱할 수 없을 만큼 노곤했다. 그녀의 말대로라면 아버지는 벽 이편에 누가 있는지 알지 못한다. 당연히 벽에 틈이 났다는 것도 알지 못한다. 하지만 그 말을 믿어도 될까?

─그럼 왜?

이현우가 다시 다그쳤지만 김주희는 대답하지 않았다. 떠오르는 생각이라고는 이태주에게서 벗어나 새롭게 살아보려 했던 결심이 희미해지고 있다는 사실뿐이었다. 이태주를 떠나려면 이현우도 떠나야 했다. 둘 다를 떠나거나 둘 다를 떠나지 못하거나.

─내가 말해볼까? 회장이라는 작자를 떠나기로 마음먹자 그동안 자신이 어떻게 살았는지, 무슨 일을 저지른 건지, 얼마나 어리석었는지 깨닫게 된 거야. 그 순간 그 작자와 사이가 좋지 않다는 아들이란 놈이 떠올랐지. 그놈은 제 아버지가 얼마나 비열한 작잔지 알게 해줄 테니까. 그래야 자신의 지난 시간이 좀 덜 억울해지거든. 자신을 용서하기도 쉬울 거고.

두 사람은 말없이 서로를 노려보았다.

─이렇게 털어놓은 이유가 뭐지?

김주희는 그의 창백한 얼굴에서 냉소와 분노가 빠져나가는

걸 지켜보았다. 그 자리를 새로운 것이 메우고 있었다. 그녀
는 그게 무언지 알 것 같았다.

—저도 두려우니까요.

주중은 위험할 수 있었다. 두 사람은 주말에만 만나기로 했
다. 그건 그동안 이태주가 보여준 규칙 때문에 가능했다. 그
는 함께 여행할 때가 아니면 주말에는 한남동 집에만 머물렀
다. 단 한 번도 예외가 없었다. 두 사람은 금요일 밤부터 월요
일 새벽까지 함께 있을 수 있었다.

이현우는 화면 속이 아니라 눈앞에서 직접 김주희의 잠든
모습을 볼 수 있게 되었다. 창문의 블라인드를 바닥까지 내렸
다. 강 건너편 김주희의 회장님이자 자신의 아버지인 사람이
있는 곳의 불빛이 보이지 않게 했다. 그곳 발코니에서 이 방
의 두 사람을 엿보지 못하게 했다.

이제 이현우는 김주희 이전의 삶을 상상하기 어려웠다. 일
요일 아침이면 눈을 뜨자마자 그녀와 함께 있다는 사실에 안
도했다. 지난밤 꿈을 기록하기 위해 머리맡의 수첩을 펼칠 필
요가 없었다. 서로에게 들려주는 것으로 기록을 대신했다. 오
래된 습관이 너무도 쉽게 바뀌었다. 그녀의 등과 목덜미, 허
벅지 안쪽과 무릎 근처의 체취에 미세한 차이가 있다는 걸 알
게 되었고, 그녀의 숨소리로 그녀가 악몽을 꾸는 중이라는 걸
알았고, 월요일 새벽이면 자신에게서 빠져나가는 그녀의 표

정을 어둠 속에서도 알아볼 수 있었다.

18

월요일 아침, 이현우는 대기실 의자에 앉아 있는 경찰관을 보았다. 그 옆에 이십대 중반쯤 되어 보이는 남자가 멍한 표정으로 앉아 있었다. 함께 온 사이인지 아닌지 알 수 없었다. 간호사와 눈이 마주친 순간 이현우는 뭔가 문제가 생겼다는 걸 눈치챘다. 퍼뜩 김주희와 관계된 일이라는 생각이 스쳤다. 그것 말고는 이렇게 월요일 아침 진료 시작도 전에 경찰이 찾아올 리 없었다.

경찰이 간호사의 안내를 받아 진료실로 들어왔다. 그 뒤에 젊은 남자가 고개를 숙인 채 따라 들어왔다. 이현우는 숨을 깊이 들이마셨다. 오늘 새벽 아파트를 나서던 김주희의 모습을 떠올려보려 했지만 잘되지 않았다. 자신이 놓아주지 않아 다른 날보다 조금 늦게 출발했다. 아버지의 얼굴이 떠올랐다. 숨이 멎을 것 같았다.

—무슨 일이시죠?

이현우는 긴장한 것을 들키지 않으려 애쓰며 경찰에게 물었다.

—오늘 새벽에 사건이 있었습니다.

경찰이 인상을 쓰며 말했다. 그러더니 뒤쪽의 남자를 힐끗 쳐다보며 덧붙였다. 사건인지 사곤지. 그때 남자가 고개를 들어 이현우를 바라보았다. 이현우의 시선을 스펀지처럼 빨아들이고 있었지만 그 눈은 아무것도 보고 있지 않았다. 얼이 빠진 상태였다. 어디서 본 듯한 얼굴인데 생각이 나지 않았다. 다시 아버지가 떠올랐다. 아버지는 동물적인 감각을 지닌 사람이었다. 그걸 알면서도 부주의했다. 뭔가 눈치챈 아버지가 이 남자를 시켜 무슨 일을 벌인 거였다. 이현우는 더 버티고 앉아 있기가 힘들었다.

—정이섭이라는 환자 기억하십니까? 이 학생 아버진데, 학생 말로는 선생님한테 치료를 받았다던데요.

경찰이 이현우의 표정을 살피며 물었다. 정이섭? 이현우는 아득해진 상태에서 경찰이 말한 이름을 중얼거렸다. 익숙한 이름이었다. 무뚝뚝한 표정에 말할 때마다 주저하듯 저어, 하고 시작하는 남자가 떠올랐다. 수면행동장애가 있는 남자는 아내 손에 이끌려 내원한 뒤로 정기적으로 진료를 받고 있었다. 이현우는 젊은 남자의 얼굴이 낯익은 이유를 깨달았다. 순간 맥이 풀렸다. 김주희와 상관없는 일, 아버지와 상관없는 일이었다. 이현우는 책상 아래에서 꽉 쥐고 있던 주먹을 풀었다.

—맞습니다. 제 환자인데, 무슨 일이죠?

경찰 말에 의하면 오늘 새벽 정이섭 씨가 날린 주먹에 그의 아내가 숨졌다. 그는 도둑이 들어 실랑이를 하다 그 도둑을 향해 주먹을 날렸지 아내에게 그런 게 아니라고 주장하고 있었다. 나중에 밝혀지겠지만 아내는 잠이 든 상태에서 얼굴 정면을 맞았고, 코뼈가 부러지면서 생긴 출혈에 기도가 막힌 거였다. 조사 과정에서 그가 치료를 받고 있다는 사실이 드러나 그걸 확인하고 의견을 들으러 온 거였다.

며칠 동안 정이섭 씨 부자의 모습이 어른거렸다. 이현우는 그 가족에게 닥친 불행에 자신이 어떤 식으로든 연결되어 있다는 생각을 떨치기 어려웠다. 처방을 바꾸거나 다른 검사를 진행해야 했었다. 진료하면서 뭔가를 놓친 거였다. 무엇보다도 끈질기게 들러붙는 생각은 그 사고가 자신과 김주희를 향한 일종의 경고라는 거였다. 그날 아침 경찰관을 보자마자 김주희가 떠오른 게 그 증거였다. 그런 식으로 에둘러 날아오는 경고도 있는 법이었다.

19

이현우의 두번째 고백은 지난번 노래방에서 했던 것과는 달랐다. 한상오의 부추김이나 재촉 없이 자발적으로 이루어졌다. 술에 취하지도 않았고, 노랫소리는커녕 침 삼키는 소리가 들릴 정도로 조용한 밀실에서였다.

이현우는 약속 장소인 '설국'의 다다미방에서 한상오를 기다리며 생각을 정리했다. '정이섭 씨 사건'은 자신과 김주희에게 도착한 경고였다. 그 화살을 피하려면 비슷한 크기의 죄를 고백해야 했다. 그것이 공정하고 타당한 거래였다. 까마득히 잊고 있던 한 사람이 떠올랐다. 본과 3학년 때 만나 2년 가까이 사귄 여자였다. 그녀가 임신 사실을 알리지 않았다면 계속 만났을까? 아니, 이미 마음이 떠난 뒤였다. 임신중절 수술을 받고 온 날, 핏기 없는 얼굴로 식은땀을 흘리던 그녀의 모습이 떠올랐다. 그만 만나자는 말을 하고 카페 계단을 내려오는 자신의 모습이 떠올랐다. 야간 당직실에서 다신 전화하지 말라며 윽박지르는 자신의 목소리가 들렸다.

—고백할 게 있어.

한상오가 맞은편에 앉자마자 이현우는 잠긴 목소리로 말했다.

—어쭈, 재미 붙였는데? 목도 축이기 전에.

한상오는 물수건으로 손을 닦다 말고 이현우를 바라보았다. 다다미방이라서 그런가? 굳은 표정에 허리를 곧게 펴고 앉은 이현우가 무사처럼 보였다.

—대학 시절 사귀던 사람이 있었어.

이현우는 한상오를 바라보며 잠시 말을 멈추었다. 대부분의 아이들이 담임의 영혼 세척 작업을 놀이로 바꾸어버렸지만 몇몇 놈들은 끝까지 진지하게 자신의 영혼을 빨아보려고 애썼다. 그런 놈들을 함께 비웃었는데 지금 자신이 딱 그러고 있었다. 하지만 눈앞에 다른 누구도 아닌 한상오가 앉아 있었다. 그의 왼뺨 검은 반점에서 번져 나오는 단순하고 맹목적인 호의가 이현우를 안심시켰다.

고백을 시작하자 남아 있는 줄도 몰랐던 기억들이 하나씩 떠올랐다. 이런 것까지 말할 필요 없다는 걸 알면서도 멈출 수가 없었다. 다행히 한상오 앞이어서 아무렇지 않았다. 한상오는 자신에게 맨홀 같은 존재였다. 그 안에 온갖 비밀을 털어 넣고 뚜껑을 닫아버리면 그만이었다. 어디로도 새어 나갈 일이 없었다.

한상오는 멍한 기분으로 이현우를 지켜보았다. 지난번 노래방 때는 장난으로 주고받은 거였다. 하지만 오늘은 달랐다. 눈을 마주치고 있지만 이현우가 바라보는 건 자기가 아니라 이현우 자신이라는 걸 알 수 있었다. 산부인과 앞 횡단보도를 건너다 여자 친구에게 한 행동을 고백할 때 이현우는 눈물을 글썽거리기까지 했다. 한상오는 자신에게도 같은 경험이 있다는 걸 말해주려다 참았다. 이런 걸 누군가에게 털어놓을 필요도 느끼지 못했었다. 하지만 이현우는 이렇게 자기에게 털어놓고 있었다.

긴 고백을 마쳤을 때, 이현우는 마음이 가벼워진 걸 느꼈다. 고백함과 동시에 용서받은 기분이 들었다. 확인해보고 싶었다.

―용서할 수 있겠지?

―내가?

이현우가 웃음을 터뜨렸다.

―니가 나를 어떻게 용서해준다 그래. 그 친구, 아니 하느님이 말이지.

한상오는 어쩐지 이현우를 똑바로 쳐다보기가 어려웠다. 헛기침을 하고 세차게 마른세수를 했다. 손바닥에 쓸려 뺨이 화끈거렸다.

―이 밖에 알아내지 못한 죄도 모두 용서해주십시오.

이현우가 머리를 내밀며 말했다. 주문을 받기 위해 들어오려던 종업원이 조용히 문을 닫고 나갔다.

―아멘.

아직 주문도 전이었다.

이현우는 아내와 통화할 때 주의를 기울였다. 진료실에서는 환자의 얘기에 집중하려 했다. 예전에는 노력하지 않아도 되는 거였다. 강의하다 도파민이나 유진 아렌스키 같은 단어가 생각나지 않아 머뭇거렸다. 이쪽 분야에서는 ABC에 해당하는 단어였다. 한스 베르거는 끝내 생각나지 않아 앞자리 학생에게 검색을 부탁했다.

그런 변화가 두려움을 부풀렸다. 불쑥불쑥 아버지가 떠올랐다. 그걸 상쇄시키기 위해 고백할 거리를 찾아냈다. 두려움과 죄책감이 큰 날은 그만한 죄가, 가벼워진 날은 그만한 잘못이 불려 나왔다. 사자에게는 사자의 것을, 거위에게는 거위의 것을 던져주어 달래야 했다.

세번째 고백이 이어졌고 네번째 고백이 뒤따랐다.

고백 뒤에는 얼마간의 평화가 보상으로 주어졌다. 정낭을 채운 체액처럼 비워내면 새로 고였고, 고인 것은 또 비워냈다.

고백 놀이가 이현우의 숨통만 틔운 건 아니었다. 한상오에게 고백 놀이는 최고의 우정의 표시였다. 작업하다 이현우의 고백하던 모습이 떠오르면 힘이 났다. 이골이 난 맨홀 내부가 새롭게 다가왔다. 때로 어떤 고백은 왜 죄가 되는지 이해되지 않았지만 이현우가 그렇다면 그런 거였다. 또 어떤 고백은 며칠 동안 자신을 힘들게 했지만 이현우는 더 힘들 거였다. 다른 누구도 모르는 비밀스럽고 특별한 끈이 둘 사이에 생겨나고 있었다. 고백이 늘어날수록 그 끈은 더 단단하게 서로를 묶어줄 거였다. 한상오는 자기를 믿고 털어놓는 이현우를 위해서라면 무엇이든 할 수 있었다.

이제, 동창 사이에서 장난스럽고 충동적으로 진행되었던 고백 놀이가 의미 있는 일로 자리 잡았다. 그 놀이로 한 사람은 자신의 불안과 두려움을 탕감받으려 했고, 다른 한 사람은 우정이 선물한 최고의 순간을 놓치지 않으려 했다. 23년 전의

H·R 시간이 부활한 것이다.

20

처음에는 당연해 보였던 것이 언제부턴가 부당하게 여겨졌다. 이현우는 김주희를 주말에만 만나야 한다는 사실에 불만을 나타내기 시작했다.

월요일 새벽, 짧은 주말을 함께 보낸 김주희가 돌아가고 나면 다음 주말까지 기다려야 한다는 것이 불가사의하게 느껴졌다. 그러다 주말이 가까워지면 조바심이 났다. 혹시라도 그녀한테서 이번 주말은 함께할 수 없다는 전화가 걸려올지 몰랐다. 현실이 되기도 했다.

목요일 점심시간이 끝나갈 즈음 김주희한테서 문자 메시지가 왔다. 회장님과 시드니로 출국하게 되었다는 내용이었다. 예정에 없던 일이었다. 낮에는 통화하지 않기로 한 약속을 어기고 전화했지만 받지 않았다. 어쩌면 벌써 태평양 위를 날아가고 있는지도 몰랐다. 오후 진료를 어떻게 했는지 기억나지 않았다.

주말 내내 이현우는 제정신이 아니었다. 시드니에 관한 뉴스를 검색하고 구글 맵으로 본다이 해변 곳곳을 훑었다. 그녀와 그곳에서 만나기로 약속이라도 한 것처럼 오페라하우스의 계단을 샅샅이 살폈다. 아버지가 김주희의 등을 쓸어내리는 소리를 들었다. 돌아누워봐. 그렇지, 이쪽으로.

이현우는 하루에도 몇 번씩 무모해 보일 만한 계획을 세웠다 부수고 다시 세웠다. 당장 시드니 본다이 해변으로 아내와 함께 보란듯이 날아가는 거였다. 일요일 아침 아내에게 전화해 설득했다. 아내는 전화기 너머에서 한참 동안 침묵하다 물었다. 학기 중인데 그럴 수 있어요? 거기서 멈춰야 했지만 이현우는 그럴 상태가 아니었다. 오늘 출발해 화요일에 돌아오면 돼. 월요일 진료는 휴진할 수 있다고 덧붙였다. 이틀 남짓을 그곳에서 보내기 위해 아내는 뉴욕에서 왕복 이틀에 가까운 시간을, 이현우는 하루에 가까운 시간을 비행해야 했다. 다시 침묵하며 숨소리만 보내오는 아내에게 스트레스 때문이라고 둘러대고 전화를 끊었다.

김주희의 전화기는 여전히 꺼져 있었다. 혼자 그곳에 간다 해도 그녀를 불러낼 방법이 없었다. 해변까지 맨발로 걸어갈 수 있고, 하버브릿지와 오페라하우스가 보인다는 그 빌라에 가야만 김주희를 만날 수 있었다. 아내나 어머니와 동행하지 않고 찾아간다는 건 위험했다. 아버지는 바로 의심할 거였다.

어머니를 찾아가 똑같은 제안을 했다. 어머니도 아내처럼 한참 동안 말이 없었다. 뚫어지게 바라보기만 했다. 부르기 전에는 오지 않던 아들이 제 발로 찾아와 평소 그답지 않은 말을 하고 있었다. 아버지 방에 절대 들어가지 않던 아들이 그 안에서 오래 머물다 나왔다. 자라는 동안 한 번도 보여준 적 없는 아둔하고 얼빠진 표정이 아들의 얼굴에 어려 있었다. 어머니가 떨리는 목소리로 물었다. 애야, 무슨 일이니?

이현우는 잠을 이루지 못했다. 살짝 잠이 들었다가 맥락 없고 어지러운 꿈에 깨어나곤 했다. 김주희가 돌아와도 다시는 만나지 않겠다고 다짐했다. 아버지 눈을 피해 전화를 걸어올지 모를 그녀를 괴롭히기 위해 전화기를 꺼놓았다. 하지만 얼마 견디지 못하고 전화기를 켜 부재중 전화가 없다는 사실을 확인하고 절망했다. 며칠 동안 같은 와이셔츠 차림으로 출근해 연구실 조교의 호기심을 불러일으켰다. 운전을 하다 자기도 모르게 자신의 뺨을 때렸다. 아버지와 김주희에 의해 자신이 지워졌다는 생각이 떠나지 않았다. 서울과 그 해변의 시차가 한 시간밖에 나지 않지만 각각의 시간대에서 두 배로 벌을 받고 있는 것 같았다. 한상오가 두 배로 필요했다.

21

공사 수주 경쟁이 갈수록 치열해졌다. 예전에는 거들떠보지 않던 규모의 공사에도 업체들이 몰려들었다. 지방이라도 상관없었다.

원주에 일주일짜리 공사가 생겼다. 한상오와 동료들은 그곳에 숙소를 잡고 머물렀다. 주말에나 서울에 올라갈 수 있었다.

영일은 휴대폰을 붙들고 있는 한상오를 올려다보았다. 통화하는 동안 한 번도 이름이 나오지 않았지만 이현우한테서 걸려온 전화라는 걸 알 수 있었다. 그와 통화할 때면 한상오는 가만히 있질 못한다. 통화가 끝날 때까지 이리저리 서성이거나 맴을 돌았다. 이런 좁은 맨홀에서는 저렇게 발뒤꿈치로 벽을 차댄다. 자기가 그러는 줄도 모를 거였다.

—누구예요?

영일은 통화를 끝낸 한상오에게 모른 척 물었다.

—아무도 아냐.

—뭐 숨기는 거 있어요?

—숨기긴 뭘 숨긴다고 그래 인마.

—이 교수 뭔 일 있어요?

—이 교순 줄 어떻게 알았어?

—형 이마에 지금 이현우 석 자가 딱 떠 있어요.

—하긴. 니 마빡에도 황경태 석 자가 뜨니까.

영일은 더 얘기하고 싶지 않아 고개를 돌렸다. 한상오가 뭔가 알고 말하는 건지 아닌지 헷갈렸다. 예전의 한상오라면 진즉 눈치챘을 거였다. 하지만 요즈음 한상오는 다른 데 정신이 팔려 있었다. 그게 뭔지 모르지만 이현우와 관련 있는 건 분명했다. 덕분에 아직까지는 수월하게 돌아가고 있었다. 경태도 한상오한테만 들키지 말라고 당부했었다.

한상오는 자신의 이마를 소리 나게 치고 바닥에 앉았다. 영일과 속도를 맞추려면 서둘러야 했다. 핸드폰을 꺼놓고 싶어도 이현우 때문에 그럴 수 없었다. 요 며칠 이현우는 수시로 전화를 걸어왔다. 하지만 지금은 눈앞에 놓여 있는 케이블 다발만 상대해야 했다. 맨홀 바깥의 일은 일단 맨홀 밖에 둬야 했다.

―그걸 왜 거기 갖다 붙여요?

영일이 하던 일을 멈추고 한상오 손에 시선을 고정한 채 물었다. 한상오가 백색 케이블을 청색이 아니라 그 옆 주황색 케이블에 연결하고 있던 거였다. 초보도 하지 않을 실수였다. 한상오는 자신의 손과 영일을 번갈아 쳐다볼 뿐 뭐가 문제인지 알아채지 못했다.

―오늘 일당 다 날릴 일 있냐고요.

영일은 한상오한테서 케이블을 빼앗아 들며 쏘아붙였다.

―영일아, 한 모금만 하고 가자.

한상오는 숨을 내쉬며 손을 내려뜨렸다. 머릿속이 터질 것 같았다. 요즈음 들어 부쩍 이현우가 왜 이러는지 알 수 없었다. 이제 이현우는 만날 수 없으면 조금 전처럼 전화로까지 고백을 해왔다.

한상오는 영일이 따라준 캡틴을 털어 넣었다. 명치까지 저

릿해지면서 눈앞이 또렷해졌다. 2년 전 단종된 뒤로 어지간해서는 이걸 만나기가 어려웠다. 어제 숙소 근처 가게에서 먼지를 덮어쓰고 있는 이것 두 병을 발견했을 때 로또를 맞은 기분이었다.

한상오가 한 뚜껑 더 달라고 했지만 영일은 뚜껑을 닫아 자신의 작업복 주머니에 넣어버렸다. 한상오는 머리를 세차게 흔들고 다시 케이블을 집어 들었다.

거짓 진단서를 써준 적이 있어.

오래가지 못하고 조금 전 이현우가 전화로 고백한 말이 귓가에 맴돌았다. 예전 지도교수의 조카가 성추행 혐의를 받게 된 적이 있었다고 했다. 막사에서 자다 옆에 누운 동료 장병의 몸을 더듬은 거였다. 조카는 꿈을 꾼 것뿐이라고 주장했다. 꿈속에서 그렇게 한 것이지 현실인 줄 몰랐다는 거였다. 교수직 임명 심사를 받던 중이라 지도교수의 부탁을 거절하지 못했다. 꿈수면행동장애가 의심된다는 진단서를 써주었다.

사실 언제부턴가 조금씩 버거워지기 시작했다. 이현우가 고백한 것들이 돌덩이가 되어 가슴 밑바닥에 고였다. 이 놀이가 주는 기쁨과 놀라움은 여전했다. 하지만 자신의 용량을 넘어서고 있었다. 2400짜리 회선이 들어갈 관에 3600짜리 케이블을 밀어 넣는 거나 마찬가지였다. 그러다 회선 전체가 먹통이 될 수 있었다. 그렇다고 멈추고 싶지는 않았다. 이 놀이야말로 이현우와 자신을 하나로 묶어주는 케이블이었다. 자신을 믿고 비밀을 털어놓는 이현우를 실망시킬 수 없었다. 처음 고백하던 순간의 이현우 눈빛을 잊으면 안 되었다. 다른 방법을 찾아봐야 했다. 지금까지 고인 것만이라도 우선 흘려 내보내야 했다.

한상오는 영일이 말리는데도 그의 주머니에서 캘틴을 꺼내 한 뚜껑 또 따라 마셨다.

현장에서 숙소까지 이르는 국도변에는 드문드문 음식점이나 용도를 알 수 없는 창고들이 서 있었다. 들판 너머로 농가가 보이고 그 위로 푸르스름한 저녁 이내가 내리고 있었다. 서울을 벗어난 지 며칠 되지 않았지만 까마득하게 느껴졌다.

성당은 숙소 근처 삼거리에 있었다. 지난 사나흘 이 길을 오가며 보았지만 그냥 지나쳤었다. 이번에도 한상오는 성당을 지나쳐 좌회전을 했다. 저 앞에 숙소인 '장수모텔' 간판이 빨간 불빛을 흘리고 있었다. 백 미터 남짓 그대로 달렸다. 그러다 한상오는 더 참지 못하고 갓길에 트럭을 세웠다. 영일이 영문을 몰라 숙소 불빛과 한상오를 번갈아 쳐다보았다.

―터질 것 같아. 아무래도 좀 갔다 와야겠다.

운전석에서 내려선 한상오는 영일이 뭐라 대꾸하기도 전에 소리 나게 문을 닫고 돌아섰다. 성당의 가파른 지붕이 어둠에 잠겨가고 있었다. 한상오는 뛰기 시작했다.

영일은 차창으로 몸을 내밀고 한상오의 뒷모습을 좇았다.

급하긴 한 모양이었다. 그렇다 해도 숙소를 코앞에 두고 굳이 성당까지 되돌아가는 걸 이해할 수 없었다.

한상오가 다시 모습을 나타낸 건 20분 가까이 흐른 뒤였다. 영일이 막 전화해보려던 참이었다. 그사이 완전히 어두워져 장수모텔 불빛이 더 또렷해졌다. 다른 팀 동료들은 벌써 씻고 반주를 곁들인 저녁 식사를 하고 있을 거였다.

—얼렁 와요.

영일이 소리쳤지만 한상오는 서두르는 기색이 없었다. 바닥에 떨어진 뭔가를 찾기라도 하는 것처럼 고개를 숙이고 천천히 걸어왔다.

—왜 그렇게 오래……

영일은 툴툴거리다 멈칫했다. 운전석에 오르는 한상오의 표정이 심상치 않았다. 상기된 듯 왼뺨의 반점이 검붉게 번들거리고 있었다. 특유의 산만하고 저돌적인 모습이 간 데 없었는데 뭔가에 어지간히 놀라지 않고는 그럴 사람이 아니었다.

—화장실 못 찾았어요?

—뭐?

—못 찾은 거냐고요?

—아니, 다 비우고 왔어.

—근데 왜 그래요? 바지에 지린 사람처럼.

한상오는 말이 없었다. 핸들 위에서 깍지 낀 두 손은 시동을 걸 생각도 않고 있었다. 무슨 말인가를 할 듯 영일을 쳐다보았다가 도로 입을 다물어버렸다.

　—답답하네. 저 안에서 예수님이 돌아다니는 걸 보기라도
한 거예요?

　—영일아, 너 성당 다닌 적 있다고 했지?

　—그건 왜요?

　—보석이 뭐냐?

　—보석? 보속 아녜요?

22

　원주 외곽 성당에서 첫 고해성사를 보던 순간의 감동이 한
상오를 새로운 세계로 인도했다. 작업을 끝내고 서울로 돌아
온 그 주 일요일 한상오는 집 근처 성당에 나갔다. 다음 일요
일에는 마을버스를 타고 이웃 구역 성당에 나갔다. 고해성사
보는 법을 알지 못했지만 문제되지 않았다.

　고백하십시오.

　칸막이 너머에서 그 말이 들려오면 머릿속에 아무것도 떠
오르지 않았다. 불투명한 칸막이 창에 자신의 고백을 기다리
는 신부님의 그림자가 어슴푸레 비쳤다. 신부님의 숨소리를
듣고 있으면 이현우가 자신에게 털어놓았던 고백이 하나둘
떠올랐다. 그중 하나를 골라 더듬더듬 신부님에게 전했다. 응

답하듯 신부님의 나지막한 기도가 이어지고 '용서'라는 말이 뒤따랐다. 그 단어를 들을 때마다 눈이 뜨거워졌다.

　이제 일요일 아침이면 한상오는 깨끗한 속옷과 셔츠를 골라 입고 진회색 양복을 걸쳤다. 오래전 여동생 결혼식 때 마련한 양복은 품이 넓고 바짓단이 길었지만 옷장에 있는 유일한 정장이었다. 오랫동안 신지 않은 구두를 꺼내 먼지를 닦았다. 트럭 짐칸에 있는 작업화를 신고 성당에 갈 수는 없었다. 왕십리, 아니 미화 씨에게는 행선지를 말하지 않았다. 한번은 따라나서는 걸 떼어내느라 애를 먹었다.
　성당에 갈 때마다 고해성사를 했다. 그러려고 가는 거였다. 고해소 앞에서 차례를 기다리고 있는 사람들을 보면 뭉클했다. 자신이 그들과 함께 있다는 사실이 믿기지 않았다.

　환자의 검사 기록을 훔쳐보았습니다.
　거짓 진단서를 써준 적이 있습니다.
　인턴 시절 동료 한 사람을 왕따 시키는 데 함께했습니다.

　한 번 간 성당에는 다시 가지 않았다. 검사 기록은 성수동, 거짓 진단서는 왕십리, 왕따는 옥수동 성당으로 가지고 갔다. 같은 고해소에서 고백하는 것은 게으름 피우는 것처럼 여겨졌다. 각각의 죄는 각각의 고해소에서 고백해야 했다. 용서받으려면 최소한 그 정도의 정성은 바쳐야 했다.

이전의 고백을 깨끗하게 비워내 자리가 넉넉해졌다. 이제 한상오는 이현우의 어떤 고백도 받아줄 수 있었다. 남은 하나, 낙태에 관한 건 아직 고백하지 못하고 있었다. 그 고백은 도심의 성당에서 하고 싶지 않았다. 좀더 고요하고 아늑한 곳으로 가져가고 싶었다.

수도원 건물은 과수원 안쪽 깊숙한 곳에 자리 잡고 있었다. 경기도 외곽의 공사 현장을 오가다 이정표에 나온 이곳을 봐두었다. 비탈을 따라 일정한 간격으로 서 있는 배나무에 주먹만 한 배들이 달려 있었다. 산자락으로 이어진 오솔길을 걷는 동안 완벽에 가까운 침묵이 한상오를 감쌌다. 저절로 고개가 숙여졌다. 한참을 더 오르자 빛바랜 벽돌 건물 한 채가 나타났다. 그 옆으로 기역자 모양의 작은 회벽 건물이 붙어 있었다.

벚나무 군락이 건물 주변을 에워싸고 있었다. 바람이 불자 나뭇잎 사이로 빠져나온 빛이 수도원 앞마당에서 물수제비처럼 튀어 올랐다. 나무 하나하나에 '십자가의 길'을 나타내는 목판이 걸려 있었지만 한상오는 그것이 무얼 의미하는지 알지 못했다. 그의 관심은 오로지 고해소를 찾는 거였다.

고해성사 하러 오신 분은 종을 울리십시오.

벽돌로 된 건물의 갈색 목제 문은 굳게 닫혀 있었다. 문 한가운데에 '요셉 수도원'이라고 음각한 현판이 걸려 있고 그 옆에 안내문이 붙어 있었다. 잘 익은 배처럼 보이는 황동 종이 그 아래에 달려 있었다. 한상오는 종에 달린 줄을 당겼다.

수도사는 문이 아니라 회벽에서 스미어 나온 것처럼 소리 없이 나타났다. 종소리의 여운에 잠겨 있던 한상오는 깜짝 놀랐다. 머리부터 발끝까지 검은 망토로 덮은 수도사가 눈부신 가을 햇살 속에 서 있었다. 까마귀처럼 좁고 마른 얼굴만 망토 바깥으로 드러나 있었다.

— 고해성사를 하실 건가요?

수도사가 웃음기라고는 없는 표정으로 물었다. 그렇다고 하자 수도사는 나무 문을 열고 말없이 그 안으로 사라졌다. 한상오는 문이 닫힐까 봐 얼른 따라 들어갔다.

성전은 제단과 신도석이 나뉘지 않은 둥그런 방이었다. 스무 명 남짓 앉을 만한 크기에 바닥부터 천장까지 나무로 되어 있어 통나무 속으로 들어온 것 같았다. 구석에 비밀스럽게 숨어 있는 고해소는 겨우 한 사람이 들어갈 만한 맨홀 크기였다. 그래서인지 마음이 편안해졌다. 한상오는 무릎을 꿇고 두 손을 가슴 앞에 모았다.

— 고백한 지 일주일 되었습니다.

격자무늬 칸막이가 수도사와 한상오를 나누고 있었다. 그 너머가 보이진 않았지만 한상오는 수도사가 이쪽을 향해 앉아 있다는 걸 느낄 수 있었다. 얼핏 고해성사가 아니라 케이블 작업을 시작하는 기분이 들었다. 한상오는 칸막이에 바짝 입술을 갖다 댔다.

—본과 3학년 때 사귄 사람이 있었습니다. 2년 정도 사귀었는데…… 그 친구가 임신을 했습니다. 친구는 낳고 싶어했지만 저는 반대했습니다. 이미 다른 사람을 만나고 있었던데다…… 싫다는 그 친구를 억지로 산부인과에 데리고 갔습니다.

거기까지 고백했을 때 갑자기 목이 메었다. 오래전에 사귀었던 여자가 떠올랐다. 그 여자도 두 번 낙태 수술을 받았다. 이 고백을 하면서 이현우가 왜 글썽거렸는지 알 것 같았다.

—두 번이나 더 그런 잘못을 저질렀습니다.

한상오는 자신의 것까지 보태었다. 조금 전 자신이 울린 종소리가 귓가에서 맴돌았다. 이 밖에 알아내지 못한 죄도 용서해주십시오. 한상오는 눈가를 닦으며 용서를 빌었다.

칸막이 너머에서는 아무런 소리도 들려오지 않았다. 도저히 용서해줄 수 없는 걸까? 그런 걸까? 다시 눈자위가 뜨거워졌다. 그 순간 메마른 목소리가 들렸다. 수도사는 용서를 바라는 기도와 함께 보속을 내려주었다.

한상오는 밖으로 나와 계단참에 섰다. 그는 용서받은 자의 눈으로 벚나무를 흔들고 가는 바람과 석영 비늘이 반짝이는 오솔길과 단내를 풍기며 익어가는 배밭을 바라보았다. 멀리 골짜기를 가로지르는 송전탑부터 계단 아래 자잘한 맥문동꽃까지 하나하나 또렷하게 보였다. 성사의 신비가 여기까지 따라 나와 펼쳐지고 있었다.

수도사는 회벽 건물로 통하는 난간을 돌아가고 있었다. 사무실 유리창에 '배즙 판매'라고 써 붙인 종이가 보였다.

—신부님.

한상오가 부르자 수도사가 뒤돌아보았다. 여전히 웃음기 없는 표정이었다.

—저거 한 상자 사겠습니다.

한상오는 그런 식으로라도 보답하고 싶었다.

수도사는 창가에 서서 상자를 들고 내려가는 한상오의 뒷모습을 바라보았다. 보속으로 내린 '십자가의 길'을 바치지 않고 곧장 내려가는 한상오를 바라보았다. 빌려 입은 듯 헐렁한 양복에, 거칠고 갈라진 손으로 만 원짜리 두 장을 건네주던, 본과 3학년 시절이 있었다는 남자의 뒷모습을 바라보았다.

23

그녀는 2주 만에 돌아왔다. 이현우와 김주희는 지난 시간을 벌충이라도 하려는 듯 주말 내내 집 밖으로 나오지 않았다. 이현우는 김주희에게 남아 있는 본다이 해변의 소금기와 유

칼립투스 향을 핥아 삼켜버렸다. 어깨와 종아리에 남은 햇볕
자국과 겨드랑이와 아랫배에 남은 아버지의 체취를 핥아 삼
켜버렸다. 아버지로부터 그녀를 되찾아왔다.

김주희는 본다이를 연상시킬 만한 얘기는 하지 않았다. 어
디에도 다녀오지 않은 것처럼, 그곳에 대해서는 하나도 기억
나는 게 없는 것처럼 지냈다. 그렇다 해도 작은 새에 관한 건
혼자 간직할 수 없었다.

해변에서 조깅을 하든, 골프 클럽에 다녀오든 회장님은 집
뒤뜰에 있는 수영장에서 하루를 마무리했어요. 수영을 하기
에는 쌀쌀한 날씨였지만 거르지 않았죠. 그날도 그랬어요.

이태주의 물살 지치는 소리가 규칙적으로 울렸다. 김주희
는 비치베드에 기대어 책을 읽고 있었다. 어두워져 글자를 더
알아볼 수 없게 되었을 때 그녀는 책을 덮고 일어나 앉았다.
하늘은 보랏빛으로 변해 있었다. 수영장 가장자리에 나란히
서 있는 야자수 세 그루가 눈에 들어왔다. 구름 한 점 없는 하
늘을 배경으로 나무의 윤곽선이 또렷해졌다. 순간 저녁이 시
작되는 것인지 새벽이 오고 있는 것인지 헷갈렸다. 하늘빛,
야자수의 윤곽, 주변의 밝기 정도가 저녁과 새벽 둘 다의 모
습을 하고 있었다. 집을 떠나 해외에 머무는 동안 자주 이런
혼란을 느끼곤 했다. 시드니, 방콕, 밀라노, 프라하 어디서나
마찬가지였다. 시간을 놓치면서 지금 이곳이 어딘지도 잊어
버리고 마는 거였다. 금세 회복되긴 하지만 순간 아찔해져서

어떻게든 피하고 싶은 순간이었다.

그녀는 시간을 알려줄 만한 걸 찾아 재빨리 주변을 둘러보았다. 그러다가 커다랗고 검은 새들이 야자수 하나에 무리 지어 내려앉는 걸 보았다. 한참 동안 야자수가 휘청거릴 만큼 소란스러웠다.

소란이 가라앉을 무렵 건너편에서 작고 까만 것 하나가 날아오는 게 보였어요.

처음에는 박쥐인 줄 알았다. 활짝 펼친 날개가 몸통에 비해 유난히 넓어 보였기 때문이다. 그것은 미처 야자수를 발견하지 못한 것 같았다. 아니면 피하기에는 너무 늦어버렸거나. 커다란 새들이 매복해 있는 야자수 근처에서 급하게 방향을 틀었지만 그것은 나뭇잎 속으로 빨려 들어가고 말았다. 조금 전보다 더 큰 소란이 일었다. 청새치 떼가 퍼덕거리는 것처럼 이파리들이 튀었다. 그러다 갑자기 잠잠해졌다. 바람도 없는데 가지 하나만 심하게 출렁였다. 곧 그마저도 잠잠해졌다. 새들은 커다란 날개를 펼치고 차례로 나무를 떠나갔다. 야자수에서 눈을 떼지 않았지만 작은 것은 끝내 나타나지 않았다. 그녀는 섬뜩한 느낌을 누르며 야자수 아래로 가보았다.

이파리에 가려 보이지 않았을 뿐 그것이 날아갔기를 빌었어요.

나무 아래에 작고 까만 깃털이 어지럽게 흩어져 있었다. 커다란 새들에게 먹힌 그 작은 것은 박쥐가 아니라 새였다.

꿈을 꾸고 있는 것 같았어요. 까만 깃털과 지금 이 순간과 여기가 모두 꿈속의 장면이라고요.

이태주가 반환점을 돌아 이쪽으로 오고 있었다. 수면 위로 그의 머리와 어깨가 드러났다 사라졌다 했다. 어둠 때문인지 흘러내리는 물 때문인지 눈 코 입이 뭉개진 얼굴이었다. 점점 더 어두워지는 걸 보면 새벽이 아니라 밤이 오고 있는 거였다.

이야기는 중단되었다 이어지곤 했다. 이야기 사이사이 이현우는 자신의 혀를 그녀의 혀 밑으로 밀어 넣었다. 그녀의 두려움을 함께 맛보기 위해서였다. 그녀는 자신이 목격한 것을 예지몽이라고 믿었다. 작은 새를 자신과 일치시켰다. 이야기 사이사이 생겨난 침묵이 그것을 말해주었다.

섹스도 이야기도 끝이 나면 침묵 사이 고여 있던 두려움이 부풀어 올랐다. 그것은 이현우에게 번져들어 그 몇 배가 되었다. 터지기 직전의 풍선에는 구멍을 내주어야 했다. 단지 그거였다. 용서받기 위해 고백하는 게 아니었다. 그랬다면 교회나 성당에 나갔을 거였다. 용서는 그곳의 전매특허니까. 이현우에게는 자신의 고백을 들어줄 귀만 있으면 되었다. 한상오는 두 개의 귀를 달고 기꺼이 달려 나왔다.

24

한상오는 자신을 둘러싼 세계가 조금씩 확장되는 기분을 맛보았다. 맨홀을 벗어나 정갈하고 고결한 세계의 입구로 들어서고 있었다. 상상해본 적 없는 세계였다.

맨홀에서나 성모송이 울려 퍼지는 성전에서나, 영일과 술잔을 부딪칠 때나 문득문득 이현우가 떠올랐다. 그의 고백하던 모습과 고백의 내용이 순서대로 지나갔다. 그 고백들을 모두 이어 붙이면 한상오가 알지 못하는 낯선 이현우가 나타났다. 동시에 이 세상에서 자신만 알고 있는 이현우이기도 했다.

고백은 이현우로부터 끊이지 않고 공급되었다. 한상오는 그걸 받아 꾸준히 고해소로 날랐다. 고백을 중심으로 이현우, 한상오, 신부님이 새로운 삼위일체를 이루었다. 그 삼각 편대는 수차처럼 유기적으로 돌아갔다. 위에서 흘러내린 고백이 아래쪽 물받이에 떨어져 굴대를 돌렸다. 말라붙은 수로에 물이 차올랐다. 두 사람은 촉촉해진 영혼으로 각자의 현재에 깊숙이 빠져들 수 있었다. 이현우는 김주희를 향한 도취에 가까운 열정 속으로, 한상오는 고해소 순례라는 상상한 적 없는 여정 속으로.

하지만 어떤 의미에서 한상오의 고해성사는 미완성이었다.

보속을 행하지 않았기 때문이다. 원주에서 첫 고해성사를 했던 날, '보석'이 무엇인지 물었을 때 영일은 대답했다. 보속 아녜요? 숙제 같은 거죠. 죄를 지었으면 벌을 받아야 하잖아요. 그 벌 대신 숙제를 하는 거죠. 근데 그걸 왜 물어요?

한상오는 숙제를 하고 싶었지만 숙제 자체를 이해하지 못했다. 성모송 5단, 성체조배, 십자가의 길 등을 보속으로 받았지만 그것이 무언지 알지 못했다. 십자가를 진 예수를 따라 골고다 언덕을 함께 오를 수도 있지만 십자가의 길은 어떻게 걸어야 하는지 알지 못했다. 그런 사실을 들키고 싶지 않아 누구에게도 묻지 않았다. 지금까지 받은 보속 중 유일하게 알아들은 것은 '주일미사에 빠지지 말라'는 것이었다.

미사에 참석할 때마다 한상오는 맨 뒷자리에 앉았다. 학창 시절처럼 그 자리가 편했다. 성전 입구에 있는 고해소에서 가장 가까운 위치이기도 했다. 보속이 그런 것처럼 미사 전례에 대해서도 알지 못했다. 한상오는 사람들이 일어서면 따라 일어섰고 앉으면 앉았다. 성호를 그을 때는 뺨과 가슴 언저리를 얼버무리듯 쓰다듬었다. 그렇다 해도 거기 있는 것만으로 충만함을 느꼈다. 성전의 높은 천장과 기둥들을 올려다보고 있으면 자신이 공중으로 들어 올려지는 듯 황홀했다. 스테인드글라스를 통과한 빛은 색색의 케이블로 변해 공중을 가로질렀다. 제대 위에서 타오르는 촛불과 반짝이는 제기들, 감실의 꺼지지 않는 불빛과 어린 복사들. 무엇보다 한상오를 사로잡은 것은 제단 벽면 중앙에 걸린 십자고상이었다. 성당마다 그 모습이 달랐다. 어떤 예수는 십자가를 뗏목 삼아 망망대해에 홀로 떠 있는 것처럼 보였고, 어떤 예수는 생각에 잠겨 있었고, 또 다른 예수는 매달린 채 눈물 흘리고 있었다.

미사 중에 두 번은 제단 앞으로 나가 십자고상을 가까이서 올려다볼 기회가 있었다. 봉헌의례와 영성체를 받을 때였다. 한상오는 줄지어 가는 사람들을 따라 제단 앞까지 나아갔다. 영성체 때는 행진 속도가 느려 좀더 오래 십자고상을 올려다볼 수 있었다. 맨 뒷자리에서는 보이지 않던, 예수의 두 손과 옆구리와 발등에 박힌 못을 보았다. 하늘을 향해 열린 두 눈을 보았다. 그 눈이 자신에게 무언가를 묻는 것 같아 한상오는 고개를 돌렸다.

한상오는 미사 뒤에 이어지는 친교 모임이나 회합에는 끼지 않았다. 누군가 형제님, 하고 부르면 못 들은 척 서둘러 마당으로 나와 성모상 앞에 섰다. 십자고상을 올려다볼 때 느낀 두려움과 고통이 성모상 앞에서는 사라졌다. 주변에 아무도 없으면 성모의 치맛자락이나 그 아래로 나온 발등을 재빨리 손으로 쓸었다. 한상오만의 규칙이었다. 거기까지 해야 미사를 제대로 마친 기분이 들었다. 고해성사의 효험도 더 커질 거였다.

성당 순례는 한상오에게 새로운 사실을 깨닫게 해주었다.

이 일이 자신의 직업과 비슷한 데가 있다는 깨달음이었다. 맨홀에서 하는 작업이 전화선과 전화선을 연결하는 작업이라면 성당 순례는 이현우와 신부님 사이를 연결하는 거였다. 이현우의 죄를 고백받아 신부님께 전해주고, 신부님의 용서를 대신 받아 이현우에게 전해주는 거였다. 이현우와 신부님 사이에, 죄와 용서 사이에 자신이 있었다. 거룩한 메신저였다.

대청소를 했다. 싱크대를 차지하고 있던 빈 술병을 치웠고 옷장 서랍과 신발장을 정리했다. 줄이 끊어진 블라인드를 고쳐 달았고 물건들의 제자리를 찾아주었다. 부스스한 머리를 짧게 잘랐고 거울에 비춰 보며 꼼꼼하게 면도를 했다.

술병과 쓰레기가 사라진 자리에 하나둘 성물이 놓였다. 성당에 갈 때마다 성물방에 들러 구입한 거였다. 전단지와 플라스틱 반찬통이 뒹굴던 탁자 위에 석고 성모상이 자리 잡았다. 마가목으로 만든 십자가는 텔레비전 위쪽 벽에 걸렸고, 옷장 손잡이에는 초록색 구슬 묵주가 달렸다. 수태고지와 피에타 성화 엽서는 냉장고 문에 붙었다.

대청소에는 사람도 포함되었다. 왕십리, 아니 미화 씨에게 그만 만나자고 했다. 스스로에게도 잘 설명할 수 없지만 그래야 할 것 같았다. 그녀가 싫어진 게 아니라 그녀를 만나고, 만나서 하는 일이 시시해져버렸다. 다른 사람이 생긴 거냐는 미화 씨 질문에 한상오는 한참 동안 생각했다. 그런 것 같다고 대답했다.

일요일이면 늦게 일어나 해장술로 남은 오후를 시작하던 습관이 사라졌다.

주님, 이 성수로 저의 죄를 씻어주시고 마귀를 몰아내시며 악의 유혹을 물리쳐주소서. 아멘.

성전 입구에 놓인 성수를 이마에 찍으며 일요일을 시작했다. 이현우가 옆에 없지만 이현우와 나란히 서 있는 기분이었다. 함께 미사를 드렸고 함께 용서를 받았다. 멀리 제단의 십자고상을 향해 고개를 숙일 때마다 거기 매달린 예수가 자신의 이마에 묻은 성수 자국을 알아볼 거라는 상상을 했다. 밤이 오면 탁자 위 성모상 앞에 초를 밝히며 일요일을 마쳤다. 물로 시작해 불로 마쳤다.

물이 포도주로 변하듯 오후만 있던 일요일이 주일로 변했다.

25

구리 가격이 반값이 되긴 했지만 쇠나 알루미늄에 비하면 아직도 쓸 만했다. 십오륙 년 전이 꽃시절이긴 했다. 작업하고 남은 자투리만 모아 팔아도 횟집에서 회식할 정도가 되었다. 그때와 비교가 되진 않지만 아직도 구리선이라면 고물상에서 군소리 없이 받아주었다.

경태는 맨홀에서 맨홀로 케이블 뭉치를 끌어다 넣어주는 외선팀에서 일했다. 일하다 보면 간혹 도면에 표시된 거리와 실제 거리 사이에 차이가 나는 경우가 있었다. 팀원들끼리 입을 맞춰 남은 케이블 덩어리를 회사에 반납하지 않고 몰래 처분하기도 했다. 꽤 짭짤했다. 윗선에서 눈치챈 뒤로 다들 깨끗하게 손을 털었다. 경태는 그 맛을 잊지 못했다.

외선팀으로 옮기기 전까지 경태는 한상오, 영일과 한 팀에서 일했다. 영일과는 동갑인데다 마음도 잘 맞는 편이었다. 두 달 전, 경태는 영일이 사는 고시원으로 찾아왔다.

—너 언제까지 이렇게 살 거냐? 제수씨가 싸놓고 간 거 뒤만 닦아주고 있을 거냐고. 사채라 파산 신청도 안 돼, 신고도 못해. 니 무덤까지 따라갈 거다.

경태는 기막히다는 듯 연거푸 소주를 넘기고 슬쩍 자신의 계획을 털어놓았다. 너는 망만 보면 돼. 손 하나 까딱 안 해도 된다니까. 영일은 좀처럼 넘어오지 않았다. 넘어온 듯하다가도 막상 약속한 날이 되면 나타나지 않았다. 경태는 지치지 않고 찾아왔다. 구슬리다 안 되자 이번에는 이 바닥에서 일한 사람이라면 공분할 만한 걸 꺼냈다.

너 왜 잘나가던 구리 값이 하루아침에 똥값 된 줄 알아? 중국 경기가 꺼져서 구리가 남아돌아 그런다고? 그만 웃기라고 해라. 요즘 유선전화 쓰는 사람 봤어? 못 봤지? 집에서도 각자 핸드폰 들고 살잖아. 당연히 설치는 해놓고 쓸모없어진 죽

은 선들은 늘어날 거 아냐. 돈 나올 구멍만 찾는 윗대가리들
이 그걸 그냥 두겠냐는 거지. 전국적으로 치면 얼마나 많겠냐
고. 너 몇 년 전에 묻혀 있는 죽은 선 다 거둬들였다는 소문
들었지? 말이 나와서 말인데 나라를 생각하면 그러면 안 되
지. 안 그래? 나중을 위해서라도 살려둬야지. 그게 인프라라
는 거 아니냐. 근데 그걸 싹 거둬서 시장에 내놨으니 하루아
침에 구리 값 똥값 안 되겠어? 위에서 하면 사업이고 우리가
하면 도둑질이래요. 그 새끼들 한 거에 비하면 우리는 아무것
도 아냐.

경태는 영일의 눈동자가 흔들리는 걸 놓치지 않았다. 한 번
더 야무지게 쐐기를 박았다.

너는 아무것도 하지 마. 그냥 운전만 해줘. 눈 딱 감고 한
번만 도와달라니까.

그렇게 시작되었다. 경태는 음주운전으로 면허가 정지된
상태라 그의 다마스를 영일이 운전했다. 맨 처음은 경태가
미리 찍어둔 공사장이었다. 작은 규모의 현장이라 경비원은
커녕 CCTV도 없었다. 방수포로 덮어둔 건축자재 더미 속에
서 통신 설비에 쓸 요량이었을 케이블 다발을 들고 나왔다.
두 차례 더 비슷한 장소를 찾아냈다. 영일은 차에 앉아 망을
보다가 경태가 자루에 물건을 담아 오면 재빨리 싣고 현장을
떴다.

장소 물색부터 거래까지 모든 걸 경태가 알아서 했다. 예전에 거래한 고물상이 있다고 했다. 영일은 경태가 얼마를 손에 쥐는지 알지 못했다. 반반이야. 경태의 그 말을 믿고 주는 대로 받았다. 어차피 근처에서 대기하고 있다가 운전만 한 것뿐이었다. 더 발을 담그고 싶지 않았다.

경태는 용의주도했다. 한 번 해치운 동네 근처에는 얼씬도 하지 않았다. 서울에서 꽤 먼 곳으로 나갈 때도 있었다. 추수가 끝난 들판이라 인적이 드물었다. 차를 타고 어슬렁거리다 적당한 곳이 나오면 차를 세우고 어두워지기를 기다렸다.

―저 낭창낭창한 것 좀 봐라. 돈이 꼭 저렇다니까.

들판 위로 바람에 출렁이는 전선을 보며 경태는 중얼거리곤 했다. 그러다 컴컴해지면 고라니처럼 내려가 비닐하우스 입구에 뭉쳐져 있는 전선 더미를 잘라 왔다. 자기는 최소한 작물이 자라고 있는 하우스는 건들지 않을 정도의 양심이 있다고 했다.

차에 혼자 앉아 있다 보면 영일은 두려워졌다. 한상오의 얼굴이 어른거렸다. 그에게 모든 걸 털어놓고 싶은 마음과 아닌 마음이 반반이었다. 핸들만 잡았을 뿐 구리선에는 손도 대지 않았다는 것으로 스스로를 위로했다. 조금씩이지만 빚도 갚아나가고 있었다. 언제가 될지 모르지만 새로운 인생이 찾아올 거라고 믿어야 했다. 그래야 버틸 수 있었다. 눈 딱 감고 몇 번만 더 도와준 뒤에 손 뗄 거였다.

지난밤에는 남양주 근처 현장에서 한탕 했다. 물건이 다른 날의 세 배는 되었다. 고물상에 도착했을 때는 자정이 지나 있었다. 고물상 남자와 경태가 나누는 얘기는 차 안의 영일에게 들리지 않았다. 다른 날보다 흥정이 길었다. 한참 만에 보조석에 올라탄 경태는 돌아오는 내내 투덜거렸다. 아무래도 다른 거래처를 알아봐야겠다고 했다. 값을 너무 후려친다는 거였다. 어디 아는 데 없냐고 영일에게 물었지만 그냥 던져보는 말이란 걸 알 수 있었다. 언제나처럼 경태는 영일의 몫을 검정 비닐 봉투에 담아 보조석에 두고 내렸다. 지난번과 같은 액수였다. 처음 이 일을 시작할 때 무조건 반반 나누기로 했었다.

고시원에 도착했을 때는 새벽 세시가 다 되어 있었다. 어정쩡한 시간이었다. 어설피 잠들었다가는 제시간에 일어나지 못할 수 있었다. 앉아서 버티다 출근을 했다.

맨홀에 들어온 지 한 시간도 되지 않아 영일은 케이블을 쥔 채 졸다 깨다를 반복했다. 졸음을 쫓으려 일어서서 작업을 했지만 나아지지 않았다. 다른 때 같으면 한상오가 쏘아붙이고도 남을 시간이었다. 하지만 아직 아무 말이 없었다. 그게 더 찜찜했다.

—캔틴 하나 사 올까요?

영일은 눈치도 보이고 잠도 깰 요량으로 물었다. 바깥바람을 쐬면 좀 나아질 것 같았다.

—차에 가서 눈 좀 붙이고 와.

십 년 넘게 함께 일하면서 한상오의 그런 말은 처음이었다.

그날, 비몽사몽 일을 끝내고 한잔하는 자리에서 영일은 한상오가 달라졌다는 걸 다시 확인했다. 회식 자리에 오기 전까지만 해도 영일은 한상오에게 전부 털어놓을까 하는 마음이 있었다. 하지만 맞은편에 앉은 한상오를 지켜보면서 다음 기회로 미뤄야 한다는 걸 깨달았다. 한상오는 얼굴의 반점을 벗겨내기라도 할 것처럼 손끝으로 문질러대고 있었다. 반점 주위가 벌게지면 쓰라린지 잠시 쉬었다가 다시 문지르곤 했다. 생각이란 걸 귀찮아하는 사람인데 어쩌다 생각에 빠질 때면 나오는 버릇이었다. 지금은 잠시 멈추고 습관적으로 주변을 둘러보지만 아무도 보고 있지 않았다. 영일 자신과도 눈이 마주쳤지만 그냥 지나쳤다.

한상오는 영일이 자신을 지켜보는 걸 알지 못했다. 바로 옆에서 떠들어대는 김의 목소리가 아득하게 들렸다. 취기 오른 대화와 잔 부딪치는 소리가 공중으로 흩어졌다. 한상오는 소리를 따라 주점의 낮은 천장을 뚫고 올라갔다. 궁륭식의 높다란 성당 천장이 나타났다. 김의 입에서 튀어나온 골뱅이 파편이 왼쪽 뺨에 들러붙은 것도 모른 채 한상오는 혼자만의 고요한 세계로 빠져들었다. 지난번 고해성사 때 마주친 남자가 떠올랐다.

그 성당의 고해소는 성전에서 떨어져 외따로 있었다. 신부님의 방을 가운데 두고 양쪽으로 고해소가 하나씩 있는 구조였다. 한쪽 방의 고백이 끝나면 신부님은 몸을 돌려 다른 방의 고백을 들어주었다.

한상오 차례는 맨 끝이었다. 바로 앞에는 얇은 바람막이 점퍼 차림의 남자가 서 있었다. 추워 보여 신경이 쓰였다. 성전 쪽에서 사회자의 선창에 따라 낮게 웅얼거리는 소리가 이어지다 조용해졌다. 미사 시작 전 묵상의 시간일 거였다.

한상오는 자기 차례까지 순서가 오지 않을까 봐 조바심이 났다. 신부님이 미사 집전을 위해 고해소에서 나오면 다음 주일에나 고해성사를 해야 했다. 그때 한쪽 고해소 문이 열리고 노부인이 나왔다. 앞에 서 있던 남자는 곧장 들어갈 듯하더니 문 앞에서 멈칫하며 한상오를 돌아보았다. 추워서인지 긴장해서인지 낯빛이 푸르스름했다. 한상오는 고해를 앞두고는 누구나 그렇다는 표시로 살짝 미소를 지어 보였다. 남자는 어느새 안으로 사라지고 없었다.

다른 쪽 고해소 문이 열리고 여학생이 나왔다. 한상오는 얼른 안으로 들어가 무릎을 꿇었다. 창호지 칸막이 너머로 웅얼거리는 소리가 들려왔다. 너무 작아 조금 전 남자의 목소리인지 신부님의 것인지 알 수 없었다. 그런 소리가 좀더 이어지다 갑자기 새된 소리가 튀어나왔다. 조절이 안 돼 커졌다 작아졌다 하는 목소리는 또렷이는 아니어도 알아들을 정도는 되었다.

후회하면서도 술만 마시면 여자를 살 수 있는 곳을 찾아 헤맵니다. 자꾸 이런 생각이 떠오르는 머리를 부숴버리고 싶습니다.

한상오는 숨을 멈추었다. 자신이야말로 머리를 한 대 세게 맞은 것 같았다. 남자는 흐느끼고 있었다. 한상오는 당장 저쪽 고해소로 넘어가 남자를 안아주고 싶었다. 자신도 그런 적이 있다고 말하고 함께 눈물 흘리고 싶었다. 흐느끼는 소리 위로 나지막한 목소리가 이어졌다. 신부님이 용서를 바라는 기도를 바치고 보속을 주는 것 같았다. 한상오는 칸막이에 바짝 귀를 갖다 댔지만 알아들을 수 없었다. 잠시 후 고해소 문이 열리고 남자의 발소리가 멀어져갔다.

자신의 차례가 되었지만 한상오는 고백에 집중하기가 어려웠다. 이현우를 생각해 그러면 안 되지만 귓가에서 남자의 흐느낌이 맴돌았다. 겨우 고백을 마치고 성모송 세 번을 보속으로 받았다. 신부님이 일어서는 기척에 한상오는 더 참지 못하고 소리 내 불렀다. 신부님.

─왜 그러십니까?

─조금 전 형제한테 주신 보속은 뭡니까?

─왜 물으십니까?

—저도 같은 죄를 지었습니다.

미사가 끝나고 나오다 한상오는 성당 근처 편의점에서 파라솔 아래 앉아 있는 남자를 다시 보았다. 남자 앞에 소주팩 두 개가 놓여 있었다. 남자는 뭔가 못마땅하다는 표정으로 오가는 사람들을 바라보며 팩을 들어 마셨다. 한상오와 눈이 마주쳤지만 알아보는 것 같지 않았다. 술 생각이 날 때마다 주모경을 바치며 이겨내십시오. 남자가 눈물을 흘리고 받은 보속이었다. 한상오가 덤으로 받은 보속이기도 했다.

한상오는 남자로부터 빠져나오며 주변을 둘러보았다. 옆에 앉은 김은 가슴팍에 턱을 묻은 채 졸고 있었다. 술자리가 거의 끝나가고 있었다. 동료들의 거나해진 얼굴과 탁자 위의 빈 술병이 한상오에게 승리감을 안겨주었다. 이런저런 핑계를 대며 오늘 한 잔도 마시지 않고 버티었다. 한상오는 골 세리머니를 하듯 재빨리 성호를 그었다.

영일은 화장실에 다녀오다 그 장면을 목격했다. 한상오의 동작은 어설펐지만 표정은 진지했다. 자신이 아는 한상오는 세례를 받은 적도, 성당에 다닌 적도 없는 사람이었다. 보속을 보석으로 알아듣는 사람이었다. 문득 얼마 전 일요일 저녁이 떠올랐다. 한상오가 연락도 없이 고시원에 찾아왔다. 전에는 근처에 와도 밖으로 불러냈지 고시원에는 들어오지 않았다. 컴컴한 복도에 연달아 붙은 방이 맨홀보다 더 답답하다는 거였다. 그날은 방까지 들어와 배즙 한 상자를 놓고 갔다. 웬 거냐고 물어도 선물 받은 거라고만 했다. 상자에 수도원 마크가 찍혀 있었다.

영일은 한상오 맞은편에 앉으며 그에게서 눈을 떼지 않았다. 오늘 자신이 케이블을 쥔 채 꾸벅꾸벅 졸았지만 한상오는 이유를 캐묻지 않았다. 조금 전 안줏거리로 오른 경태에 관한 뒷담화도 흘려듣는 것 같았다. 요즘 경태 씀씀이를 보면 뭔가 찜찜하다는 얘기가 오갔다. 다른 때 같으면 한상오는 바로 눈치채고 닦달해왔을 거였다. 어쩌면 이 모든 변화가 이현우와 관련 있을지 모른다는 생각이 스쳤다.

—형.

영일은 서로에게 무슨 일이 벌어지고 있는지 알지 못한다는 사실에 조바심이 났다. 한상오의 눈빛이 천천히 돌아왔다.

—이제 막 뭐한 거예요?

영일은 도대체 한상오 자신이 성호를 그은 걸 기억이나 하는지 궁금했다. 한상오는 영일이 무얼 묻는지 몰랐다. 영일은 천천히 성호를 그어 보였다.

26

동료들 사이에서도 한상오의 달라진 모습이 화제가 되었

다. 조장에게 툴툴거리는 버릇이 사라진 것이다. 전에는 작업할 맨홀을 지정받을 때마다 불만이 많았다. 정화조 파이프가 터져 있거나, 뱀이 들어와 죽어 있거나, 가스가 차 있거나를 모두 조장 탓으로 돌렸다. 미리 뚜껑을 열어보고 지정하는 게 아닌데도 한상오는 불퉁거리곤 했었다.

며칠 전 한상오와 영일이 지정받은 맨홀은 최악이었다. 염병할, 이게 맨홀이냐? 못자리지. 최소한 그 정도의 말은 남기고 들어가야 했는데 군말 없이 들어갔다. 동료들이 믿기지 않는 표정으로 쳐다보았지만 한상오는 아무렇지 않아 했다.

한상오의 가장 놀라운 변화는 술자리에서 나타났다. 주종과 자리를 가리지 않던 한상오가 술을 입에 대지 않았다. 동료들이 돌아가며 권해도 한상오는 손을 저었다. 이유를 물었지만 그냥 끊기로 했다는 말만 되풀이했다. 어디 아픈 것 아니냐는 말부터 그렇게 하루아침에 변하면 죽는다는 말까지 나왔는데도 한상오는 실실 웃기만 했다. 술 마시면 나오던 욱하는 성미도 따라 없어졌다.

한상오 스스로도 신기했다. 억지로 참는 것이 아니라 마시고 싶은 생각이 아예 들지 않았다. 바로 눈앞에 소주병이 있는데도 손이 가지 않았다. 마시지 않고도 술자리가 즐거울 수 있다는 사실이 믿기지 않았다. 예전의 자신은 술자리에서 한 사람이라도 마시지 않으면 분위기 망친다며 봐 넘기지 못했다. 기어이 한 잔이라도 마시게 해야 직성이 풀렸다. 하지만 요즈음은 자신이 술자리 한가운데 술잔도 없이 앉아 있었다.

이번 주는 사흘만 일하고 공치고 있었다. 일이 없어도 대부분 출근해 사무실 옆 컨테이너 숙소에서 화투나 카드로 시간을 때웠다.

장이 화투 패를 돌렸다. 주변에서 몇 번이나 권했지만 한상오는 판에 끼지 않았다. 화투라면 사족을 못 쓰던 한상오였다.

─술 끊어, 화투 끊어, 이제 끊을 거는 딱 한 가지밖에 없네.

김이 패를 받아들며 한 발 물러나 앉아 있는 한상오에게 말했다.

─그러게요, 형님. 그건 질겨서 어쩔까 몰라.

한상오는 껄껄거리며 받아쳤다. 김이 따라 웃으며 삼광, 팔광 두 장을 바닥에 소리 나게 붙였다. 작업할 때 보면 요리조리 궂은일을 피하는 축인데 오늘따라 광이 김에게로 몰렸다.

─아따 우리 형님, 오늘 안으로 집 사겠네.

한상오가 거들었다.

─그러겄쟈?

김이 자기 앞으로 온 천 원짜리 두 장을 엉덩이 밑으로 넣으며 흐물거렸다. 그러고는 옆자리의 장에게 광값을 채근했다. 인터넷 수리기사로 일하다 작년부터 합류한 장은 팀에서 막내였다. 이쪽 일이 훨씬 위험하고 고된데다 수입도 불안정하지만 살 것 같다고 했다. 인터넷 기사로 일하면서 어지간히

덴 모양이었다. 한밤중에도 고객이 요구하면 출장은 당연했고, 이삿짐센터 직원 부리듯 출장 나온 김에 피아노며 냉장고 위치까지 바꿔달라고 요구하는 고객, 욕으로 시작해 욕으로 끝나는 사람들까지. 그는 질렸다고 했다. 고객센터에 불만이라도 접수되면 피가 마른다는 거였다.

—빼박이네요, 빼박. 내가 먼저 죽으려고 했는데.

장이 머리를 흔들며 투덜거렸다.

—빼박?

김이 물었다.

—이 패 갖고는 빼도 박도 못한다고요.

천 원짜리를 밀어주며 장은 인상을 썼다.

—햐, 우리 장군 언어 생활 좀 보소.

한상오는 너스레를 떨며 구석에 돌아누워 있는 영일을 힐끔거렸다. 화투판에 끼지 않은 다른 치들은 핸드폰이라도 들여다보고 있는데 영일은 점심 뒤로 계속 저러고 있었다. 영일의 자세는 아버지를 떠오르게 했다. 안에서 뭔가가 끓어올랐다.

—경태 그 자식 요즘 또 경마장 드나드는 것 같던데.

핸드폰을 들여다보던 송이 영일을 흘깃 쳐다보며 지나가는 투로 말했다. 한상오는 영일이 한쪽 발을 오므리는 걸 보았다. 일단 영일을 앉혀 물어봐야 했다. 무얼 물어야 할지는 알 수 없었다. 얼굴을 보면 뭐든 떠오를 거였다.

―양영일!

한상오가 불렀지만 영일은 꿈쩍도 하지 않았다. 다시 불러
도 마찬가지였다. 요즘 들어 부쩍 영일에게 거리감을 느꼈다.
뭔가 감추고 있는 듯 개운치 않았다. 영일은 분위기가 싸해진
걸 느꼈는지 슬그머니 일어나 밖으로 나갔다. 나가면서 큰 소
리로 쏘아붙였다. 내 일은 내가 알아서 해요. 형이나 앞가림
잘해요. 이 교수 그만 따라다니고.

―이 교수?

패를 돌리던 김이 영일의 뒷모습을 좇으며 물었다. 장도 궁
금한지 한상오를 쳐다보았다. 한상오는 딱히 내키진 않았지
만 이현우에 관한 이런저런 얘기를 시작했다. 고등학교 시절
부터 하나둘 늘어놓다 보니 기분이 좀 나아졌다. 영일이 불도
그에 물린 사건을 얘기하다 이태주까지 연결되었다.

―어? 형이 거길 알아요?

한상오가 청담동에 있는 이태주 소유의 빌딩을 잘 아는 것
처럼 말하자 장이 의외라는 듯 물었다.

―그게 이 교수 아버지 빌딩이잖냐.

한상오는 지갑 안쪽에 넣어둔 명함을 꺼내 보이며 말했다.
작년 여름 한남동 집에서 마주쳤을 때 이태주가 건넨 명함이
었다. 명함엔 빌딩 주소와 이태주의 전화번호가 적혀 있었다.

―너는 거길 어떻게 알아?

―야, 세상 좁네. 거기 제 구역이었잖아요. 꼭대기 층 회장

실에 선 넣어준 게 나라니깐요. 근데, 그 회장이라는 사람이
형 친구 아버지란 거예요?

—그렇다니까.

—아니 그럼 최소 육십은 넘었을 거 아녜요?

한상오는 장이 무슨 말을 하려는지 알 수 있었다.

—육십이 뭐냐? 여든이 가깝지.

—진짜요? 형보다 젊어 보이던데.

장은 믿지 못하겠다는 표정이었다. 여기저기서 웃음이 터
졌다. 장은 한 판 쉬겠다며 패를 내려놓고 한상오에게 다가앉
았다. 뭔가 할 말이 있는 모양이었다.

—그 사람 잘 알아요?

—알지. 친구 아버진데.

—어떤 사람이에요?

—왜?

—제가 그런 고객 다시 만날까 봐 이쪽으로 옮긴 거잖아
요. 브이아이피라 원청에서 나온 상무랑 함께 갔거든요. 브
이아이피들 집에 갈 때는 뭐 그렇게 하니까. 아무튼 상무랑
회장이랑 잘 아는 사인가 보더라고. 문제는 다른 데보다 작
업 시간이 몇 배는 걸렸다는 거 아녜요. 사무실 배치를 새로
하면서 통신사도 바꾸느라 제가 간 건데, 다른 데 같으면 그
런 일은 비서들이 알아서 해요. 근데 그 사람은 직접 나와서
다 지켜보더라고. 뭐 다 좋아. 근데 그 인간이 선을 천장 몰

딩 안으로 넣어달라는 거예요. 보이면 지저분하다고. 아니, 내가 인테리어 업자도 아니고 어떻게 그걸 뜯어 그 안에 넣냐고요. 뜯고 나면 또 원상복구 해놓으라고 할 거 아녜요. 거기다, 지난번 선이 옆방으로 들어가 있었어요. 거기서 선을 따 이쪽 사무실로 끌고 오기만 하면 되는데 그 방에 들어가지를 못하게 하는 거예요. 그 방에 금고가 있다나 어쩐다나. 환장하겠더라고. 어쩔 수 없이 옥상에 올라가 다시 시작했잖아요. 하마터면 난간에서…… 으, 어찌나 아슬아슬했는지…… 왜 그런 날 있잖아요. 일진 꼬이는 날. 결국 나중에 상무가 인테리어 업자까지 불렀어요. 비용은 다 우리 회사에서 물기로 하고.

한상오는 괜히 얘기를 꺼낸 것 같아 후회되었다.

—그런 인간들 보면 죽이고 싶다니까요. 세상이 다 자기 맘대로 굴러가야 한다고 생각하는 인간들요. 일 끝나고 내려오면서 상무도 고개를 젓더라고. 그전 통신사랑 약정 기간이 남았었나 봐. 그 위약금도 우리 회사에서 내라 했다는 거예요. 새로 개통해줬으니까.

—부자 되기 쉽남?

김이 패를 뒤집으며 한마디 했다.

—그 빌딩 지하 차고에 수입차가 몇 대래요. 한번은 상무가 같이 밥을 먹으러 갔나 봐. 발레비가 2천 원이었는데 5천 원짜리 내고 기어이 3천 원을 거슬러 받더래요. 5억짜리 차를

몰고 가서.

—쉽냐고!

김이 또 한마디 했다.

—어디 보자, 스톱. 나도 2천 원만 벌고 말란다. 발렌지 뭔지 한번 해보게.

송이 바닥에 있는 흑싸리 껍질 두 장을 가져가며 말했다. 피로 난 모양이었다. 장은 생각하기도 싫다는 듯 고개를 흔들었다. 한상오 눈앞으로 이태주의 기이할 정도로 짧고 뭉툭했던 엄지가 떠올랐다. 입안이 썼다.

영일은 아직도 들어오지 않고 있었다.

27

한상오가 김주희를 처음 본 건 11월이 다 되어서였다.

약속 장소는 늘 그랬던 것처럼 일식집 '설국'이었다. 한상오는 안내를 받아 간 내실 앞에 구두 두 켤레가 있는 걸 보았다. 검정 남자 구두와 같은 색의 여자 구두가 나란히 놓여 있었다. 방을 잘못 찾은 줄 알고 돌아서려 했다. 그때 살짝 열린 문틈으로 이현우와 눈이 마주쳤다.

그날 김주희는 한상오를 함께 만나러 가자는 이현우의 제안을 받아들였다. 그들이 만나면 한다는 놀이, 그걸 보게 될지도 모른다는 기대 때문이었다. 이현우는 그 놀이에 대해 아무것도 아니라는 듯 들려주곤 했지만 그의 눈빛에는 분명 장난 이상의 무엇이 있었다. 자신과의 관계에서 오는 두려움과 죄책감을 거기서 위로받는 듯했다. 어쩌면 자신도 그럴 수 있을지 몰랐다.

—내가 말한 그 친구.

이현우의 소개에 김주희는 미소를 지으며 목례를 했다.

—이쪽은 김주희.

이현우가 그녀의 어깨를 가볍게 쥐었다가 놓으며 말했다. 한상오는 왼쪽 뺨을 가리며 어색하게 고개를 숙였다. 두 사람을 본 순간, 이현우의 지난번 고백이 이거였다는 사실을 깨달았다.

어머니와 아내를 속이고 있습니다.

무얼 속이는 건지 물어도 나중에 말해주겠다는 대답만 돌아왔었다. 그렇다면 이현우는 어머니와 아내 뒤에 친구도 끼워 넣어야 했다. 이현우가 최소한 자신을 친구로 생각한다면.

그날 한상오는 한동안 끊었던 술을 다시 마셨다. 꽤 많이 마셨는데도 미간 사이만 얼얼할 뿐 취기가 오르지 않았다. 김주희를 제대로 쳐다볼 수 없었다.

이현우는 다른 날 같지 않게 혼자 떠들었다. 많이 취한 거였다. 이현우가 할 말이 있다는 표정으로 바라보곤 했지만 한상오는 그의 눈을 피했다. 배신감에 아무것도 눈에 들어오지 않았다. 그런 감정을 느끼는 자신도 마음에 들지 않았다. 이런저런 얘기가 오갔고 간혹 세 사람이 동시에 웃음을 터뜨리기도 했는데 무엇 때문에 그런 건지 한상오는 금세 잊고 말았다. 마음은 그만 일어서고 싶은데 몸은 그대로 뭉개고 있었다.

이현우가 다시 그 말을 꺼낸 건 김주희가 잠깐 자리를 비웠을 때였다.

―아내를 속이고 있습니다. 이 밖에 알아내지 못한 죄도 용서하여주십시오.

한상오는 듣지 못한 척했다.

―아멘 안 해줘?

이현우와 눈이 마주친 순간 뜬금없이 고등학교 시절이 떠올랐다. 정수의 몽블랑 펜을 훔칠 때도 이현우는 저런 표정을 짓고 있었을 거였다.

―저 양반도 우리가 이러고 노는 거 알아?

―알지.

뭐가 문제냐는 표정이었다.

―니가 한 고백들도?

한상오는 설마하며 조심스럽게 물었다. 이현우는 한참 동안 말없이 바라보더니 고개를 끄덕였다. 한상오는 자신의 뺨이 달아오르는 것을 느꼈다. 어떻게 그럴 수 있는지 이해되지 않았다. 그건 둘만의 비밀 아니었던가? 한상오는 자신의 비참한 기분을 들키고 싶지 않아 연거푸 술을 들이켰다.

—그래도 나한테 아멘 해줄 수 있는 사람은 상오 너밖에 없다.

잔을 내려놓자 이현우가 기다렸다는 듯 말했다. 대단한 고백이라도 하는 것처럼 진지한 표정이었다.

그 만남 뒤로 한상오는 꽤 힘든 시간을 보냈다. 하루에도 몇 번씩 수치심과 배신감에 사로잡혔다. 이현우를 다시 만나는 건 쉽지 않을 것 같았다. 만난다 해도 예전처럼 되기는 어려울 거였다. 하지만 시간이 지나면서 조금씩 누그러졌다. 이현우의 그 말이 자꾸 떠올랐다. 나한테 아멘 해줄 수 있는 사람은 너밖에 없다.

2주 뒤 셋은 다시 만났다. 그다음 주에도 만났다.

김주희에게는 주변을 차분하고 평화롭게 만드는 힘이 있었다. 한상오나 이현우의 얘기를 집중해 들어주었고 자신이 말할 때는 귀 기울이게 하는 힘이 있었다. 나지막하게 가라앉은 그녀의 목소리는 주변의 소음에 묻히지 않고 건너와 스며들 듯 파고들었다. 한상오는 그녀와 함께하는 시간이 즐거웠다. 하지만 어디까지나 이현우를 통해서였다. 이현우의 연인이기 때문에 그런 거였다.

셋이 만날 때마다 이현우는 폭음을 했다. 그런 그가 어딘가 아슬아슬해 보였다. 한상오와 둘이 만날 때는 꺼낸 적 없던 아버지에 관한 얘기를 자꾸 꺼냈다.

―요즈음처럼 아버지를 많이 생각한 적이 없어.

말로 약속한 적은 없지만 이태주에 대해 얘기하지 않는 게 지금까지의 불문율이었다. 굳이 말하지 않아도 서로 어떻게 생각하는지 알고 있었다. 한상오는 하필 김주희도 있는 자리에서 그가 왜 이런 얘기를 꺼내는지 알 수 없었다.

―어디 편찮으시기라도 한 거야?

한상오는 아무렇지 않은 듯 물었지만 벌써 입안에 쓴맛이 돌았다. 오래전 새벽, 이현우의 집 정원을 걸어 나오는 자신의 모습이 보였다. 방문 앞에 서서 쏘아보던 이태주의 모습이 떠올랐다. 한상오는 왼뺨을 쓸어내렸다. 그날 뚫고 들어온 이태주의 눈빛이 아직도 반점 어딘가에 박혀 있는 것 같았다.

―편찮? 너도 봤잖아. 영일이 개에 물리던 날. 그 얼굴을 보고도 편찮냐고?

이현우는 웃음을 터뜨렸다. 조금 전까지만 해도 테이블에 술을 쏟을 만큼 취해 있었는데 취기가 싹 가신 표정이었다.

―그 사람이 제일 무서워하는 게 뭔 줄 알아?

이현우는 두 사람을 번갈아 보며 물었다.

―늙는다는 거. 그래서 죽기 살기로 그걸 막아내려 하지. 감동스러워서 눈물이 날 지경이라니까. 그러니 한 번에 억이 넘어가는 주사는 아무것도 아냐. 늙은 세포를 밀어내고 그 자리에 이제 막 태어난 싱싱한 세포를 심는 거지.

이현우는 킬킬거리느라 말을 멈추었다. 그러더니 비밀을 털어놓을 때처럼 소리를 죽여 말했다.

—불사조야, 불사조. 매번 새로 태어난다고.

이현우의 눈빛이 조금씩 살아나고 있었다. 한상오와 눈이 마주치자 뚫어지게 바라보기까지 했다. 김주희 쪽으로는 눈길을 주지 않았다.

—페이스 오프라고 들어봤어? 그런 제목의 영화가 있었는데 아버질 보면 딱 그게 떠올라.

이현우는 음절 하나하나에 힘을 주어 반복했다. 페. 이. 스. 오. 프.

—얼굴을 갈아엎는 거야. 주름 하나 용납할 수 없거든. 얼굴 껍질을 벗겨내고 그 아래 핏줄과 근육을 하나씩 잡아당기고 조이는 거지. 통증이 어마어마해. 생각해봐. 새 얼굴을 꺼내오는 거라니까. 아니지. 가면이야, 가면. 수십 개의 가면을 쓰고 있다가 하나씩 하나씩 벗어내는 거. 한 달 넘게 붕대로 싸고 지낸 적도 있어. 핏물이 배어 나오는 붕대 바깥으로 핏물에 잠긴 두 눈만 내놓고서 말이지.

이현우는 자기 대사를 성공적으로 소화한 배우처럼 만족스러운 표정을 지었다.

—근데 정말 웃기는 건 뭔 줄 알아? 어떻게든 흘러가는 시간을 막아보려고 발버둥 치는 인간한테 시계 수집벽이 있다는 거지. 하필이면 시계 말이야. 물론 다른 용도가 있긴 해.

나방들을 불러 모으는 데 꽤 쓸 만하거든.

—나방?

한상오는 김주희의 얼굴이 핼쑥해지는 걸 보았다.

—시계에 박힌 보석들이 내뿜는 빛에 나방들이 날아드는 거야. 여기서 펄럭, 저기서 펄럭. 노인네는 그걸로 자신이 원하는 어떤 여자든 손에 넣을 수 있다고 믿어. 수십억짜리 야광 미끼인 셈이지. 아니, 발광 미끼야. 발광.

이현우는 뭐가 우스운지 혼자 킬킬거렸다. 한상오는 이태주와 악수하던 순간을 떠올렸다. 그때 이태주의 손목에 시계가 있었던가? 기억나지 않았다. 있었다 해도 이미 뭉툭한 엄지에 시선을 뺏긴 뒤라 시계 따위에는 관심을 두지 않았을 것이다.

—나방이나 날벌레들이 불빛 주변으로 모여드는 거 본 적 있지? 언뜻 보면 빛이 그것들을 유혹하는 것처럼 보여. 빛에 홀려 모여드는 것처럼 보인단 말이지. 그런데 실은 빛이 아니라 빛 한가운데 있는 어둠이 불러들이는 거래. 나방 눈에는 그게 보인다는 거야. 그 어둠에 본능적으로 끌려드는 거지. 걔들한텐 본능이 운명인 거야. 안타까운 건 뭔지 알아? 빛 한가운데 보이는 어둠이 사실은 착시에 불과하다는 거야. 빛이 만들어낸 착시. 헛것을 보고 뛰어든 거야. 그러곤 타버리는 거지. 지지직.

불빛을 받은 이현우의 눈이 핏물에 잠긴 것처럼 번들거렸다. 자신의 말에 홀린 이현우는 두 손으로 불길 모양을 만들어 보이기까지 했다. 김주희는 이현우의 말이 채 끝나기도 전에 자리에서 일어섰다. 그녀의 얼굴은 더 창백해져 있었다.

—괜찮아요?

한상오가 따라 일어나며 물었지만 듣지 못한 것 같았다.

대리기사를 기다리는 동안 아무도 입을 열지 않았다. 왠지 한상오는 두 사람을 제대로 바라볼 수 없었다.

—어디로 달아나서 우리 셋이 함께 살까?

이현우가 비틀거리며 중얼거렸다. 조금 전 모습은 간 데 없이 춥고 쓸쓸해 보였다. 술 취한 말이라는 걸 알면서도 한상오는 솔깃했다.

—꼭 달아나야 돼? 여기서는 안 되겠냐?

한상오는 일부러 껄렁하게 받아쳤다.

—안 돼.

—왜?

—아버지가 있잖아.

—너희 아버지야 늘 있었지.

—안 된다니까.

두 남자의 대화가 밤안개 사이로 흩어졌다. 김주희는 아무런 동요 없이 듣고 있었다. 이미 차갑게 가라앉은 마음이 다시 흔들리진 않았다. 내일 아침이면 이현우는 자신이 무슨 말을 했는지 기억하지 못할 테고 한상오는 지금 나눈 얘기들을 몇 번이고 떠올릴 거였다.

　—아버지만 없애면 되겠네요.

　김주희는 차분한 목소리로 두 남자의 백치와 같은 대화에 마무리를 지어주었다. 그녀는 자신에게 기대어 있는 이현우가 움찔하는 걸 느꼈다. 이현우를 통해 반대편에서 그를 부축하고 있는 한상오도 그렇다는 걸 느낄 수 있었다. 한상오가 너스레를 떨며 웃어젖혔지만 아무도 따라 웃지 않았다. 대리기사가 입김을 내뿜으며 그들 쪽으로 달려왔다.

　한상오는 두 사람을 태운 차가 보이지 않을 때까지 그 자리에 서 있었다. 출발하기 전 김주희가 창문을 내려 목례를 했다. 그녀의 취기 없는 두 눈과 마주쳤다. 농담이 아니었나?

　버스정류장을 향해 걷기 시작했을 때 한상오의 머릿속에는 벌써 다른 생각이 차오르고 있었다. 세 사람이 나란히 비행기에 앉아 있었다. 저 아래로 그들 셋이 함께 살아갈 새로운 땅이 보였다. 꼭 그러지 말라는 법도 없었다.

28

　세 사람이 마지막으로 만난 것은 12월 초였다. 금요일 밤인데다 눈까지 내려 주점의 널찍한 홀이 사람들로 가득 차 있었다. 그들은 출입문 근처 하나 남은 테이블을 차지하고 앉았

다. 옆 테이블에서는 거나하게 취한 남자 넷이 잔을 부딪치고 있었다. 모두 나이가 지긋해 보였는데 소년들처럼 머리를 가운데로 모아 낄낄거리다 흩어지곤 했다.

홀의 따뜻하고 떠들썩한 분위기와 창밖 너머 내리는 눈이 술을 권했다. 빨간 캡을 쓴 종업원들이 테이블 사이를 누비며 주문을 받고 술병을 날랐다. 김주희가 고른 맥주에서는 쌉싸름하고 묵직한 맛이 났다. 그날 구속된 정치인에 대한 얘기가 나왔고, 하루 종일 포털 검색순위 1위를 차지한 남자 가수도 화제에 올랐다. 유명한 록그룹의 리드보컬이었던 남자는 자신의 작업실에서 숨진 채 발견되었다. 우울증 치료를 받던 중이라고 했다. 그 친구가 삼킨 약 중에 내가 처방한 것도 있었을지 몰라. 이현우가 맥주병을 만지작거리며 말했다. 불면증 때문에 자기한테도 찾아온 적이 있었다고 했다.

각자 말없이 술병을 비웠다. 조금 전부터 김주희의 시선은 홀 한가운데서 빛을 내고 있는 거대한 조명물에 머물러 있었다. 2층 천장에서부터 수백 개의 가느다란 금색 사슬이 내려와 있고 그 끝마다 작은 램프가 달려 빛을 뿌렸다. 실내 어디 송풍 장치가 있는지 사슬이 일정한 리듬으로 흔들렸다. 프라하 근교의 황금빛 밀밭이 떠올랐다. 몇 년 전 이태주와 함께 간 여행에서 끝없이 밀밭이 이어지는 평원을 지나친 적이 있었다. 김주희는 이태주의 얼굴을 떨쳐내기 위해 맥주 한 모금을 들이켰다.

한상오에게는 이 홀이 커다란 선실처럼 보였다. 주점 이름이 '보물섬'이라 그런지도 몰랐다. 빨간 캡에 흰 셔츠 차림의 종업원들이 선원들처럼 부지런하게 움직였다. 기분 좋은 멀미까지 느껴졌다. 중앙의 커다란 조명물 근처를 빼면 선실은 적당히 어두웠다. 테이블마다 출항을 축하하며 잔을 부딪치고 있었다. 자신들 세 사람은 마지막에 겨우 올라탔다. 한 배에 올라 함께 가고 있는 거였다.

이현우는 자신이 쥐고 있는 병의 라벨에서 눈을 떼지 못했다. 라벨에 그려진 붉은 코끼리의 눈이 누군가를 연상시켰는데 그게 누구인지 생각나지 않았다. 한참 동안 머릿속을 뒤진 끝에 한상오의 어머니를 생각해냈다. 그녀의 눈도 코끼리의 그것처럼 살짝 초점이 틀어져 있었다. 기억 속에 아직도 이런 게 남아 있다니 신기했다. 그걸 시작으로 그 주변의 기억들이 제멋대로 튀어나오기 시작했다. 자루처럼 돌아누워 있던 한상오의 아버지가 떠오르고 담임과 남산도서관과 몽블랑 펜이 떠올랐다.

옆 테이블의 중년 남자들 사이에서는 자주 떠들썩한 웃음이 터졌다. 얘기 사이사이 교련 시간, 단체 기합이라는 단어가 등장하는 걸 보면 고교 동창들인 것 같았다.

—난 아직도 고등학교 졸업을 못한 것 같아.

이현우가 라벨에서 눈을 떼지 않은 채 중얼거렸다. 한상오와 김주희는 각자의 생각에서 빠져나와 이현우를 바라보았다. 머리 위쪽 둥근 등에서 쏟아진 빛이 테이블 한가운데에 또렷한 동그라미를 만들고 있었다. 술기운 때문이었을까. 환하게 빛나는 동그라미가 불러일으킨 충동이었을까. 이현우는 동그라미 안에 자신의 희고 깨끗한 두 손을 놓았다.

—며칠 전 점심시간에 후배 교수 방에 들를 일이 있었어. 근데 하필 그 친구 책상 위에 그 펜이 있는 거야. 알지? 그것.

이현우가 한상오를 쳐다보았다. 한상오는 무얼 말하는지 바로 알아차렸다. 눈짓으로 그만하라는 신호를 보냈지만 이현우는 아랑곳하지 않았다.

—그 친구가 잠깐 자리를 비운 사이 하마터면 그걸 들고 나올 뻔했어. 조금 전까지 그 친구가 쥐고 있던 그걸 말이야. 겨우 참긴 했지만 훔친 거나 다름없었어.

한상오는 김주희의 표정을 살폈다. 그녀도 '몽블랑 펜'에 대해 알고 있는 듯했다. 그렇다 해도 그녀가 있는 자리에서 이런 얘기를 하고 싶지 않았다.

—그러지 않았잖아요. 아무 일도 일어나지 않았고, 그럼 된 거예요.

김주희가 부드러우면서도 단호한 표정으로 말했다. 그녀 역시 이현우가 이런 얘기로 빠져드는 걸 보고 싶지 않았다. 그러다 보면 지난번처럼 이태주에 대한 얘기로 이어질 게 뻔했다. 하지만 이현우는 동그라미 속 자신의 손에서 눈을 떼지 않은 채 계속했다. 하긴 그는 언제나 자신에게만 빠져 있는 사람이었다.

—늘 참았던 건 아냐. 미국에서 펠로우로 있었을 때……
대만에서 온 친구 거였어. 의국에 아시안은 우리 둘뿐이라 가
깝게 지냈지. 데이비드 창. 펜에 그 친구 이름까지 새겨져 있
었어. 그걸 훔친 거야.

한상오는 김주희의 얼굴을 쳐다볼 수 없었다.

—한번 가려워지기 시작하면 참을 수가 없어. 피가 날 때까
지 긁게 돼. 아버지를 생각나게 하는 건 어떤 것이든.

결국 또 아버지 얘기였다.

—너 우리 집에서 자다 새벽에 쫓겨났던 날…… 그날도 아
버진 굉장했지. 신기하게도 정수 그놈이 떠벌리고 다닌 멘트
를 똑같이 날리면서 말이야. 둘이 어떤 사이냐부터 호모, 게
이, 그 비슷한 말은 다 나왔어. 내 지붕 아래서 그런 건 용서
할 수 없다고도 했지. 호호, 그런 게 뭘까.

킬킬대느라 이현우의 말이 중단되었다. 이젠 누구도 이현
우를 말릴 수 없었다.

—그 펜만 보면 정수 놈이랑 아버지가 동시에 떠올라. 참
을 수가 없어. 도대체 값도 꽤 나가는 펜이 내 주변에는 왜 이
렇게 널린 거야? 날 괴롭히려고 누군가 뿌려놓은 거 아닐까?
그러니 데이비드 창, 이 밖에 알아내지 못한 죄도 모두 용서
해주십시오.

이현우가 자신의 정수리를 톡톡 치며 한상오 쪽으로 내밀

었다. 한상오는 쳐다보지 않았지만 그녀가 자신들을 지켜보고 있다는 걸 알 수 있었다. 그녀 앞에서 이현우의 머리에 손을 얹고 아멘, 할 수는 없었다. 이현우가 다시 자신의 정수리를 쳤다.

말없이 그들의 놀이를 지켜보다 김주희는 뭔가 부당하다는 느낌을 받았다. 이현우는 고백 비슷한 걸 하면서도 한편으로는 그걸 듣고 있는 한상오를 조롱하고 있었다. 자신만 알아볼 수 있는 이현우의 표정이 그걸 말해주었다. 문득 자신과 한상오가 같은 처지라는 생각이 들었다. 자신도 조롱받고 있는 거였다.

─아버지를 생각나게 하는 건 참을 수 없다고 하셨죠? 그러니 펜은 참지 말고 훔치세요. 감히 아버지를 생각나게 하다니. 그럼 사람은 어떡하죠? 아버지를 떠오르게 하는 사람은요?

김주희의 표정은 고요하고도 신랄했다.

이현우는 대답 대신 벨을 눌러 새 술을 주문했다. 세 사람 모두 취해갔다. 그만 일어나야 했지만 누구도 말을 꺼내지 않았다.

이현우는 꽤 심각한 고백을 한 차례 더 한 뒤(이번에도 아버지와 관련된 거였다) 김주희를 부추겼다. 저 친구는 다 들어줄 수 있어. 그러니 뭐든 털어놔보라고. 안 그러냐, 팬다? 그러다 막상 김주희가 무슨 말인가를 하려고 하자 불안해했다. 둘 사이에는 누구에게도 말해서는 안 되는 비밀이 있었다. 한상오한테도 그것만은 안 되었다. 그걸 알려주기 위해 김주희한테서 눈을 떼지 않았지만 그녀는 벌써 무슨 말인가를 하고 있었다.

—사랑의 고백이든, 죄의 고백이든, 고백은 듣는 사람을 위험에 빠트릴 수 있어요.

김주희는 한상오의 눈을 똑바로 쳐다보며 말했다. 한상오는 어색해서 몇 번이나 눈을 꿈벅였다.

—프라하를 여행할 때였어요. 프라하 성과 구 시가지를 잇는 대교를 건너게 되었죠. 다리 난간에 서른 개나 되는 조각상이 서 있었는데, 가이드는 몇 개만 간단히 언급하고 지나가다 얀 네포묵이라는 성인의 조각상 앞에서는 꽤 오래 설명을 해주었어요. 강의 수호신이자 고해성사의 성인이라고 했어요. 덕망 높은 사제였던 그분에게 어느 날 왕비가 찾아와 고해를 해요. 그걸 알게 된 왕이 사제를 불러 왕비가 무얼 고백했는지 말하라고 명령하죠. 사제는 고해 내용을 발설해서는 안 된다는 의무를 들어 거절해요. 무시무시한 협박과 고문이 이어져요. 사제는 끝까지 고해 내용을 말하지 않아요. 결국 혀가 잘리고 온몸이 묶인 채로 블타바 강에 던져지고 말아요.

한상오는 어디선가 풍덩, 소리가 난 것 같아 주변을 둘러보았다.

—왕이 알아내고 싶었던 건 뭐였을까?

이현우가 물었다. 그러고는 스스로 대답했다. 감히 내 왕비와 사랑에 빠진 놈이 누구냐! 너, 누구냐!

　이현우는 김주희를 자기 쪽으로 거칠게 끌어당겼다. 얼른 둘만의 아지트로 돌아가 서둘러 그녀를 안고 싶은 충동이 일었다. 하지만 취기에 밀려 충동은 금세 흩어지고 말았다. 김주희가 몸을 빼내는 것도 느끼지 못했다. 희미하게 감지되는 건 요의뿐이었다.

　―그러니 함부로 고백을 해서도 들어줘서도 안 돼요.

　김주희는 한상오를 바라보며 미소를 지었지만 목소리는 서늘했다.

　―우린 왕도 아니고 왕비도 아니고 사제도 아니야. 그러니까 괜찮아.

　이현우가 자신과 두 사람을 차례차례 가리키며 말했다. 손가락과 시선이 나란히 가지 못하고 엉켰다.

　―아니지, 잘하면 성인은 될 수 있겠는데? 그까짓 혀 좀 잘리면 어때? 성인이 된다는데. 안 그래, 팬다?

　이현우는 한상오를 보며 웃음을 터뜨렸다. 한상오도 왼뺨을 쓸어내리며 따라 웃었다. 이현우는 한참을 킬킬거리다 테이블을 짚고 일어섰다. 한상오가 부축하려 했지만 뿌리쳤다.

　―자, 우리의 팬다는 성인이 되셨어. 그럼 왕비와 사랑에 빠진 놈은 어떻게 되었을까?

　이현우는 퀴즈를 남기고 테이블 사이를 비틀거리며 빠져나갔다. 남은 두 사람은 말없이 화장실 쪽으로 걸어가는 이현우의 뒷모습을 바라보았다. 김주희는 끝이 다가오고 있다는 느낌을 받았지만 그것이 어떤 식일지 짐작할 수 없었다. 한상오는 처음으로 자기가 모르는 뭔가가 있다는 느낌을 받았지만 그게 무언지 짐작할 수 없었다. 무슨 말이든 하고 싶은데 귓속만 웅웅거릴 뿐 아무것도 떠오르지 않았다.

김주희는 조금 전부터 자신이 뭔가를 기다리고 있는 것 같은데 그게 뭔지 알 수 없었다. 까닭 모를 조바심이 맥주 거품처럼 부풀었다 사그라지기를 반복했다. 그녀는 스스로에게 시달리느라 빨간 캡을 쓴 여자 종업원이 바로 옆 테이블로 다가오는 걸 보지 못했다. 고개를 들어 보았을 때 종업원은 막빈 병을 거두던 참이었다. 스무 살이나 되었을까. 초로의 남자들 중 하나가 갑자기 그녀의 손을 움켜쥐며 무언가를 건넸다. 만 원짜리 지폐 몇 장이었다. 남자는 그녀를 놓아주지 않은 채 무슨 말인가를 했다. 혀가 잔뜩 꼬여 이편에서는 알아들을 수 없었다. 그 장면에는 고개를 돌려버리고 싶게 만드는 뭔가가 있었다. 테이블의 누구도 남자를 말리지 않았다. 내기라도 한 듯 지켜보고만 있었다. 그녀가 당황한 표정으로 주변을 둘러보았다. 그러다 김주희와 눈이 마주쳤다. 두 사람은 서로에게서 눈을 떼지 않았다.

그녀는 지폐와 손아귀로부터 자신을 영리하게 구해냈다. 김주희는 카운터로 돌아가는 그녀를 좇다 참았던 숨을 내쉬었다. 한상오와 눈이 마주쳤다. 그도 다 지켜보았다는 걸 알 수 있었다.

—저는 저러지 못했어요.

김주희는 홀린 듯 중얼거렸다. 순간 둘 다 멈칫했다. 주변의 소음을 밀어내며 침묵이 두 사람을 에워쌌다. 이현우는 아직도 돌아오지 않고 있었다.

—저는 사제가 아니니까 혀가 잘릴 일도 없어요.

한상오는 말해놓고도 부끄러운 마음이 들어 왼뺨을 문질렀다. 김주희는 자신의 두 손을 바라보았다. 어쩌면 자신이 기다렸던 것이 바로 이 순간인지도 몰랐다. 텅 빈 손처럼 모든 걸 비워내고 싶었다.

아르바이트를 하다 받은 두 번의 팁, 이현우가 얘기했던 시계와 나방, 지난 5년 동안 그리고 지금까지 재력가의 애인으로 지내고 있다는 것, 그가 이태주라는 것. 그러니 함부로 고백을 해서도 들어줘서도 안 돼요. 조금 전 자신이 했던 당부가 떠올랐지만 이미 멈출 수 없었다. 그녀는 어떤 조롱도 담지 않고 모든 걸 고백했다.

그건 고백이 아니라 고발 같았다. 한상오는 케이블의 지글거리는 잡음 속에서 선명한 소리 하나를 잡아냈을 때처럼 귓속이 횅해지는 걸 느꼈다. 버저도 놀랐는지 울릴 기미가 없었다. 한상오는 믿지 않았다. 그녀는 자신의 얘기가 아니라 프라하의 가이드에게 들은 얘기를 들려주고 있는 거였다. 하지만 자신을 바라보고 있는 그녀의 두 눈이 진실이라고 말하고 있었다. 그래서 그랬던 거였구나. 그런 거였구나. 자잘한 의혹들이 풀리면서 더 커다란 의혹이 소용돌이쳐왔다. 이현우도 이 모든 사실을 알고 있다고 했다.

한상오는 김주희의 등 너머를 바라보았다. 물이 차오르며 선실이 한쪽으로 기울고 있었다. 얼른 빠져나가야 한다고 외치고 싶은데 혀가 잘린 것처럼 아무 말도 할 수 없었다. 이현우가 허우적거리며 통로를 헤엄쳐 오고 있었다. 왕비를 사랑한 놈이 자신이 퀴즈를 냈던 자리로 돌아오고 있었다.

29

그 무렵, 이태주는 김주희의 귓불 뒤에서 특별한 것 하나를 발견했다. 포도알 크기의 반흔이었다.

새로 구입한 캐딜락을 감상할 때처럼 김주희의 몸을 구석구석 쓰다듬으며 감상하는 것이 이태주의 소박한 취미였다. 그러다 보면 그녀의 몸에 깃든 젊음과 탄력이 자신의 손으로 옮아오는 것 같았다. 뒷목에서 등을 지나 엉덩이에 이르기까지의 굴곡은 아무리 봐도 물리지 않았다. 그 완벽한 조형 위에서 지금처럼 옥에 티가 될 만한 건 한 번도 발견된 적이 없었다.

반흔은 귀 뒤쪽 움푹한 곳에 숨어 있었다. 거울로 보기 어려운 부분인데다 머리카락에 가려 본인도 알지 못하는 듯했다. 처음에는 귓불에 어린 그림자이거나 잔털이 쏠려 있는 것으로 생각했다. 이태주는 김주희가 눈치채지 못하도록 귓불을 살짝 밀어보았다. 반흔의 가장자리는 실핏줄이 터져 갈색을 띠고 있었다. 조금 전 김주희를 안았을 때 살짝 몸을 빼는 듯했던 게 떠올랐다. 며칠 전에도 그런 느낌을 받았다. 반흔만 아니라면 그냥 지나치고 말았을 것이다.

많은 여자들이 있었지만 이런 경우는 처음이었다. 적어도 이태주 자신에게 들킨 아이는 없었다. 몇 년 만나다 헤어질 때면 섭섭지 않게 해주었다. 만나는 동안 용돈과 생활비로도 적지 않게 들어갔다. 어떤 아이는 자신의 결혼식에 초청하기도 했다. 그 아이와는 지금도 가끔 만나는데 그 아이의 남편이 받는다는 월급보다 많은 액수를 용돈으로 쥐여주곤 한다. 그렇게 영리한 애들이 좋다. 처음부터 끝까지 비즈니스 관계라고 생각하면 되었다. 그 아이들은 자신의 젊음이 최고급 상품이라는 걸 알고 있고 자신은 돈을 지불하고 그걸 사는 것뿐이다. 공정한 거래였다.

지금까지 만난 여자들 중에서도 김주희는 특별한 데가 있었다. 늘 한 발을 살짝 빼고 있는 느낌. 손안에 들어올 듯하면서도 완전히 들어온 적이 없었다. 다른 때 같으면 진즉 정리했겠지만 이 아이는 그러고 싶지 않았다. 어차피 시간이 지나면 정리할 거였다. 나이만큼 정직한 건 없으니까. 그러니 아직은 조금 더 자신의 아이로 있어야 했다. 최소한 반흔 같은 건 없는 몸으로 말이다.

ㅡ여기 누군가 다녀가지 않았나?

이태주는 뭉툭한 엄지로 반흔을 지그시 누르며 물었다. 평소와 다름없이 은근하고 부드러운 목소리였다. 김주희라 해도 자신을 배신했다면 용서할 수 없었다. 특별히 아꼈으니 더 용서할 수 없었다. 이 움푹한 곳에 입술을 묻고 있는 누군가의 뒤통수가 보이는 것 같았다. 그놈은 여기에 자신만 아는 표시를 해두고 싶었을 거였다.

김주희가 고개를 들어 이태주를 바라보았다.

ㅡ어딜 말씀하시는 거죠?

ㅡ여기.

ㅡ여긴 회장님 집이잖아요.

김주희는 언제나처럼 차분하고 고요한 표정으로 대답했다. 이태주는 그녀의 팔에 솟은 소름을 쓰다듬으며 고개를 끄덕였다.

ㅡ그렇지. 여긴 내 집이지.

이태주는 직원에게 김주희의 뒷조사를 맡겼다. 이런 일로 신경 쓰게 될 줄은 몰랐다. 자신은 평소대로 움직였다. 아침 9시면 김주희에게 와 머물다 저녁 6시쯤 집을 나왔다. 필드에 나가는 날이 아니면 종일 아파트에 함께 머물렀다. 하루는 김주희와 함께 오찬 모임에 나갔다. 서로 형님 동생 하는 사이들인데, 각자 제 옆에 짝을 두고도 호시탐탐 다른 데로 눈을 돌리는 놈들이 득시글거리는 자리였다. 이태주는 모임 내내 한 사람씩 돌아가며 김주희와의 가능성을 점쳐보았다. 이런 일은 대부분 등잔 바로 밑에서 벌어지기 마련이었다.

그 주 내내 직원한테서는 별다른 보고가 없었다. 김주희는 이태주가 돌아간 뒤 단지 상가에 있는 요가 센터와 슈퍼 말고 다른 데는 가지 않았다. 집으로 찾아오는 사람도 없었다.

직원은 김주희의 차량 블랙박스만 검토하면 바로 알아낼 수 있다고 조심스럽게 말했다. 이태주는 내키지 않았다. 김주희가 눈치챌 수 있었다. 대신 몰래카메라에 대해 털어놓고 기록을 살펴보도록 지시했다. 몇 년 전, 김주희 몰래 아파트 현관에 카메라를 설치해두었었다. 그 아이를 의심해서가 아니라 이태주 자신을 위한 거였다. 혹시라도 그 아이에게 무슨 일이 생기기라도 하면(그럴 일은 없겠지만 일어나서는 안 되는 일이 정해져 있는 건 아니니까) 후견인인 자신이 의심받을 수도 있었다. 지금까지는 그 영상을 살펴볼 일이 없었다. 자신은 몰래 찍은 장면을 훔쳐볼 만큼 한가하지도 파렴치하지도 않았다.

영상에서 눈에 띌 만한 것이 나왔다. 김주희는 매주 금요일 밤 외출했다가 월요일 새벽에 돌아오곤 했다. 지방에 사는 가족에게 다녀오는 건지도 몰랐다. 기다려보기로 했다.

예상대로 새로운 소식이 금요일 밤에 들어왔다. 몇 장의 사진(김주희, 이현우, 한상오가 함께 호프집에서 걸어 나오는 사진, 한상오를 뺀 두 사람이 차에 오르는 사진 등등)과 함께 온 소식은 놀라웠다. 직원은 그들이 들어간 아파트 동과 호수까지 알려왔다. 이태주는 처음에는 웃고 말았다. 착오가 있거나 직원이 뭔가를 노려 꾸민 보고라고 생각했다. 몇 번이나 확인한 뒤 인정해야 했다. 다시 웃고 말았다. 철부지들이 하는 일이 꼭 이랬다. 등잔 밑일 거라는 생각은 했지만 이렇게 바로 밑일 줄은 몰랐다. 자신의 배꼽 바로 아래에서 생겨난 놈이 저지른 일이었다.

이태주는 주말 내내 집에 머물렀다. 밤새 강 건너 이현우의 아파트를 바라보며 생각을 정리했다. 당장 그곳으로 건너갈 수도 있었지만 그러지 않았다. 그 애들처럼 굴면 안 되었다. 그러다 참을 수 없으면 옆에 엎드려 있는 불도그의 목덜미를 쥐고 흔들어 으르렁거리게 만들곤 했다.

집 안 곳곳에서 묵은 기억들이 들끓어 올라 이태주를 괴롭혔다. 식탁 앞을 지나다 맞은편에 앉아 자기를 노려보고 있는 이현우를 보았다. 계단참에서는 절뚝거리며 올라가는 이현우와 마주쳤다. 맞으면서도 신음 소리 한 번 내지 않는 놈이었다.

욕실 거울에는 아버지가 들어 있었다. 고약한 늙은이. 주말 동안 갑자기 늙어버린 자신의 얼굴에 진즉 백골이 되었을 아버지의 얼굴이 겹쳤다. 어느새 자신의 나이가 아버지가 생전에 누린 나이를 넘어서고 있었다. 아버지라면 그렇게 아끼던 손자가 저지른 짓에 뭐라고 하실까? 이번 한 번 통 크게 모른 척해줄까? 그럼 만족하실까? 살아서 받지 못한 인정을 이제야 처음 죽은 아버지한테서 받을 수 있을까?

문득 지난번 시드니에서 돌아왔을 때 아내가 지나가듯 물었던 게 떠올랐다. 한 번도 그런 적 없는 사람이 함께 간 사람이 누구인지 궁금해했다. 며칠 뒤 며느리와 통화할 때 또 시드니가 등장했다. 웬일로 그이가 거길 가자고 하던데요.

그때는 흘려들었다. 둘 다 짐작한 게 있었던 것이다. 적어도 아내는. 평생 그래 왔듯이 아내와 아들놈은 한통속이었다. 자기는 늘 혼자였다. 한 번도 고분고분한 적 없는 놈. 이번이 틀어줄 수 있는 절호의 기회였다. 녀석은 아비가 아끼는 물건에 손을 댔다. 귓불 뒤쪽에 표시를 해두었고 옆구리의 까만 점과 철사처럼 억세고 검은 거웃에 입을 맞추었을 것이다. 그런 놈이 자신이 이루어놓은 모든 것을 물려받게 될 거였다.

벌받는 건 누구나 할 수 있지만 벌주는 건 아무나 할 수 있는 게 아니었다. 김주희를 벌주는 건 쉬웠다. 돈만 주면 누구든 알아서 해줄 거였다. 문제는 이현우였다. 어쨌든 하나뿐인 아들이었다. 세상에서 제일 골치 아픈 게 돈으로 해결할 수 없는 일이었다. 남에게 맡기지 못하고 직접 벌주어야 했다. 그 녀석을 지옥 한가운데로 밀어 넣을 거였다. 뜨거운 쇳물과 얼음물에 번갈아 빠트리며 담금질할 거였다. 밀어 넣는 것도, 거기서 구해주는 것도 아비인 자신이 한다. 내기 골프와는 또 다른 재미가 있을 거였다. 큰 걸 바라는 건 아니었다. 딱 한 번만 무릎 꿇어주면 되었다. 아비 걸 다 가져갔고, 가져갈 거면 아들놈도 그 정도는 해줘야 했다.

이태주는 샤워기를 틀어 거울 속 추레해 뵈는 자신의 얼굴을 지워버렸다. 자신의 아들이 자신보다 단 하루만 먼저 태어났어도 그냥 넘어가줄 수 있었다.

30

월요일 새벽, 도로는 안개로 덮여 있었다. 앞차 미등이 안개를 뚫지 못하고 얼룩처럼 번졌다. 김주희는 속도계를 보았다. 바늘이 60을 가리키고 있었다. 그런데도 달리는 게 아니라 제자리에서 헛돌고 있는 것만 같았다.

두 사람이 샴처럼 보일 때도 있어요.

지난밤 말다툼 끝에 자신이 내뱉었던 말이 자꾸 떠올랐다. 한동안은 두려움이 이현우와 자신을 하나가 되게 해주었다. 하지만 해소되지 못하고 쌓여만 가는 두려움이 언제부턴가 서로를 겨누게 했다. 다툼이 잦아졌다. 김주희 눈에 그는 누구도 용서하지 않으며, 유일하다는 친구에게 고백을 하면서 조롱하고, 아이처럼 자신의 주먹에 쥔 것은 하나도 놓지 않으려는 사람이었다. 그에게서 언뜻언뜻 이태주의 모습이 비쳤다. 이태주는 분명하게 잔인하며 냉혹했지만 이현우는 가늠이 되지 않을 뿐이었다.

샴이라고?

이현우는 충격을 받은 듯했다. 하지만 정작 더 큰 충격을 받은 사람은 자신이었다. 그 말이 가져다준 갑작스러운 깨달음 때문이었다. 자신이야말로 그들 모두와 샴이었던 거다.

안개는 걷힐 기미가 보이지 않았다. 오히려 점점 두터워졌다. 사방이 조여드는 것 같았다. 스스로에 대한 절망과 혐오로 밤새 뒤척이다 도망치듯 이현우의 아파트를 빠져나왔다. 안개로 보이지 않는 길 위에서 이태주와 이현우가 번갈아 떠올랐다. 이 길에서 벗어날 수 있을까? 다시 시작할 수 있을까? 나는 나를 용서할 수 있을까? 내게 그럴 힘이 있을까?

그녀는 두려움을 털어내기 위해 차창을 내렸다. 이 순간 놓쳐서는 안 될 유일한 게 이것밖에 없다는 듯 온 힘을 다해 핸들을 쥐었다. 끈질기게 따라붙는 안개를 밀어내며 달렸다. 안개 속에서 불쑥 나타났다 사라지는 이정표를 놓치지 않으려고 했다. 이현우의 아파트를 나올 때 희미하게 스쳤던 생각 하나가 달리는 동안 분명해져갔다. 이제 정말 떠나는 거다. 그러는 거다.

그녀는 조금 더 속도를 냈다. 눈을 부릅떠 앞차의 미등을 따라잡았다. 그들에게서 떨어져 나와 스스로를 회복시켜야 했다. 이제 더는 미룰 수 없었다. 집이 가까워지고 있었다. 지금까지의 실패가 수호 성인이 되어줄 거였다.

이태주는 수호 성인보다 먼저 와 그녀를 기다리고 있었다.

디지털 도어록 돌아가는 소리, 현관으로 들어서는 소리, 두 발이 구두를 빠져나오는 소리, 복도를 지나 거실로 다가오는 소리. 이태주는 소파에서 눈을 감고 그 소리를 감상했다. 덤불 뒤에서 뭐가 기다리는 줄도 모르고 다가오는 노루 한 마리.

—그렇게 놀라진 마. 이제 시작인데.

발소리가 뚝 멈춘 순간 이태주는 눈을 뜨며 별일 아니라는 듯 말했다. 평소처럼 부드럽고 은근한 목소리였다. 그는 시간을 끌고 싶지 않았다. 궁금한 건 딱 하나였다. 이현우가 알고 있냐는 거였다. 네가 누군지 말이야.

김주희는 자신의 무릎이 꺾이는 소리를 들은 것 같았다. 발목이 사라져버렸는지 몸이 자꾸 허공으로 떠오르려 했다. 지금 이 순간이 꿈이 아닐까 봐 두려웠다. 꿈은 한 번도 본 적 없는 걸 보게 해주고, 한 번도 만난 적 없는 사람을 만나게 해주고, 한 번도 가본 적 없는 곳으로 데려다준다. 이현우는 아니라고 했다. 본 적도, 만난 적도, 가본 적도 없는 것이 꿈에 나타날 수 없다고 했다. 기억하지 못할 뿐 꿈의 재료는 모두

한 번은 경험한 것에서 나온다는 거였다. 없는 밀가루로 어떻게 빵을 만들겠어. 그렇다면 지금 내 앞에 있는 저 사람을 나는 어디서 만났던 걸까? 숨을 곳이라고는 없는 이곳에는 언제 와봤던 걸까?

—그 아이도 네가 누군지 알고 있었나?

이태주가 바짝 다가서며 다시 물었다. 김주희는 홀린 듯 그를 바라보며 고개를 끄덕였다.

—그 녀석이 네 예쁜 눈으로 나를 훔쳐봤겠구나. 진즉 알았으면 나도 좀 그래봤을 텐데.

이태주가 김주희의 눈을 들여다보며 안타깝다는 듯 고개를 저었다. 그녀의 눈동자는 유리를 박아 넣은 것처럼 움직이지 않았다. 이태주는 자신의 눈두덩을 꾹꾹 눌렀다. 새벽에 나오느라 잠을 설쳤다. 몸이 예전 같지 않았다. 김주희까지 직접 챙길 수는 없었다. 아들놈 하나 상대할 생각만으로도 벅찼다. 이태주는 주방 쪽을 향해 손을 한 번 까딱하고는 돌아섰다. 그 안에서 검은 정장 차림의 남자 둘이 나왔다.

이태주는 현관으로 나와서야 자신이 신발을 신은 채로 이 집에 머물렀다는 걸 깨달았다. 자신의 두 발이 자신의 기분을 정확히 알고 있었다.

31

12월의 세번째 금요일 밤. 이현우는 김주희를 기다리고 있었다. 지난번 다투고 헤어진 뒤로 내내 마음이 편치 않았다. 문자에도 답장이 없다가 오늘 오전에야 답장이 왔다. 이제야 화가 풀린 듯했다. 무슨 일이 있어도 오늘만큼은 그녀와 다투지 않겠다고 다짐했다.

그는 베란다에 나가 찬바람을 맞으며 한참 동안 아래를 내려다보기도 했다. 진입로로 들어오는 차 중에 김주희의 흰색 쿠페로 보이는 것은 없었다. 금요일 밤인데다 연말이 가까워 어디든 길이 막힐 거였다. 어쩌면 벌써 도착해 주차할 자리를 찾고 있는지도 몰랐다. 이 시간대면 빈자리가 많지 않아 시간이 좀 걸릴 거였다.

벨이 울렸다. 이현우가 기다리던 소리였다. 인터폰 화면을 확인하지 않고 바로 현관문을 열었다. 이 시간에 벨을 누를 사람은 한 사람뿐이었다.

―그 아이가 이젠 올 수 없다고 전해달라는구나.

아버지가 서 있었다. 아버지 등뒤로는 어둠뿐이었다.

―들어가도 될까?

현관에서 구두를 벗으려다 이태주는 잠시 멈칫했다. 그는 그대로 안으로 들어갔다. 기다란 원목 탁자 위에 붉은 포도주 한 병과 유리잔 두 개가 놓여 있었다. 이태주는 탁자를 지나 곧장 북쪽 창 앞으로 가 섰다. 커튼을 젖히자 야경이 드러났다. 이렇게 강 건너편에서 자신의 집을 바라본 건 처음이었다. 아들 녀석과 그 아이도 함께 저 불빛을 바라봤을 거였다. 주변의 불빛에 가려 그곳은 생각보다 희미하고 초라해 보였다. 그 안에 머무를 때는 알지 못했다.

—주희는요?

이현우는 이태주의 등을 향해 간신히 물었다. 이건 꿈이었다. 그런데도 자신의 눈에 담겨 있을 적의와 두려움을 들키고 싶지 않아 아버지가 돌아서지 않기를 바랐다.

—방금 말해줬잖아.

—지금 어디 있어요?

—어디 있을 것 같아?

이태주가 천천히 돌아서며 되물었다.

—누구랑 있는지는 말해줄 수 있지.

이태주의 팽팽하게 당겨 올라간 이마 아래에서 두 눈이 섬뜩한 빛을 띠었다.

—악어들.

—거기가 어디냐구요?

이현우는 짓이기듯 목소리를 낮춰 물었다. 아직도 무슨 일이 일어난 건지 파악이 되지 않았다. 아버지의 눈빛에 굴복당하지 않으려 그의 눈을 똑바로 쳐다보고 있지만 얼마나 더 버틸지 알 수 없었다.

이태주는 말없이 이현우를 바라보다 아이를 달래는 것처럼 부드럽게 말을 이었다.

—그 아이에 대해선 더 묻지 마라. 이제 그 아인 우리한테 없어. 남은 건 우리 둘뿐이야.

이태주는 자신의 빈손을 펼쳐 보이며 탈탈 털었다.

—갑자기 궁금해지는구나. 과연 이 교수 조부께선 이럴 때 어떤 판결을 내리실까? 솔로몬이셨으니 그 아이를 사이좋게 반반 나눠 가지라고 하지 않았을까? 아니지, 언제나 이 교수 편이었으니 몽땅 이 교수한테 넘기라고 하셨을 거야. 그렇지?

할아버지에 대해 말할 때면 아버지는 늘 기괴하게 늙어버린 아이처럼 보였다. 이현우는 구역질이 나는 걸 참으며 벌을 받아야 한다면 자신이 김주희의 몫까지 받겠다고 했다. 그러니 그녀가 어디 있는지만 알려달라고 했다. 이태주가 웃음을 터뜨렸다.

—내가 중학생 때 그 양반 엘피판 하나를 실수로 부러뜨렸어. 난 별일 아니라고 생각했지. 수백 장 중 하나였으니까. 어머니가 말리지 않았으면 그날 내 손목이 날아갔을 거야. 그 플라스틱 판 하나 때문에 말이야.

이태주는 그윽한 표정으로 이현우를 바라보며 왼 팔목을 흔들었다.

—레코드 하나에 그 정도였어. 근데, 생각해봐 이 교수. 이건 좀 다르지 않나? 벌받겠다는 말 함부로 하는 거 아니야.

벌줄 사람은 아직 시작도 못하고 있는데.

이현우는 가면 뒤에서 새로운 가면이 비어져 나올 것처럼 이태주의 뺨 한쪽이 뒤틀리는 걸 보았다. 낯설지 않았다. 자신을 향해 주먹이 날아오기 직전 저 얼굴은 늘 저렇게 뒤틀리곤 했었다. 그 놀라운 얼굴과 다시 맞닥뜨리고 있었다. 아무것도 보이지 않았다.

정신이 돌아왔을 때, 이현우는 거실 바닥에 흩어진 유리 조각과 아버지 발 아래에 홍건히 고인 피를 보았다. 그의 등뒤벽과 천장에도 핏물이 튀어 있었다. 탁자 위 전등갓을 타고 핏물이 한 방울씩 떨어져 내렸다. 이현우는 자신의 손과 아버지의 카디건을 번갈아 쳐다보았다. 상아색 카디건에 핏물이 번지고 있었다.

─굉장하더구나. 예전에도 이랬어야지. 그랬으면 내가 꼼짝 못했을 텐데. 이 교수가 나랑은 차원이 다른 사람인 줄 알았는데 나랑 같은 종이라니 유감이야. 같은 종 말이지.

이현우 귓전에서 퍽, 하는 소리가 반복해 울렸다. 포도주병이 날아가는 장면이 반복해 지나갔다. 바닥에 고인 것이, 아버지의 카디건에서 번져나가는 것이 피가 아니라 포도주라는 걸 깨달았지만 거기서 눈을 뗄 수 없었다.

─놀랄 건 없어. 한나 어멈도 자기가 사 모은 와인이 이렇게 쓰이는 게 낫다고 생각할 거다. 남편과 애인의 밤을 위해

쓰이는 것보다는. 그렇지 않겠어? 그 애인이 보통 애인이 아니잖아. 어쩌면 그 아이 입장에서는 남편을 뺏긴 것보다 시아버지를 뺏긴 것에 더 화가 날지도 모르겠구나. 그 앤 남편의 실수가 뭘 의미하는지 알 만큼 영리하니까. 화가 난 시아버지가 아무것도 물려주지 않으려 할 테니까. 물론 우리 한나도 이 교수를 용서하지 않을 거야. 네 엄마와 네가 나를 그런 것처럼. 안타까워. 이 교수도 나와 같은 운명이 되어버렸어. 하필 그것 하나는 물려줄 수 있게 되었어.

—원하시는 게 뭐예요?

—글쎄, 그걸 나도 모르겠어.

이태주는 한참 더 조롱과 협박의 말을 쏟아냈다. 가족과 대학 모두 이 사실을 알게 될 거라고 했다. 자신의 손녀가 받을 충격을 생각하면 견딜 수 없다고 했다. 인정받는 교수의 놀라운 사생활이 동료와 제자들 사이에서 두고두고 얘깃거리가 될 거라고도 했다. 무엇보다 안타까운 건 아버지와 아들의 운명이 닮은 거라는 거였다.

이태주는 돌아갔다. 처음 방문한 아들의 집 거실 바닥에 붉은 구둣발자국을 선물로 남기고 돌아갔다. 올 때처럼 어떤 환대나 배웅도 없었다.

몇 시간 동안 이현우가 한 일이라곤 멍하니 있다가 깜빡했다는 듯 서둘러 김주희에게 전화를 해보는 것뿐이었다. 매번 전화기가 꺼져 있다는 안내음이 흘러나왔다. 다음날 새벽 마지막으로 전화했을 때는 지금까지와 다른 말을 듣게 될까 봐 두려웠다.

전화기가 꺼져 있습니다.

이현우는 안도했다. 변하지 않는 멘트가 김주희의 무사함을 증명해주는 문장처럼 여겨졌다.

날이 밝고 있었다. 창문 너머 하늘은 여전히 어둠에 잠겨 있었지만 지난밤과는 다른 밀도, 다른 색조를 띠고 있었다. 조금 더 지나면 강물은 제 색을 찾을 것이고 강변도로에는 차들이 이어질 거였다. 사람들은 수변공원을 달릴 테고 강 건너 자신이 나고 자란 집에도 아침이 올 거였다. 그곳 정원의 공작단풍과 튤립나무 아래 쌓인 눈이 아침 햇살에 빛나는 모습이 떠올랐다. 하루가, 일상이 다시 시작되고 있었다. 이현우에게는 그 사실이 참을 수 없을 만큼 일방적으로 여겨졌다.

김주희는 타로점이나 별자리점처럼 꿈이 자신의 앞날을 말해준다고 믿었다. 악몽에서 깨어난 뒤 성공하지 못할 걸 알면서도 억지로 다시 잠을 청하는 건 얼른 다른 꿈을 꿔 악몽을 덮어버리고 싶기 때문이라고 했다. 이현우에게 지금 이 순간처럼 지독한 꿈은 없었다. 다른 꿈으로 이 꿈을 덮어버려야 했다. 그러려면 어떻게든 잠이 들어야 했다. 부엌 찬장에 자낙스 남은 게 있을 거였다.

부엌으로 가다 그는 그대로 멈춰 섰다. 탁자 근처에서부터 현관까지 구둣발자국이 나 있었다. 현관 쪽으로 갈수록 희미하긴 했지만 몇 개는 핏물에 담갔다 디딘 것처럼 선명했다. 아버지를 향해 포도주병을 던진 순간과 퍽, 소리를 내며 병이 터지던 순간이 연달아 떠올랐다. 흘러나온 포도주가 아버지의 발밑을 적셨을 테고 그것이 찍힌 거였다. 아버지는 구두를 신은 채로 이곳에 들어온 거였다.

구둣발자국을 보았을 뿐인데도 몸 여기저기가 욱신거렸다. 이현우는 자낙스 약통을 찾아내 남아 있던 여섯 알을 한꺼번에 삼켰다. 물 대신 코냑을 찾아 병째 들고 마셨다. 혀에 붙어 있던 정제들이 불타는 느낌과 함께 목 뒤로 넘어갔다.

연거푸 삼킨 독한 술이 통증을 잊게 해주었다. 이 모든 것이 아주 오래전에 벌어진 일이라 이제는 아무런 의미도 형체도 찾을 수 없는 것처럼 여겨졌다. 두려워했던 일이 끝난 뒤의 평화로운 기분마저 들었다. 김주희의 얼굴이 떠올랐지만 아주 오래전 사람인 것처럼 덤덤했다. 예전 아버지에게 맞고난 뒤에도 종종 이렇게 시간에 대한 감각이 엉키곤 했었다. 지금이 까마득한 과거처럼 여겨지고 몇 년 전이 지금인 것처럼 생생했다. 맞는 순간의 공포와 수치를 잊고 싶어 만들어낸 의도적인 착종이었다.

이현우는 거실로 돌아오다 유리 조각을 밟았다. 아무것도 느끼지 못했다. 그대로 소파 위로 쓰러져 눈을 감았다. 뭉근한 착종 속에서 다시 두려움이 엄습했다. 잠을 '주변 세계에서 완벽하게 격리된 상태이자 세상에 대한 모든 관심을 단절한 전형적인 자아도취 상태'라고 말한 프로이트의 견해는 이 경우 반만 맞았다. 이현우가 원하는 것은 세상뿐 아니라 자신으로부터도 완벽하게 격리되는 거였다.

왼쪽 뒤꿈치에 박힌 유리 조각은 흐르는 피에 씻겨나갔다. 저절로 멈춘 피는 코발트색 가죽 소파에 검은 얼룩을 만들었다. 이현우는 자신이 깨어나지 않을까 봐 두려웠다. 동시에 깨어나게 될까 봐 두려웠다.

32

이태주는 의외의 곳에 모습을 드러내는 방식으로 이현우를 놀라게 했다. 수면학회 심포지엄에서 기조발제를 하다 이현우는 맨 뒷자리에 앉아 있는 이태주를 발견했다. 병원 직원용 식당에서는 그의 주치의인 선배 내과의와 식사를 하고 있었다. 어쩔 수 없이 그 테이블에 합석해 점심을 먹었다. 선배는 이태주의 혈당 수치가 조금 오른 것 말고는 여전하다고 했다. 우리보다 건강하셔. 믿기지 않는다는 듯 고개를 저으며 말하는 선배에게 아버지는 부드럽게 응수했다. 그래도 젊은 사람들에게 모두 뺏기고 말지요. 며칠 뒤에는 어머니의 수면제 처방을 대신 받으러 오기도 했다. 이 교수, 이제 주말이면 한가해지지 않았나? 집에 한번 다녀가야 할 것 같은데. 어머니가 요즘 들어 부쩍 잠을 못 이루거든.

　실내는 그날 그 상태로 머물러 있었다. 병 조각을 밟지 않으려면 주의해야 했고 구둣발자국을 건너뛰어 부엌과 거실을 오가야 했지만 불편하지 않았다. 원래 그런 상태였던 것처럼 치울 마음도 이유도 떠오르지 않았다. 자신의 내부도 그날에서 멈춰버렸다. 이상할 만큼 평온했다.

　그날, 이현우는 두 통의 전화를 받았다. 하나는 김주희의 음성이 녹음된 전화였고 다른 하나는 어머니한테서 걸려온 것이었다. 발신번호제한 표시가 뜬 전화에는 자신과의 관계를 자백하는 그녀의 목소리 말고 다른 소리는 완벽하게 지워져 있었다. 퇴근 무렵 전화를 걸어온 어머니는 참담함으로 말을 잇지 못했다. 흐느끼는 소리만 들려왔다. 아버지는 아내에게도 알리겠다고 협박했지만 아직 거기까지는 하지 않은 모양이었다.

　이현우는 꼭 참석해야 할 회의가 있었지만 그냥 바로 퇴근했다. 조교한테서 몇 번이나 전화가 걸려왔다. 받지 않았다. 빈집에서는 구둣발자국들이 기다리고 있었다. 지난 며칠 봐온 것인데도 처음 보는 것처럼 새로웠다. 이현우는 그대로 멈춰 서서 한참 동안 내려다보았다. 문득, 이제 김주희와의 관계는 문제가 되지 않는다는 생각이 스쳤다. 그것이 밝혀진다 해도 상관없다는 생각마저 들었다. 김주희와 자신, 둘 다 재수 없게 거미줄에 걸려든 것뿐이었다. 줄을 끊고 살아남는 건 각자의 몫이었다. 누가 누구를 도울 수 없었다.

정작 두려운 건 따로 있었다. 자신의 과거가 알려지는 것. 자신이 맞고 자란 사실이 세상에 알려지는 것. 그것만은 견딜 수 없었다. 자신이 벌을 받아야 한다면 그건 아버지의 애인을 가로채서가 아니라 아버지에게 맞고 자랐기 때문이었다. 맞고 나면 자신이 사람이라는 생각이 들지 않았다. 사람이 아니었으므로 때린 아버지가 아니라 맞은 자신이 파렴치했다. 그 생각에서 빠져나와 자신을 용서하기까지 오랜 시간이 걸렸다. 하지만 이렇게 함부로 난 구둣발자국이 시간을 되돌리려 하고 있었다. 낙인처럼 찍힌 발자국은 등과 허벅지에 생겨났던 검푸른 멍의 연장이었다. 새로 생긴 흉터였다.

두 사람이 샴처럼 보일 때가 있어요.

지난번 김주희가 한 말이 떠올랐다. 그때는 인정할 수 없었다. 지금은 아니었다. 맞아, 그럴지도. 한쪽에 냉혹하고 잔인한 피가 흐른다면 나머지 반쪽에도 그런 피가 흐를 거였다. 샴이니까.

이현우는 거실 끝에 있는 물구나무대로 가 몸을 누였다. 발목을 단단히 조이고 거꾸로 매달렸다. 머리로 피가 몰렸다. 이현우는 창밖 어둠 속을 뚫어지게 바라보았다. 어떤 샴은 둘 중 하나를 죽여야 하는 경우도 있었다. 다른 하나라도 살리기 위해서는.

33

시청 앞 광장에 대형 크리스마스트리가 섰다. 성당 마당의
성모상은 며칠 전 내린 눈을 미사포처럼 머리에 얹고 있었다.
신부님은 장미색 제의로 갈아입었고 제단 앞에는 말구유가
놓였다. 그들이 늘 만나곤 했던 설국 입구 커다란 황새치 모
형에 색색의 꼬마전구가 달려 반짝였다.

크리스마스이브. 올해의 마지막 작업 현장은 맨홀이 아니
라 전신주 위였다. 1년 내내 땅 밑으로 들어갔다가 공중에서
한 해를 마무리하는 거였다. 이 작업을 끝으로 신정 연휴 지
나고나 일을 하게 될 거였다. 물론 모두의 바람대로 입찰 결
과가 좋아야 가능했다.

오후가 되면서 홍대입구역 근처는 들썩이기 시작했다. 대
로는 말할 것도 없고 골목에까지 사람들이 밀려다녔다. 웃음
소리, 들뜬 대화들, 스피커에서 흘러나오는 노랫소리가 뒤섞
여 흩어졌다. 5미터 남짓한 높이밖에 되지 않지만 한상오와
영일은 다른 세상에 와 있는 것 같았다. 거리의 온기가 거기
까지는 올라오지 않았다.

전신주에 오르기 전, 한상오는 소주팩 두 개를 사 하나는

영일에게 주었다. 이런 날씨에 전신주에서 버티게 해주는 데 이만한 게 없었다. 캡틴큐가 맨홀용이라면 소주는 전신주용이었다. 캡틴은 고압선 비슷한 성질이 있어 이렇게 높은 데서 마셨다가는 그대로 골로 가는 수가 있었다.

—어쩐 일이에요? 성수 아니면 입에도 안 댈 것 같더니.

영일은 소주팩을 받아들며 한마디 했다. 한상오는 다른 때 같으면 맞받아쳤겠지만 대꾸하지 않았다. 김주희의 고백을 들은 뒤 제정신이 아닌 채로 몇 주를 보냈다. 회식 자리에도 끼지 않았고 영일과는 작업에 필요한 말만 나누고 말았다. 이현우에게 걸려온 전화도 받지 않았다. 그날 본 게 마지막이었다.

전신주에 오른 지 두 시간이 되어갔다. 주머니에 넣어둔 핫팩에 손을 비벼보지만 어림없었다. 핫팩은 식어가면서 굳고 있었다. 귀가 떨어져 나가는 것 같았다. 이러다 점점 이 느낌마저 사라질 거였다. 영일은 한상오 쪽을 흘깃 보았다. 한상오는 작업에만 매달려 있었다.

경태는 갈수록 대범해지고 있었다. 공사장이나 비닐하우스만 골라 돌더니 이제 통신 케이블까지 넘보았다. 맨홀에서 나와 전신주로 이어지는 이런 관다발을 노리는 거였다. 겁을 내는 영일에게 경태는 대수롭지 않게 반응했다. 새끼 순진하긴, 그거나 그거나지.

영일은 이쯤에서 손 털고 싶었다. 급전은 늘 필요하지만 아무래도 이건 아니었다. 꿈자리가 사나웠다. 어젯밤에도 그 비둘기 꿈을 꾸었다. 그 비둘기처럼 자신의 손발이 검은 나일론 실로 묶인 채 맨홀로 던져졌다. 발버둥칠수록 실타래가 엉키면서 조여들었다.

올라온 지 세 시간이 넘었다. 손가락보다 귀와 코가 먼저 떨어져 나갈 듯 아리더니 둔중해졌다. 예전 같으면 이런 날씨에 대해 한바탕 욕을 퍼부었겠지만 그럴 마음이 들지 않았다. 어디선가 크리스마스 캐럴이 울렸다. 환청인가? 지난 2주 동안 이랬다. 귓속이 먹먹하면서 머리에 바위를 얹고 있는 것 같았다. 온갖 소리들이 귓속에서 휘몰아쳐댔다. 자신이 김주희의 고백을 들었다고 확신할 수 없었다.

김주희에게 들은 고백은 아직 어느 성당에서도 고백하지 못하고 있었다. 고해소에 들어가긴 했지만 입이 떨어지지 않아 다른 걸 고백하고 나왔다. 오래전부터 크리스마스에는 명동성당에서 미사를 볼 계획을 하고 있었다. 그동안 여러 성당을 전전했지만 아직 그곳에는 가보지 못했다. 하지만 아직도 거기에 가고 싶은 건지 알 수 없었다.

한상오는 생각을 떨쳐내며 영일을 바라보았다. 30미터 남짓한 거리가 공중에서는 더 멀게 느껴졌다. 진눈깨비 때문인지 문득 세상에 영일과 둘만 남은 기분이 되었다. 영일의 왼

팔목에 끼어 있는 갈색 토시가 눈에 선명하게 들어왔다. 그 익숙한 색깔이 한동안 잊고 있던 감정을 불러일으켰다. 마음 깊숙한 곳에서부터 영일을 향한 애틋함이 솟아올랐다. 눈이 시큰해졌다.

—영일아!

딱히 할 말이 있어 부른 건 아니었다. 영일이 돌아보았다. 한상오는 한잔 마시고 하라는 표시로 팩을 들어 보였다.

—너 오래 버틴다. 진즉에 내려간 줄 알았더니.

한상오는 소주 한 모금을 삼키며 소리쳤다. 영일과는 이런 식으로 주고받는 게 좋았다.

네 시간째. 온몸이 얼얼했다. 일시적인 마비 상태에 빠진 듯 손만 기계적으로 움직였다. 경태와 하는 일도 이런 상태였다. 더 늦기 전에 손을 떼야 했다. 한상오에게 털어놓는 게 제일 빠른 길이었다.

—형!

영일은 조바심을 누르며 한상오를 불렀다. 요 며칠 불퉁하게 군 게 미안하기도 했다.

—끝나고 시간 돼요?

영일의 표정이 분명하게 보이진 않지만 한상오는 말투만으로도 영일의 기분을 알 수 있었다. 뭔가 할 말이 있는 모양이었다. 그동안 영일에게 소홀했던 게 사실이었다. 발 아래의 유쾌한 열기와 떨어져 둘만 있다는 느낌, 오랜만에 되찾은 친밀감. 오늘만큼은 영일과 한잔하고 싶었다. 한상오는 곱은 손가락으로 동그라미를 만들어 보였다.

인파는 점점 더 불어났다. 젊은 사람들은 모두 여기서 만나기로 한 것 같았다. 곱은 손이 더 이상 말을 듣지 않을 때쯤 작업이 끝났다.

—시마이.

한상오가 먼저 외쳤다.

—여기도 끝나가요. 얼렁 내려가요.

영일이 외쳤다.

먼저 내려온 한상오는 트럭까지 꽤 걸었다. 주차할 데가 없어 트럭을 먼 골목에 세워둔 참이었다. 운전석에 앉자마자 히터를 켜고 핸드폰을 꺼냈다. 전신주에서 작업할 때는 핸드폰을 차에 두고 간다. 자칫 핸드폰을 꺼내들다 떨어뜨리는 경우가 종종 있었다. 거기다 이런 날 곱은 손으로 핸드폰까지 받아가며 일한다는 건 미친 짓이었다.

얼었던 몸이 녹으면서 사방이 근질거리기 시작했다. 핸드폰에는 광고 문자 몇 개와 여동생이 보낸 영상 카드가 들어와 있었다. 삼촌, 메리 크리스마스. 산타클로스 모자를 쓴 조카가 두 손으로 하트 모양을 만들어 보이며 외쳤다. 부재중 전화는 세 통. 모두 이현우한테서 걸려온 거였다. 마지막에 찍힌 건 십 분 전이었다. 한상오는 한참 망설였다. 다시 그의 목소리를 듣고 얼굴을 볼 자신이 없었다. 하지만 늘 그랬듯이 더 버티지 못하고 통화 버튼을 눌렀다.

이현우는 한상오의 목소리를 듣자마자 울음을 터뜨렸다. 흐느끼면서 집으로 좀 와달라고 했다.

영일이 트럭을 향해 걸어오고 있었다. 어깨에 멘 연장 가방이 다른 날보다 무거워 보였다. 영일은 얼어서 잿빛을 띠는 뺨을 비비며 보조석에 올라탔다. 한상오는 미안하게 됐다며 운을 뗐다. 아무래도 이 교수한테 뭔 일이 생긴 거 같아. 말없이 듣기만 하던 영일은 전철역까지 태워다주겠다고 했지만 괜찮다며 내렸다.

전화할게.

영일의 등에 대고 외친 한상오의 목소리는 보조석 문이 닫히면서 잘리고 말았다. 영일의 어깨가 인파에 묻혔다.

34

이현우는 완전히 다른 사람이 되어 있었다. 고요하고 자신감으로 빛나던 얼굴은 푸석해져 있었고 턱과 입술 주변에 거뭇한 수염이 솟아 있었다. 무엇보다도 예전 같지 않은 건 눈빛이었다. 울어서인지 술 때문인지 벌겋게 부어오른 눈은 초점 없이 풀려 있었다. 숨을 쉴 때마다 싸한 술냄새가 났다. 본인은 그것도 알지 못하는 듯했다.

실내는 이현우보다 더 심각했다. 흩어진 유리 조각과 여기저기 쓰러진 술병 사이로 피 묻은 구둣발자국이 보였다. 피는 벽과 테이블 아래에도 말라붙어 있었다. 그것이 피가 아니라 적포도주라는 걸 안 뒤에도 한상오는 마음을 진정시킬 수 없었다. 구둣발의 주인이 누구인지, 포도주병을 던진 사람은 또 누구인지 짐작이 가지 않았다. 김주희의 고백하던 모습과 이태주의 모습이 동시에 떠올랐다.

—아버지야.

이현우는 구둣발자국에서 눈을 떼지 못하는 한상오를 보며 말했다.

—왜?

아버지라면 결국 김주희와 관계된 일일 거였다. 하지만 한상오는 아무것도 모르겠다는 표정으로 물었다.

—아버지가 주흴 알게 됐어. 아니지, 와이프가 먼저지. 뭔가 낌새를 챈 와이프가 아버지한테 부탁을 한 거야. 요즈음 당신 아들이 수상하니 뒤를 좀 밟아달라. 그다음은 드라마에서 보던 대로야.

이현우는 한상오를 기다리는 동안 몇 번이나 이 장면을 상상했다. 말하는 동안 어떤 표정과 말투를 해야 하는지, 어느 정도 빠르기로 해야 제대로 전해질지 고민했다. 아버지와 김주회의 관계는 끝까지 숨기고 가야 했다. 전적으로 자신의 편인 한상오도 그건 이해 못할 거였다. 한상오를 실망시키면 안 되었다. 어떻게든 한상오를 설득하고 끌어들이려면 자신은 아버지에게 여전히 당하는 쪽이어야 했다.

—처음엔 와이프가 원망스러웠어. 왜 하필 아버지한테 그런 부탁을 했을까…… 소문나는 걸 원치 않았겠지. 하긴…… 이제 와 그런 게 뭐가 중요하겠어…… 가족 모두 알게 되었고, 다 끝났다는 것뿐이지. 전부 다.

이현우는 두 손으로 머리를 감쌌다.

—그렇다고 아버지가 너한테 왜 이렇게까지 해? 아닌 말로 장인도 아니잖아.

한상오는 궁금하지 않지만 일부러 물었다. 이태주와 김주희의 관계에 대해 아는 게 없다는 걸 보여주기 위해서였다. 이현우가 이제 와 사실대로 털어놓든 아니든 상관없었다. 아니, 계속 숨겨주기를 바랐다. 같은 내용의 고백을 두 번 들을 필요는 없었다. 지금 이현우의 모습과 거실의 풍경만으로도 그가 얼마나 큰 벌을 받고 있는지 알 만했다. 거기다 아내까지 알게 되었다니 완전히 몰린 상태였다.

—그 인간은 이유가 필요 없는 사람이잖아. 내가 맞아야 할 이유가 있어 맞았던가?

나를 때릴 이유가 있었던가? 지금도 마찬가지야. 어떻게든 나를 괴롭힐 꼬투리 하날 잡고 싶은 거야. 그런 점에서 보면 이번 건 차라리 공정해. 맞아, 공정해. 아들놈이 나쁜 짓을 한 건 분명하니까. 아버지 입장에서는 그런 아들을 바로잡아줘야 하니까.

이현우는 아슬아슬하게 비켜가고 있었다. 한상오는 그런 이현우의 처지가 안타깝기도 하고 화가 나기도 했다.

—5학년 때였을 거야. 아버지가 소파에 잠들어 있는 걸 보고 나도 모르게 필통에서 커터를 꺼내 다가갔어. 심장이 오그라드는 것 같았지. 결국 중간에 그만두고 말았어. 그 뒤로는 잠든 아버지를 보게 될까 봐 내 쪽에서 먼저 피했어.

이현우는 어린 자신이 바로 앞에 서 있기라도 하는 것처럼 눈물을 흘렸다. 방법을 찾기로 했을 때 한상오가 떠오른 건 어쩌면 당연했다. 그는 유일하고도 특별한 친구였다. 지금까지 그 친구에게 한 고백이 거짓이었던 적은 없었다. 진심이었고 위로도 받았다. 한상오 또한 자신의 고백에 긍지와 자부심을 느꼈다. 고백을 듣던 순간의 한상오 얼굴이 그걸 말해주었다. 왼쪽 뺨의 반점과 반대쪽 뺨이 기쁨으로 동시에 타오르곤 했었다. 그런 한상오가 백치처럼 보일 때도 있었지만 못 본 척 고백해 그에게 기쁨을 안겨주었다. 그러니 미안하지만 그 놀이를 다시 한 번 이용해야 했다. 자신의 손에 피를 묻힐 자신은 없었다.

—몇 년 전, 아버지가 입원한 병실을 찾아갔다가 그냥 돌아온 적도 있어. 전에 말한 적 있지? 페이스 오프. 통증 때문에

진정제를 쓴 상태라 깨어날 일도 없었어. 준비해 간 걸 링거에 흘려 넣기만 하면 되었어…… 그랬으면 영원히 깨어나지 못했겠지. 그랬어야 해. 그랬으면 주희가…… 나 때문에 당하지도 않았을 테고.

이현우는 점점 자신의 얘기에 빠져들었다. 어디까지가 사실이고 무엇이 거짓인지 스스로도 헷갈릴 지경이었다.

─당했다고?

한상오가 따지듯 물었지만 이현우는 대답 대신 술병을 찾아 두리번거렸다. 탁자와 거실 바닥에서 뒹구는 건 모두 빈 병이었다. 그는 서재에서 반쯤 남은 위스키병을 들고 나왔다.

─사라졌어. 전화번호도 집도 주희도. 통째로 흔적도 없이.

이현우는 병째 들이켰다.

─그 인간은 쥐도 새도 모르게 뭐든 할 수 있는 인간이야. 하긴 나도 악어한테 넘길지 모르지.

이현우는 뭔가를 목격한 사람처럼 질린 표정이 되었다.

─악어?

─주희 어딨냐고, 그것만 알려달라고 사정했더니 악어한테 넘겼다고만 하더라고.

한상오는 왼쪽 귀에서 바스락거리는 소리가 나는 걸 들었다.

─신고해야 되는 거 아냐?

이현우는 풀어진 눈으로 한상오를 바라보더니 딸꾹질 비슷한 소리를 내며 웃기 시작했다.

―신고라고? 신고? 그 인간은 뭐든 할 수 있다니까! 신고한 놈까지 찾아내 악어한테 넘길걸.

한상오 눈앞으로 영화에서 본 장면들이 지나갔다. 겁에 질린 김주희를 상상하자 가슴이 저렸다.

―고백할 게 있어.

이현우의 목소리에 한상오는 자신의 몸이 저절로 움찔하는 걸 느꼈다. 이현우는 비틀거리는 몸을 바닥에 부리며 무릎을 꿇었다.

―아버지를 죽이겠습니다. 이 밖에 알아내지 못한 죄도……

갑자기 찾아온 정적에 둘은 서로를 바라보았다. 퍼렇게 부풀어 오른 이마 아래에 이현우의 두 눈이 활짝 열려 있었다. 그 눈빛은 한상오를 통과해 알 수 없는 곳으로 뻗어 나갔다. 뚜우. 왼쪽 귀에서 첫 음이 울렸다. 한상오는 주먹으로 그 귀를 짓이겼다. 왼쪽은 늘 골치 아픈 쪽이었다. 오타반점이든 버저든 왼쪽에 모여 있었다. 귓속에서는 이제 뚜와 뚜우가 번갈아 울리고 있었다. 이현우가 울고 있었다.

한상오는 어디에든 침을 뱉어버리고 싶은 걸 간신히 참았다. 자신의 이현우는 이렇게 어리석고 질질 짜기나 하는 놈이 아니었다. 어디서나 빛이 나고 황홀한 놈이었다. 김주희는 불빛 속으로 뛰어들었다가 타버렸고 이현우는 이제 이태주의 거미줄에 걸린 나방이었다. 바로 눈앞에 있는 것처럼 이태주의 얼굴이 선명하게 떠올랐다. 아들의 집 거실을 구둣발로 뭉개버린 이태주. 얼얼할 정도의 악력으로 악수를 하며 명함을 건네주는 이태주. 불빛에 드러난 자신의 왼뺨을 비웃듯 바라보는 이태주. 한상오는 이현우가 아니라 이태주에게 말할 수 없는 친밀감을 느꼈다. 자신이 아는 사람들 중 오로지 그만이 유일하게 제정신인 사람처럼 여겨졌다.

하지만 그 상태는 오래가지 않았다. 가슴 깊은 곳에서 이현우를 향한 무언가가 끓어올랐다. 등줄기에서 찬 기운이 타고 내려왔다. 이렇게 분명하고 지독한 외로움은 처음이었다. 몽블랑 볼펜 때와 비슷했다. 이현우가 어떤 부탁도 하지 않았지만 스스로 손을 들어 그를 지켜주었었다. 다시 돌아간다 해도 같은 선택을 할 거였다. 그리고 이제 또 한 번 같은 선택을 하게 될 것 같았다. 한상오는 그런 자신의 예감에 저항하며 중얼거렸다.

—넌 못해.

이현우에게, 동시에 한상오 자신에게 못을 박듯 한 말이었다. 이곳에 온 것이 후회되었다. 영일의 뒷모습이 사무쳤다.

한상오는 베란다 쪽으로 고개를 돌렸다. 거실 창에 두 사람이 비쳤다. 한 사람은 무릎을 꿇은 채 흐느끼고 있었고, 또 한 사람은 멍하니 서서 그를 내려다보고 있었다. 어느 성당이었더라? 사제관 외벽을 장식한 성화가 떠올랐다. 어두운 밤, 길을 잃어 두려움에 떠는 양 한 마리와 그를 찾아 나선 목자를 그린 그림이었다. 그 그림이 유리창 속 두 사람의 모습 위로

겹쳤다. 한상오는 세게 고개를 저었다. 아무리 그렇다 해도
이건 펜 한 자루 때와는 차원이 다른 얘기였다.

35

한상오는 며칠 동안 호되게 앓았다. 손톱 밑에 쐐기를 박아
넣은 것처럼 손끝에서 발끝까지 아렸다. 식은땀에 깨어나 진
통제를 삼키고 다시 잠으로 빠져들었다.

사흘째 되던 날, 한상오는 도망치듯 집 밖으로 나와 무작정
걸었다. 문득 둘러보면 청계천이거나 약수역 근처였다. 성수
대교 중간쯤에 서서 강물을 내려다보며 서 있기도 했고, DDP
근처를 헤매다 러시아어 간판이 모여 있는 뒷골목으로 접어
들기도 했다. 우즈베키스탄인지 카자흐스탄인지 모를 사람들
이 원탁에 둘러앉아 있었다. 한상오는 바로 옆 테이블에 앉아
보드카를 주문해 마시며 그들의 대화를 엿들었다. 한마디도
알아들을 수 없어서 그들에게 무한한 애정을 느꼈다.

이현우와 통화하고 싶었지만 참았다. 마음이 바뀌었다는
말을 듣게 될까 봐 두려웠다. 그대로라는 말을 듣게 될까 봐
더 두려웠다. 이현우한테서도 전화가 오지 않았다. 포털에 뜬
기사를 샅샅이 검색했다. 그럴 리 없다는 걸 알면서도 이현우
나 이태주의 이름을 발견하게 될까 봐 조마조마했다.

시간이 갈수록 초조해졌다. 조카의 모습이 담긴 영상 카드를 반복해 보았다. 명동성당에서 성탄 미사를 볼 계획이었다는 게 뒤늦게 떠올랐다. 뭔가 해야 할 일을 미루고 있다는 기분이 들면 발목이 뻐근할 만큼 빨리 걸었다. 동료들한테 전화가 걸려왔지만 받지 않았다. 문자 메시지가 도착했다는 알람이 울렸지만 열어보지 않았다. 한국말을 쓰는 사람과는 누구와도 얘기하고 싶지 않았다. 우즈벡이나 카자흐스탄의 오지로 숨어들고 싶었다. 걷다가 성당이 보이면 뒤돌아 다른 길로 갔다.

영일에게 걸려온 전화는 없었다.

한남동 이태주의 집 주변을 어슬렁거리는 자신을 발견하기도 했다. 골목에 숨어 이태주의 캐딜락이 주차장으로 들어가는 걸 지켜보았다. 차가 진입하자마자 셔터가 자동으로 내려왔다.

이태원 해밀턴 호텔 근처에서 김주희를 보았다. 횡단보도에서 신호등이 바뀌길 기다리며 서 있다가 건너편 골목으로 들어가는 김주희를 본 거였다. 차도로 뛰어들어 건너갔다. 누군가 길게 경적을 울렸다. 그녀에게 따라붙어 그녀의 이름을 불렀다. 뒤돌아본 사람은 그녀를 닮은 외국인 여자였다.

제야의 종을 치는 장면을 TV로 지켜보았다. 아무것도 못한 채 새해가 오고 있었다. 이마의 성수 자국이 마른 지 오래되었고 탁자 위 성모상 앞에 밝혔던 색색의 초에 먼지가 내려앉

왔다.

아버지 쪽에서는 아무런 요구도 없었다. 우연인 것처럼 의외의 장소에 나타나 피를 마르게 했던 일도 멈추었다. 이현우는 그것이 더 숨 막혔다. 물밑에서 무엇을 계획하고 있는지 감을 잡을 수 없었다. 이대로 멈출 사람이 아니었다. 아내와 딸아이가 알게 되는 건 시간문제였다. 아버지와 가끔 필드에 나가는 병원 이사장이, 주치의인 내과 선배가 이미 알고 있는지도 몰랐다. 그 녀석 어릴 때 저한테 좀 맞고 자랐지요. 사람 만들려다 보니 어쩔 수 없더군요. 한데 녀석이 애비 애인을 빼앗는 것으로 복수를 해오는군요.

어머니에게서 만났으면 하는 전화가 왔다. 한남동 집으로 부르지 않고 밖에서 보자고 한 건 처음이었다.

어머니는 남편보다 아들에게서 더 큰 수모를 받았다고 했다. 남편이 준 모욕은 오래되어서 맞설 방법을 알고 있었지만 믿었던 아들은 새로운 종류의 혼란을 가져왔다. 수치와 공포로부터 어머니를 구해주러 달려오곤 했던 잠도 찾아와주지 않았다. 밤이면 잠을 이루지 못한 채 유령처럼 집 안을 헤매고 다녔다.

어머니가 보기에 두 남자는 파렴치한데다 무지하기까지 했다. 아버지는 아들에게 어떤 벌을 줘야 할지 몰라 쩔쩔맸고 아들은 어떤 벌을 받게 될지 몰라 쩔쩔맸다. 아버지라는 사람은 아들의 인생을 망칠 용기도 없으면서 자신이 뭐든 할 수 있다고 믿고 있었다. 그럴 용기가 있었다면 자신에게 알리지 않고 처리했을 거였다. 아들이라는 사람은 지난날 아버지가 자신에게 저지른 짓과 지금 자신이 아버지에게 저지른 짓의 무게를 재고 있었다. 둘 다 어린애였다.

—아버지한테 물려받아야 할 게 있다는 걸 모르니?

어머니는 남편과 자신의 것이 고스란히 이현우에게 돌아가도록 만드는 것이 자신의 남은 일이라고 했다.

—어제 아버지 변호사한테서 연락이 왔다. 무슨 일이 있는 거냐고 조심스럽게 묻더구나. 아버지가 유언장 내용을 다시 검토하자고 했다는 거야.

이현우는 언젠가 어머니에게 아버지의 금고에 있다는 유언장에 대해 들은 적이 있었다. 관심 없었다.

—딱 한 번만 무릎 꿇고 빌어라. 진심이 아니어도 상관없어. 전부 네 것이 될 텐데 그것 하나 못 해주겠니?

이현우에게는 어머니의 말이 노골적이고 외설적으로 다가왔다. 어머니는 자신이 속물이라는 걸 잘 알고 있다고 했다. 돈의 위력을 알면서도 모르는 척하는 위선보다는 인정하는 속물이 낫다고도 했다. 어머니나 김주희나 거기에 붙들린 나방일 뿐이었다. 하지만 자신은 아니었다. 이현우는 아버지로부터 어머니를 지켜주지 못했다는 오래된 부채감에서 비로소 벗어날 수 있을 것 같았다.

어머니와의 만남에서 이현우는 틈 하나를 발견했다. 아버지가 쥔 줄 알았던 칼자루를 자신이 쥐고 있다는 사실이었다. 우스웠다. 차라리 아버지는 아들의 인생을 끝까지 망치려 해야 했다. 악어들에게 김주희를 넘기듯 아들도 넘겨야 했다. 그랬다면 무릎 꿇었을지 모른다. 어머니 뒤로 숨어 그런 말이나 전하게 하면 안 되었다. 유언장이 바뀔 거라고? 하나뿐인 아들인 자신은 그의 아킬레스건이었다. 그 겁쟁이가 그걸 끊어버릴 수 있을까? 하긴 처음부터 비겁하고 나약한 인간이었다. 어린 아들을 질투해 기껏 주먹이나 날린 걸 보면. 잔인하고 냉혹하든, 비겁하고 나약하든 이제 상관없었다. 달라질 것 없었다. 자신에게는 한상오가 있었다.

이현우는 한동안 연락하지 않다가 늦은 밤이나 새벽을 골라 한상오에게 전화했다. 저절로 가라앉고 갈라진 목소리가 되었다. 때로 술에 취한 목소리가 될 때도 있었다. 아무것도 하지 못하고 있는 스스로를 비난했다. 그랬다가 해낼 거라며 다짐하듯 중얼거리곤 했다. 아버지와 함께 공멸하는 것밖에 방법이 없다고도 했다. 그럴 때마다 한상오는 이건 자신의 일이라고 에둘러 말했다. 이현우는 따지듯 되물었다.

—왜 나는 못한다는 거지?

한상오는 잠시 침묵했다가 대답했다.

—넌 아직 고등학교 졸업도 못했으니까.

그러고 보면 한상오는 생각보다 똑똑했다. 나중에 통화 기록이 드러난다 해도 문제될 건 없었다. 서로 아무 말도 하지 않은 거나 마찬가지였다. 좀더 기다리면 될 거였다.

36

신정 연휴가 끝나고 새해 첫 출근을 했다. 영일에 관한 소식이 한상오를 기다리고 있었다. 한상오가 망설임과 초조함으로 어슬렁거리는 동안 사고가 있었다. 경태가 골절상으로 입원한 거였다. 경태는 집 근처 골목 축대에서 떨어진 거라며 잡아떼고 있지만 전선을 훔치다 전신주에서 떨어진 거라는 소문이 돌았다. 문제는 경태를 병원에 데려간 사람이 영일이라는 거였다. 영일도 경태와 같은 진술을 하고 있었다. 한밤중이어서 골목에 다른 목격자는 없었다. CCTV도 없는 곳이라 두 사람 말을 반박할 수도 없었다. 경찰 수사가 시작될 거라는 소문이 돌았다. 영일은 회사에 나오지 않고 있었다. 전화기도 꺼져 있었다.

모두 한상오만 바라보았다. 한상오는 뭔가 알고 있으리라는 거였다. 이현우 건으로 머릿속이 터질 것 같은데 영일이까지 휘발유를 붓고 있었다. 크리스마스이브 저녁, 인파에 묻히던 영일의 뒷모습이 떠올랐다. 그날 영일은 한잔하고 싶어 했었다. 뭔가 할 말이 있던 거였다.

한상오는 다른 동료와 짝을 이뤄 맨홀에 들어갔다. 남의 연장을 빌려 쓴 것처럼 일이 손에 붙지 않았다. 일이 끝나자마자 영일이 사는 고시원으로 찾아갔다.

영일의 방에는 친구 '하'만 있었다. 중국 심양 출신의 하와 영일은 고시원에서 만났다. 둘은 비용을 아끼려 한방을 쓰고 있었다. 한상오도 하와 어울려 몇 번 술을 마신 적 있었다. 하는 영일이 어디 있는지 모른다고 했다. 이 친구도 영일이처럼 겁이 많고 물러서 거짓말이 서툴렀다. 구석에 있는 영일의 갈색 토시 위에서 눈이 마주치자 하는 슬그머니 일어나 나갔다. 늦게까지 기다렸지만 하도 영일도 나타나지 않았다.

한상오는 다음날도 고시원으로 찾아갔다. 이번에도 하 혼자였다. 어쩔 줄 몰라 하는 하에게 슬쩍 던졌다. 오늘도 영일이 안 오면 요 앞 파출소로 가봐야 할 거 같아. 불법체류 중인 하는 바로 알아들었다. 하가 슬그머니 나가고 잠시 후 영일이 나타났다.

영일의 눈이 퀭했다. 그 눈을 본 순간 한상오는 울컥한 걸 들키지 않으려고 너스레를 떨었다. 영일아, 너랑 내가 환상의 콤비였더라고. 지금 하는 놈이랑은 도대체 맞는 데가 없어. 내가 뛰다 죽겠다니까. 우리 얼렁 다시 시작해야지.

영일은 눈을 마주치려 하지 않았다. 무얼 물어도 대답하지 않았다. 소문에 대해 인정도 부정도 하지 않았다. 한상오가 자기의 충고를 듣지 않은 영일과 경태를 싸잡아 비난해도 듣고만 있었다. 고개를 숙인 채 주먹 쥔 손으로 연신 방바닥만 문질렀다. 주먹이 지나간 자리에 자국이 남았다.

—인마, 나 좀 쳐다보라고.

한상오는 영일의 팔을 끌어당기며 흔들었다. 영일이 귀찮다는 듯 팔을 저으며 한마디 했다. 그만 가요.

영일의 헝클어진 머리카락 사이로 가마 두 개가 눈에 들어왔다. 고개를 숙이고 있어 정면으로 보였다.

몇 년 전 여름, 기록적인 폭우로 서울이 물바다가 된 적 있었다. 하필이면 그때 을지로 구역 맨홀에 들어가야 했다. 은행 전산 시스템으로 들어가는 급한 공사라 비가 그치기를 기다릴 수 없었다. 맨홀 주변에 모래주머니를 쌓아 물길을 돌리고 작업을 시작했다. 열고 들어갈 때부터 이미 물이 차 있어 가슴까지 올라오는 장화를 신었다. 일이 끝나갈 무렵 남산에서 쏟아져 내린 물에 모래주머니 둑이 무너져버렸다. 바로 빠져나와야 했지만 조금만 더하면 마무리할 수 있어 욕심을 부렸다. 빠져나오려 했을 때는 이미 늦어버렸다. 장화에 물이 가득 차 몸을 움직일 수 없었다. 순식간이라 구조를 요청할 시간도 놓쳐버렸다. 물이 턱까지 차올랐다. 죽겠구나 싶은데 그 와중에도 작업을 끝낸 케이블 다발은 젖게 할 수 없어 머리 위로 들어 올렸다. 젖어버리면 며칠 고생한 게 그대로 날아가는 거였다. 팔이 저리다 감각이 사라지는데도 죽을까 무

208

서워 그랬는지, 일당 날아갈 게 걱정돼 그랬는지 무게를 느끼지 못했다. 그렇게 벌선 자세로 영일과 두 시간을 버텼다. 더는 못 버티겠다 싶을 때쯤 영일이 뜬금없이 가마 얘기를 꺼냈다. 형, 내 가마가 쌍가마잖아요. 어렸을 때 결혼 두 번 할 놈이라고 놀림 받았어요. 한 번은 했고 또 한 번 남았으니까 오늘 죽진 않을 거예요.

한동안 비만 좀 쏟아졌다 하면 영일의 가마가 안줏거리로 오르곤 했다. 영일은 그 물에서 함께 버틴 동생이었다. 한상오는 영일이 지금 이 지경까지 온 게 자신의 책임인 것 같아 견딜 수 없었다. 수사가 시작되면 빼도 박도 못할 거였다.

—영일아, 이브 날은 정말 미안했다. 미안해. 그러니 말 좀 해봐. 뭘 알아야 도와줄 거 아니냐.

—다 끝났어요. 그만 가라고요.

영일의 눈에 체념과 적의가 그대로 드러나 있었다.

—그러지 말고 나한테만 말해봐. 뭐든 고백하고 뉘우치면 용서받을 수 있어. 그러니까……

한상오가 말을 마치기도 전에 영일이 고개를 들어 한상오를 노려보았다. 경멸과 안타까움이 뒤범벅된 눈빛이었다.

—이 교수랑 그러고 놀아요?

—뭐?

—형이 신부라도 되는 줄 아냐고요!

그 순간 한상오는 물에 잠긴 전선을 만졌을 때처럼 온몸이 저릿했다. 불도그에 물리던 순간의 영일과 그의 아내와 자신에게 고백하던 순간의 김주희가 뒤섞여 떠올랐다. 그리고 다른 누구보다도 이현우. 이현우는 지금까지 자신에게 모든 걸 털어놓은 어린 양이었다. 차마 털어놓을 수 없는 한 가지는 숨겼지만, 그래서 더욱 안타까운 어린 양이었다. 그렇다면 지금이야말로 내가 신부가 되어야 하는 거 아닌가? 그래야 하는 거 아닌가?

한상오는 방에서 나가는 영일의 뒷모습을 멍하니 바라만 보았다. 검은 사제복을 입은 자신의 모습이 떠올랐다. 스스로 생각해도 제정신이 아니었다. 어쩌면 영일의 절망에 자신도 감염된 건지 몰랐다. 하지만 한번 든 생각은 사라지지 않았다.

며칠 동안 나쁜 꿈을 연달아 꾸었다. 탁자 위 성모상 앞에 촛불을 밝히고 도와달라고 기도했다. 이현우가 움직이기 전에 자신이 먼저 움직여야 한다고 스스로를 다그쳤다.

마지막으로 한 번 더 확실히 해두기 위해 이현우에게 전화를 걸었다. 이 일은 자신의 일임을 전달하려고 애썼다. 돌려 말하기가 생각보다 어려웠다.

—이현우! 그 볼펜 말인데…… 이번은 내 차례야.

한상오는 오랜만에 미사에 참석했다. 제대 위 타오르는 촛

불의 연기 속에서, 함께 일어나 바치는 기도문 속에서, 성가대의 합창 속에서 한상오는 환대의 기운을 느꼈다. 십자고상의 예수가 언제나 함께해주겠다고 약속했다. 성당 마당의 성모는 용서를 빌어주겠다고 약속했다.

　—신부님, 신부님도 죄를 고백합니까?

　고해소에 들어가 무릎을 꿇은 한상오는 고해하기 전 칸막이 너머 신부에게 물었다. 칸막이에 난 작은 구멍으로 빛이 들어왔다. 신부님은 잠시 침묵한 뒤 대답했다. 그렇습니다.

　—누구에게 하는 겁니까?

　—다른 신부님에게 고백합니다. 서로 그렇게 합니다.

　—그럼 저도 고백하겠습니다.

37

　이제 모두에게 모든 것이 제대로 돌아가게 될 거였다. 마음의 결정을 내린 이상 미적거릴 이유가 없었다.

　한상오는 조장에게 몸이 아파 며칠 쉬겠다고 말했다. 자기 대신 영일이 일할 수 있는지 물었지만 조장은 어렵다고 했다. 사정해도 통하지 않았다. 혹시 생길지 모를 골치 아픈 일에 엮이고 싶지 않은 거였다.

　이런 때 휴가를 내는 게 오해를 부추겼다. 김이 전화를 걸

어와 영일과 경태가 한 일을 한상오가 모를 리 없다는 애기가
돈다고 말해주었다. 한상오는 김에게 쏘아붙이고 전화를 끊
었다. 도대체 그 두 놈이 뭘 일을 했는지 먼저 알려줘봐요. 그
럼 내가 알고 있는 건지 아닌지 말해줄게.

한상오는 이태주 주변을 맴돌았다. 이태주는 매일 아침 9시
한남동 집을 나선다. 장충동에 있는 호텔 사우나와 골프장,
와인바가 하루의 사이클이다. 목요일 밤에는 청담동 빌딩에
있는 자신의 사무실에서 두 시간 남짓 머문다. 빌딩 지하 2층
에 그의 전용 차고가 있다. 커버를 쓴 최고급 애마들이 언제
든 달릴 수 있도록 대기 중이었다.

오늘 이태주는 흰색 벤틀리를 몬다. 주종을 선택하듯 그날
일정에 따라 차와 시계를 고른다. 운전기사를 두지 않고 직접
핸들을 잡는 건 엔진이 전해주는 손맛을 직접 느끼고 싶기 때
문이다. 이 차도 다른 애마들과 마찬가지로 자동차 회사에 직
접 주문해 공수해 온 것이다. 시트는 보랏빛 송피로 마감했고
영국의 음향기기 전문사가 만든 최고급 스피커를 내장했다.

오늘은 손녀뻘인 새로운 여자를 만나러 출동하는 자리일
것이다. 자주색 컨버스 운동화에 청바지 차림이 그걸 말해준
다. 주름지고 검버섯이 앉은 팔목에는 그 시계를 걸치고 있겠
지. 김주희를 흘렸던 그 시계. 한상오는 멀리서도 알아볼 수
있다. 이현우와 장에게 들은 애기를 총동원하고 상상력을 보

태면 된다.

어제는 밀라노에서 맞춘 양복과 구두로 성장을 하고 검은 캐딜락을 몰았다. 시계는 필요 없었다. 대신 루이 13세 두 병을 준비했다. 자신의 이름을 딴 장학회와 지방의 한 대학 이사장이라는 직함에 어울리는 모임이었다. 황금빛 액체를 입 안에 굴리면서 묵직한 대화를 주고받는 자리. 아버지의 사업을 넘보지 않고 자신의 분야에서 최고가 되어가는 아들을 둔 이태주는 부러움의 대상이었다. 일찍 두각을 나타낸 손녀의 음악적 재능은 이 모임의 단골 메뉴였다.

그렇다 해도 그에게 더 큰 기쁨과 만족을 주는 것은 어제가 아니라 오늘처럼 손녀뻘의 세계다. 이 세계는 세월을 각인시켜주지만 동시에 거기에 맞설 의지도 불러일으킨다. 만찬 장소인 바의 불빛을 보자마자 이태주의 얼굴이 팽팽해진다. 바 옆 발레파킹 부스에서 남자 둘이 달려 나온다. 이태주는 오천원짜리 한 장을 건넨다. 거스름돈을 돌려받으며 중후하게 한마디 해준다. 다른 데보다 비싼 것 같지 않나요?

한상오는 청담동 빌딩에서 인터넷선 작업을 한 적 있는 장을 불러내 밥을 먹었다. 지나가는 투로 이것저것 물어 몇 가지를 알아냈다. 꼭대기 층에 있는 이태주의 사무실로 가기 위해서는 한 층 전에 내려 전용 엘리베이터로 갈아타야 한다는 것, 그 엘리베이터는 사원 카드가 있어야 탈 수 있다는 것, 올라가서도 직원들이 있는 사무실을 통과해야 회장실에 들어갈 수 있다는 것.

한상오는 엘리베이터와 계단을 번갈아 이용하며 빌딩 내부를 살폈다. 6층까지는 이런저런 클리닉 센터가 있고 그 위로는 일반 사무실인 듯했다. 색채심리연구소, 주역 강의, 내일기획 같은 팻말이 문에 붙어 있었다. 엘리베이터는 14층까지만 운행되었다. 15층으로 가는 전용 엘리베이터 앞에서 한상오는 돌아섰다. 계단으로 연결되는 비상구는 잠겨 있었다.

성형외과 병원은 3층부터 5층까지 세 개 층을 쓰고 있었다. 이태주가 정기적으로 시술과 관리를 받는다는 곳이었다. 3층에 널따란 로비와 상담 부스가 마련되어 있었다. 잔잔한 음악이 흐르고 있었다. 소파에 앉아 함께 잡지를 넘기고 있던 젊은 커플이 한상오를 흘깃 보고는 하던 일로 돌아갔다. 프런트에 서 있던 여자 상담원이 환하게 웃으며 용건을 물었다.

이태주의 빌딩 뒤쪽에 있는 작은 가게에 들렀다가 한상오는 운 좋게 두 가지를 발견했다. 캡틴과 공중전화. 캡틴 한 병을 사고 거스름돈을 동전으로 받았다. 지갑 안쪽에서 이태주의 명함을 꺼냈다. 캡틴을 한 모금 삼킨 다음 명함에 나온 전화번호를 눌렀다. 그만 끊을까 하는 순간 이태주의 목소리가 들렸다. 한상오는 목소리를 낮게 깔았다.

—주희 어딨어?

건너편이 고요해지는 게 느껴졌다. 한상오는 숨을 참았다.

―누구시죠?

부드럽고 은근한 목소리였다.

―내 동생 어딨냐고?

한상오는 짓이기듯 잇새로 내뱉었다. 전화기가 아니라 이태주의 귓속에 직접 속삭이고 있는 것처럼 소름이 돋았다.

―그 아이한테는 오빠가 없어요.

이태주의 웃음소리가 들렸던가? 전화는 끊어졌다.

한상오는 캡틴을 마저 삼키며 이태주의 빌딩을 올려다보았다. 유리로 된 빌딩은 바깥 풍경을 되비칠 뿐 자신의 내부는 아무것도 보여주지 않았다. 어쩌면 저 안쪽에서 이태주가 자신을 내려다보고 있을지도 몰랐다. 어느새 자기도 모르게 왼뺨을 가리고 있었다. 이건 전적으로 이태주와 자신의 일이라는 생각이 스쳤다. 이제 와 이현우의 마음이 바뀐다 해도 되돌릴 수 없었다. 한 가지 걸리는 건 이현우에게 불똥이 튈지 모른다는 것이었다. 그에게 완벽한 알리바이가 필요했다.

그날 밤, 한상오는 이현우에게 전화를 했다. 한상오는 넌지시 자신의 생각을 전했다.

―와이프는 좀 어때? 다녀와야 하지 않아?

이현우는 한상오의 말을 바로 알아들었다. 아내와 딸은 시애틀 처제의 집에 머물고 있었다. 장인 장모의 금혼식을 기넘해 모처럼 처가 가족들이 함께 모여 새해 첫 달을 보내는 중이었다. 몇 년 전부터 계획해온 거였다. 그들 모두 이현우와 함께하지 못하는 걸 안타까워했다. 아내는 안 된다는 걸 알면서도 몇 번이나 말하곤 했다. 며칠만이라도 다녀가면 좋을 텐데.

3일 후, 이현우는 인천공항 출국장에 서 있었다. 무리가 따르긴 했지만 진료 스케줄을 가까스로 조정했다. 탑승 안내방송이 나오고 있었다. 이현우는 창가에 서서 활주로를 내다보며 한상오에게 전화했다. 적어도 한 시간 후면 자신은 이곳에 없다는 사실을 가라앉은 목소리로 전했다. 동시에 더 늦으면 안 된다는 것도 암시해주었다.

—일주일밖에 휴가를 얻지 못했어.

안개에 가려 활주로 너머는 보이지 않았다.

38

목요일 아침, 한상오는 전화벨 소리에 눈을 떴다. 새벽까지 뒤척이다 깜빡 잠이 들었다. 예전에 함께 일한 동료였다. 받을까 말까 망설이는 사이 벨 소리가 그쳤다. 좋은 징조인지 아닌지 찜찜했다. 잠이 달아났다.

이틀 전 이현우가 공항에서 전화를 걸어왔다. 아내와 딸을 보러 간다고 했다. 조바심이나 분노가 느껴지지 않는 목소리였다. 대신 아무것도 해결하지 못했다는 자조와 절망으로 가라앉아 있었다. 혹시 몰라 병원에 전화해 확인했다. 이현우 교수님, 다음 주 수요일까지 휴진입니다. 이현우에게 미국만한 알리바이도 없었다. 다음 주 그가 돌아오기 전에 마쳐야 했다. 목요일인 오늘 밤으로 정했다. 사실 준비는 진즉 끝난거나 마찬가지였다.

이태주는 매주 목요일 밤 7시부터 10시까지 청담동 사무실에 머문다. 일주일간의 손익계산서를 들여다보는 건지 회의를 하는 건지 알 수 없었다. 언젠가 이현우에게 들은 얘기대로라면 베트남 공장의 어린 여공들이 서서 벌어들인 것과 본인 소유 빌딩들이 앉아서 벌어들인 것의 대차대조표 아래에서 베트남을 빠져나올 시기를 계산하는 시간인지도 몰랐다. 하필 베트남이었다. 아버지가 생각나는 건 어쩔 수 없었다. 아버지는 평생 그곳의 밀림에서 빠져나오지 못했다. 번번이 실패할 자살을 시도하고, 등을 보이고 돌아누운 것으로 가족을 새로운 전쟁터로 끌어들였다.

잠은 완전히 달아났다. 한상오는 일어나 앉으며 아버지의 모습을 지웠다. 오늘 밤 10시 5분에서 10분 사이. 엘리베이터에서 내린 이태주는 지하 주차장으로 연결되는 문을 밀고 나타날 것이다. 문에서부터 벤틀리나 마세라티가 기다리는 전용 주차 구역까지는 20미터 남짓. 이태주가 유일하게 혼자 노출되는 구간이다.

다시 벨이 울렸다. 조금 전 동료였다. 이렇게 아침 일찍 걸려오는 전화는 예외 없이 작업과 관련된 것이다. 오늘 밤 자신이 계획한 일과는 아무런 상관이 없는 거였다. 어떤 징조도 아니었다. 한상오는 통화 버튼을 눌렀다.

예전 동료는 신탄진 근처 현장에 있는데 오늘 하루만 와달라고 부탁했다. 일주일 내내 작업하고 마무리 단계인데 갑자기 한 사람이 빠지게 됐다는 거였다. 산업도로라 낮에는 차선 통제가 어려워 야간에만 작업을 하고 있었다. 오늘 밤 몇 시간만 도와달라고 사정했다. 급한 모양이었다. 자신도 예전에 이럴 때 이 친구한테 몇 번 신세 진 적이 있었다.

—오늘 내가 빠지면 안 되는 야간작업이 있어. 대신 영일이한테 한번 부탁해볼게.

동료에게 그렇게 말하고 끊기는 했지만 영일이 어떨지 몰랐다. 지난번 고시원에서 헤어진 뒤로 영일과 만나지도 통화도 하지 않았다. 혹시라도 나중에 영일이까지 곤란하게 얽히면 안 되었다.

한상오는 영일의 번호를 누르고 기다렸다. 받지 않아도 어쩔 수 없었다. 고개를 숙인 채 방바닥만 문지르던 그의 모습이 떠올랐다. 잠시 후 영일의 목소리가 들렸다. 그의 주눅 든 목소리를 듣자마자 콧등이 시큰해졌다.

영일은 가겠다고 했다. 일을 가릴 형편이 아니라는 건 알지만 그래도 너무 선선히 대답해 가슴이 아렸다. 영일은 올라오면 술 한잔하자고 했다. 털어놓을 것도 있다고 했다.

—형, 그땐 미안했어요. 내일 전화할게요.

영일은 좀더 얘기하고 싶어 했지만 한상오는 오래 통화하면 안 될 것 같았다. 그랬다가는 자신이 무슨 말을 하게 될지 몰랐다. 마음 깊은 곳에서부터 영일을 향한 애정이 솟아올랐다. 한상오는 서둘러 끊으며 큰 소리로 영일을 갈궜다.

—얀마, 기운 내! 참, 너 똥값 떼먹을 생각은 아예 마라. 반땡. 알겠지?

빌딩 근처 중식당에서 저녁 식사를 마친 이태주는 8시가 다 되어 사무실로 올라갔다. 엘리베이터가 14층에 멈춘 걸 확인한 뒤 한상오는 지하 주차장에 세워둔 자신의 트럭으로 돌아왔다. 이태주의 전용 주차 구역에서 가까운 자리였다. 이태주가 나타나는 순간 곧바로 달려 나갈 수 있게 운전석 문을 살짝 열어두었다.

차들이 빠져나가면서 빈 공간이 늘어갔다. 시간은 믿기지 않을 만큼 천천히 흘러갔다. 아예 시간이란 것 자체가 사라져버린 듯했다. 이대로 영원히 기다리기만 하다 끝나버릴지 몰랐다. 몇 군데 CCTV가 눈에 들어왔다. 어쩌면 관리실 모니터로 누군가 자신의 트럭을 주시하고 있을지 몰랐다. 나쁜 예감으로 조바심이 들면 한상오는 주머니 속의 칼을 쓰다듬으며 스스로를 다독였다. 냉정하게 가라앉힌 마음과 이 칼만 있으면 되었다. 20년 넘게 써온 작업용 칼은 자신의 여섯번째 손가락이나 마찬가지였다. 케이블 다발을 싼 PVC 피복을 벗겨낼 때 자신만큼 능숙하게 칼을 다루는 사람도 없었다. 동료들 모두 인정하는 사실이었다. 아무리 이태주의 몸이 첨단 처방과 운동으로 단련되었다 해도 PVC만큼의 굳기와 밀도를 지닌 건 아닐 거였다.

10시가 가까워지면서 머릿속이 부풀어 올랐다 줄어들기를 반복했다. 추위 때문인지 긴장해선지 이가 덜그럭거리며 맞부딪쳤다. 오줌이 마려운 건지 아닌지 헷갈렸고 귓속에서는 버저가 준비하고 있었다. 일을 성공적으로 마쳤다는 환상에 자신의 두 손을 느긋하게 내려다보기도 했다. 조금 전 검정 아우디가 유난히 큰 소리로 주차장 바닥을 긁고 지나갔을 때는 하마터면 욕을 퍼부으며 뛰쳐나갈 뻔했다. 그러니 점퍼 주머니에서 핸드폰이 진동했을 때 진저리를 친 건 당연했다.

받지 않기로 했다. 곧 이태주가 밀고 나올 주차장 문에서 시선을 뗄 수 없었다. 잠시 멈췄던 진동이 다시 시작되었다. 동시에 문이 열렸다. 순간 숨이 멎었다. 문 뒤에서 나타난 사람은 이태주가 아니었다. 진동이 계속되었다. 한상오는 전화를 걸어온 사람에게 살의를 느끼며 휴대폰을 꺼내들었다. 어디서나 재를 뿌리려 드는 놈들이 있었다.

아침에 통화한 동료였다. 영일이가 죽었어. 전화기 저편에서 흘러나오는 말을 듣고도 한상오는 뭔가 꼬인 날이라고만 생각하고 있었다. 상태가 좋지 않은 수신기를 쓰고 작업할 때처럼 소리가 아득했다. 귓속의 버저마저 완전히 죽어버린 것 같았다. 이미 알고 있던 소식을 전해 들은 것처럼 아무렇지 않았다. 눈은 여전히 주차장 문에 붙박여 있었다.

지난밤에도 세 시간밖에 못 잔 덤프트럭 기사는 졸음에서 깨어나며 깜짝 놀란다. 인천 공단을 출발한 기억은 있는데 이곳까지 어떻게 달려왔는지 기억이 나지 않는다. 신탄진 톨게이트 불빛이 바로 앞에 떠 있다. 중간중간 라디오 볼륨을 올리고 창문을 내리고 껌을 씹은 기억은 있다. 아찔한 느낌에 잠이 확 달아난다. 신탄진에 들러 하차 작업을 한 뒤 바로 여수로 출발해야 한다. 톨게이트를 빠져나오면서 다시 눈이 감긴다. 작업 중인지 저 앞에 빨간 유도등이 보인다. 차선을 바꿔야 한다고 생각한다. 하지만 깜빡 조는 사이 거기에 다다르고 만다. 이제 막 영일이 맨홀에서 올라서고 있다.

이 모든 것을 그날 밤 전화로 들은 건지 나중에 장례식장에서 들은 건지 알 수 없었다. 분명한 것은 영일이 죽었다는 것, 그것뿐이었다.

한상오는 덤덤했다. 무슨 중요한 말을 들은 것 같긴 한데 너무 간단해서 생각이 나지 않았다. 동료의 흐느끼는 소리가 거슬렸다. 왜 아침부터 전화해서 울고 그래? 재수 없게. 한상오는 쏘아붙이고 전화를 끊었다. 안 그러냐, 영일아? 한상오는 보조석을 쳐다보며 물었다. 늘 그랬듯이 영일은 머리 위쪽 손잡이를 잡고 비스듬히 기대앉아 있었다. 백미러를 가린다고 한 소리 하자 영일은 얼른 손을 내렸다. 다시 바라보았을 때 보조석은 비어 있었다. 방금 앉았다 떠난 것처럼 시트 가운데 눌린 자국만 남아 있었다.

핸드폰을 쥔 손이 떨렸다. 터무니없는 말이라는 걸 아는데도 숨을 쉬기가 어려웠다. 너무 벅차서 어디로든 이 소식을 퍼뜨려야 했다. 가슴이 터져버릴까 봐 무서웠다. 그러다 죽게 될까 봐 무서웠다. 이현우만 떠올랐다. 이현우는 바로 전화를 받았다.

─지금 어디야?

이현우의 질문에 대답하기 위해 주변을 둘러보았지만 이곳이 어디인지 알 수 없었다. 그때 주차장 문을 밀고 이태주가 나타났다. 한상오는 눈에 보이는 대로 중얼거렸다. 이태주가 차에 오르는 걸 말해주고 그의 벤틀리가 트럭 앞을 지나 출구 쪽으로 가는 걸 말해주었다. 운전석의 이태주와 눈이 마주친 것 같았다. 이태주가 이를 드러내며 웃었다. 아니 아무것도 보지 못했다. 희게 빛나는 그 차가 커브를 돌아 사라진 순간 이곳이 어디인지 떠올랐다. 이제 막 그가 누구인지 떠올랐고 자신이 왜 여기 와 있는지 떠올랐다.

십자고상의 예수는 한상오의 기도를 들어주지 않는 방식으로 한상오를 구해주었다. 엇갈려 들어간 전화선처럼 운명의 여신은 엇갈려 도착한 것으로 한상오의 손에 피가 묻지 않게 해주었다. 크리스마스이브 저녁 한잔하기로 한 약속은 한상오가 어겼다. 내일 한잔하기로 한 약속은 영일이 어겼다. 이제 공평해졌다.

이현우가 무슨 말인가를 하고 있었지만 들리지 않았다. 영일의 갈색 토시가 눈앞에서 떠다녔다. 영일의 젖은 어깨가 인파 속으로 묻히고 있었다. 형, 내 가마가 쌍가마잖아요. 영일의 정수리에 있는 가마 두 개는 이번에는 영일을 구하지 못했다.

트럭 앞 유리에 얼굴 비슷한 게 비치고 있었다. 반점으로 덮인 부분은 어둠에 잠겨 사라졌고 나머지 반쪽만 들어 있었다. 사제인 척했고 담임인 척했던 얼굴이었다. 한상오는 주먹으로 그 얼굴을 치기 시작했다. 고무로 된 것처럼 느낌이 없어 더, 더 세게 쳤다. 검은 반점이 번져 남은 반쪽의 얼굴도 삼켜버리길 바랐다. 그 검고 무시무시한 얼굴에 사람들은 침을 뱉어야 했다. 주먹은 함부로 울음을 터뜨리고 있는 눈과 입을 으깨버려야 했다.

39

한상오한테서 전화가 걸려왔을 때 이현우는 실패를 직감했다. 핸드폰에 뜬 이름이 그걸 말해주었다. 성공했다면 한상오가 아니라 다른 사람한테서 전화가 걸려왔을 거였다. 휴대폰 화면에는 두 개의 시간이 함께 떠 있었다. 오후 9시 51분. 오전 4시 51분. 서울은 자정을 향해 가고 있었고 이곳 시애틀은 이제야 아침을 향해 가고 있었다.

한상오의 목소리를 듣는 순간 이현우는 자신의 직감이 틀리지 않았다는 걸 확인했다. 한상오는 며칠 전 자신이 공항에서 전화한 사실을 잊은 듯했다. 지금 빨리 와줄 수 없냐고 소리쳤다. 전화기 밖으로 한상오의 흐느끼는 소리가 새어 나왔다. 옆에서 잠들어 있던 아내가 깨어났다. 아내의 놀란 표정에서 이현우는 자신의 표정을 보았다. 등뒤로 아내의 시선을 받으며 침실에서 나왔다.

한상오는 영일이 죽었다고 말하지 않았다. 나 대신 영일이가 간 거야. 연거푸 그 말만 했다. 횡설수설하는 한상오의 말을 알아듣기가 쉽지 않았다. 내 손에 칼이 있거든. 그 칼이 네 아버지가 아니라 영일이를 찌른 거라고. 처음에는 그 말이 무슨 뜻인지 몰랐다. 무얼 물어도 영일에 대해서만 떠들었다. 거기가 어디냐고 묻자 겨우 알아낸 것처럼 대답했다. 너희 아버지 지금 지나가고 있어.

실패한 쿠데타에 자신의 이름이 오르내리는 것만큼 곤란한 일도 없을 거였다. 상황을 파악하기까지는 시간이 좀더 걸렸다. 다행히 그럴 염려는 없어 보였다. 실패에 따른 순간적인 반동으로 한상오에 대한 실망과 아버지를 향한 살의가 솟구

쳤다. 하지만 이제 다 끝났다는 생각이 들면서 힘이 빠졌다. 자신이 칼을 쥐고 밤새 아버지를 기다린 것처럼 노곤했다.

한상오는 아직도 영일을 살려달라며 흐느끼고 있었다. 넌 의사니까 그럴 수 있지 않냐며 매달렸다. 그곳과 이곳의 시간대를 바꿀 수 있다면 가능할 거였다. 그렇다면 그곳은 열일곱 시간 전 새벽이니 한상오는 핸드폰 따위는 꺼둬 동료의 부탁 전화를 받지 않고, 영일은 한상오 대신 신탄진에 내려갈 일이 없을 거였다. 이곳은 밤이 깊어갈 테니 서울에서 올 놀라운 소식을 기다리며 아내와 함께 침대 속으로 들어가는 거다.

─누구예요?

거실로 나온 아내가 물었다. 이현우는 통화 종료 표시를 누르며 아내를 안았다.

─고등학교 동창인데 사고가 있었나 봐. 지금 좀 와달라는 거야. 내가 여기 있는 걸 모르는 것 같아.

이현우는 그곳으로부터 수천 킬로미터 떨어져 있다는 사실에 안도감을 느꼈다. 그곳에서 한상오에게 한 고백대로라면 지금 아내와 자신은 결혼 생활 최대의 위기를 맞은 상태여야 했다. 하지만 잠에서 덜 깬 아내의 몸은 부드럽고 따뜻했다. 다른 방법이 있을 거였다.

이현우는 귀국한 그 주 주말 한남동 집을 방문했다. 무릎을 꿇는 건 생각했던 것보다 어렵지 않았다. 제스처만 해 보이는 거라고 스스로에게 말했다. 그러므로 진 것이 아니었다. 아버지를 향한 경멸과 분노는 여전히 남아 있었다.

이태주는 아무 말도 하지 않았다. 좀더 끌고 갈 수도 있지만 이쯤에서 마무리하는 게 적당했다. 사업의 성패는 치고 빠지는 시점에 달려 있었다. 질질 끌다가는 진창으로 빠져버릴 수 있었다. 이렇게 제 발로 찾아와 무릎 꿇을 때 못 이기는 척 눈감아줘야 했다. 어쩔 수 없이 하나뿐인 아들이었다. 이태주는 말없이 쏘아보다 그만 됐다는 손짓을 해 보였다.

예약 환자가 밀려 정신없이 몇 주가 지나갔다. 종종 한상오와 영일이 떠올랐다. 영일의 일은 안타까웠다. 한상오에게도 미안함을 느꼈다. 하지만 운명이 누구 편을 들자고 마음먹고 달려들면 그건 누구도 막을 수 없었다. 실패하고 뒤틀리고 무릎 꿇게 하면서 모두에게 모든 것을 마련해주는 거였다. 어쩔 수 없이 그것이 각자에게 합당한 몫이었다.

아버지의 변호사한테서 만나자는 연락이 왔다. 약속 장소에 부모님이 함께 와 있었다. 아버지의 재산은 이현우가 예상했던 걸 훌쩍 뛰어넘었다. 듣는 순간 아찔하긴 했지만 자신은 나방처럼 흘려들지 않을 자신이 있었다. 그들과 달랐다.

변호사가 앞으로의 계획을 설명했다. 상속이 아니라 증여로 세금 폭탄을 피해나갈 거라고 했다. 방법이나 기간에 따라

수천억이 왔다 갔다 했다. 계획을 세워 장기간에 걸쳐 조금씩 증여해야 했다.

—최소한 내가 십 년은 더 살아 있어야 하겠군. 괜찮겠어, 이 교수?

변호사의 설명이 끝나자 이태주가 내키지 않는다는 듯 고개를 저으며 물었다.

—이왕이면 오십 년 정도는 버텨주셔야 할 것 같은데요.

이현우는 이태주의 눈길을 받아내며 말했다. 한상오가 성공했더라면 어떻게 되었을까. 강남의 빌딩 몇 개는 세금으로 날아갔을 거였다. 생각만으로도 속이 뒤틀렸다. 몇 달 사이에 이렇게 상황이 역전되었다는 게 믿기지 않았지만 이게 현실이었다.

—하긴 장기보험이 수익 면에서 좋긴 하지. 한데 이 교수, 증여는 받는 쪽에서 거부할 수도 있어. 그 기분 나쁜 돈 받지 않겠다고 말이야. 그렇지, 박 변?

변호사가 이태주의 의중을 파악하지 못해 난감해하는 사이 이태주가 다시 물었다.

—어때 이 교수?

고약한 늙은이. 아버지는 다시 한 번 무릎 꿇게 하고 싶은 거였다. 하지만 뭐 어떤가. 환자에게는 그 환자에게 맞는 처방전을 쥐여주기만 하면 되었다.

—받을 겁니다.

이태주의 유언장이 새로 완성되었다. 이태주는 한 번 더 정복했고, 이현우는 한 번 더 무릎 꿇어 모든 걸 물려받게 되었다. 그것이 그들 부자 각자에게 돌아갈 합당한 몫이었다.

40

성물이 놓여 있던 자리는 다시 빈 술병과 반찬통 따위가 차지했다. 냉장고에 붙어 있던 성화 엽서와 문고리에 걸어둔 묵주는 서랍 속으로 들어갔다. 석고 성모상은 탁자 가장자리로 밀려났다. 고지서나 전단지를 눌러놓는 데 안성맞춤이었다.

한상오는 본래의 그로 돌아왔다. 일요일이면 느지막이 일어나 해장술로 속을 달랬다. 맨홀을 배당받을 때 툴툴대는 버릇이 다시 나왔다. 일이 없는 날이면 몇몇이 둘러앉은 화투판에 끝까지 끼어 앉아 있었다. 좋은 패를 쥐면 감추지 못하고 웃어젖혔다. 술자리에서는 행여나 사람들이 그만 마시자며 일어날까 봐 전전긍긍했다. 언젠가 한번은 잔뜩 취해 영일이 살던 고시원에 찾아갔다. 하도 떠나고 없었다.

맨홀 안의 매캐한 공기와 거르지 않는 술과 입찰 결과를 기다리는 불안이 조금씩 영일을 잊게 해주었다. 그런데도 맨홀에 들어가 앉아 있으면 영일이 떠오르는 건 어쩔 수 없었다. 그럴 때마다 영일에게 한마디 해주었다. 저리 가, 인마.

장과 새로 짝이 되었다. 장은 서글서글한 성격에 붙임성이 있었다. 장의 이름을 부른다면서 번번이 영일아, 했지만 그때마다 내색하지 않고 받아주었다. 흠이라면 술을 한 모금도 못한다는 거였다. 체질이라는데 어쩔 수 없었다. 어차피 캡틴큐는 이제 구하기도 어려웠다.

장은 한상오가 말이 없는 것 같다 싶으면 혼자 알아서 이런저런 애기를 했다. 가끔 속엣말이 나오기도 했다. 여기로 오기 전 일한 인터넷팀에서 다시 오라고 구슬리는 모양이었다. 고객과 민원만 생각하면 피가 마르지만 이곳 일이 들쭉날쭉하니 마음이 흔들리는 것 같았다. 다음 달이면 아이 아빠가되니 생각이 많은 듯했다. 두 달 뒤, 장은 그쪽으로 돌아갔다.

김의 아들 결혼식에 갔다가 장을 만났다. 이런저런 얘기 끝에 이현우에 대한 소식을 들었다. 언젠가 한상오가 그와 친구 사이라고 말했던 것을 장은 기억하고 있었다. 청담동 이태주의 빌딩에 최첨단 시설을 갖춘 수면연구센터가 들어섰다고 했다. 장이 속한 팀이 그곳 통신선 작업을 했다.

—형 친구, 사람 좋아 보이던데요. 어떻게 그런 아버지 밑에서 그런 아들이 나왔나 몰라.

장은 두어 번 이현우를 봤다고 했다.

—그 회장이 무슨 재단인가도 만들었대요. 형 친구가 실질적인 대표고. 그 사람들은 그런 식으로 하나씩 하나씩 물려주

는 거래요. 하긴, 뭘 물려주고 물려받길 해봤어야 알지.

―모르고 하는 소리야.

―뭐가요?

―그렇게 안 된다고.

―형도 참, 안 될 게 뭐 있어요. 아버지가 준다는데. 진짜 안된 건 그런 아버지 없는 우리가 안된 거지.

―그럴 리 없다니까.

아버지를 죽이겠습니다. 고백하며 흐느끼던 이현우의 모습이 떠올랐다. 오로지 자기만 볼 수 있었던 모습이었다.

―너는 조용필이 외계인이라면 믿겠냐?

―갑자기 조용필이 왜 나와요?

―그런 거라고.

장은 알아듣지 못한 것 같았다. 사실 한상오도 장이 전한 소문을 알아듣지 못했다.

한상오는 옥수역 근처 공중전화 부스 앞을 지나치다 되돌아 들어갔다. 지갑 속 명함을 꺼내 번호를 눌렀다. 이태주 목소리가 들리자마자 소리를 죽여 밀어 넣었다.

―주희 어딨어?

트럭을 몰고 현장에 가다 청담동 빌딩 앞을 지나게 되었다. 이현우의 이름을 딴 수면센터 간판을 보았다.

김주희한테서 연락이 왔다. 뜻밖이었다. 힘든 일을 겪었지만 지금은 잘 지내고 있다는 내용이었다. 궁금해할 것 같아 메시지를 보낸다며 행운을 빌어주었다. 통화하고 싶었지만 발신인 정보가 차단되어 있었다. 믿지 않았다. 누군가 장난친 거라고 생각했다. 이태주일지도 몰랐다. 하지만 그가 자신을 상대로 그럴 이유가 없었다. 어쩌면 정말 그녀가 보낸 것일지도 몰랐다. 한참 들여다보고 있으면 메시지에서 따뜻한 기운이 전해졌다. 그냥 믿어보기로 했다. 그러자 마음이 편안해졌다. 어디선가 그녀는 잘 지내고 있는 거였다.

이현우에게 두어 번 전화했다가 그냥 끊었다. 묻고 싶은 게 많았지만 시간이 좀더 필요했다. 그에게도 어쩔 수 없는 사정이 있었을 거였다. 이현우한테서도 전화가 오지 않았다. 그러다 불쑥 누가 먼저든 연락하게 될 거였다.

41

봄볕이 좋았다.

한상오는 공원묘지 주차장에 트럭을 세웠다. 주말이라 방문객이 꽤 있었다. 수목장지는 추모원 건물 뒤쪽 언덕에 자리

잡고 있었다. 영일을 묻으러 왔던 날은 진눈깨비가 날려 뼛속까지 으슬으슬했었다. 그사이 계절이 네 번 바뀌고 다시 봄이 왔다. 보라색 꽃다발을 든 여자아이가 한상오를 지나쳐 달려갔다. 조카애 또래였다.

　며칠 전 영일의 첫 기일을 보낸 뒤로 잠을 제대로 자지 못했다. 처음 겪는 불면증이었다. 앉아 있을 때는 눈을 뜰 수 없을 정도로 졸리다가도 눕기만 하면 말짱해졌다. 이런저런 생각이 끊이지 않았다. 날이 갈수록 영일을 신탄진에 대신 보낸 게 사무쳤다. 그날 아침 동료의 전화를 받은 자신이 원망스러웠다. 잠은 머리 깊숙한 안쪽으로 자꾸 달아났다. 그 뒤를 따라가보면 어둡고 좁은 맨홀 끝에 전등 하나가 불을 밝히고 있었다. 그 전등만 끄면 잠을 잘 수 있을 것 같은데 닿을 듯하면서도 손이 닿지 않았다. 새벽녘에 잠깐 잠이 들긴 하지만 오래가지 않았다. 밤새 수십 겹의 얕은 잠 사이를 오가느라 아침이면 머리가 무거웠다. 영일이 자주 꿈에 보였다.

　느티나무와 향나무가 번갈아들며 서 있는 공원 언덕은 바람도 없이 고요했다. 영일은 맨 위 느티나무 아래에 있었다. 나무를 중심으로 손바닥만 한 오석 명패가 동심원을 이루며 박혀 있었고 그중 하나에 양영일이라고 적혀 있었다. 생전에는 모르던 사람들이 죽어 함께 모여 있는 거였다.

　한상오는 비닐 봉투에서 소주팩을 꺼내 영일의 명패 주변에 뿌린 다음 그 옆에 앉았다. 푸석한 머리칼 사이로 봄볕이

사근사근 스며들었다. 멀리 건너편 산비탈 밭에서 남자인지 여자인지 모를 사람이 무언가를 심고 있었다. 언덕 뒤 숲에서 산비둘기가 울었다. 비둘기를 묻어주던 영일의 모습이 떠올랐다. 한상오는 남은 소주팩을 뜯어 한 모금 마셨다.

봄볕 때문인가. 노곤했다. 한상오는 풀밭에 모로 누웠다. 풀밭 여기저기 토끼풀 꽃이 박하사탕처럼 박혀 있었다. 하늘이 천천히 돌았다. 땅도 따라 돌았다. 맞은편 산꼭대기에 걸쳐진 뭉게구름이 수직으로 자라나고 있었다. 자꾸 눈이 감겼다. 오래전 여름, 회사 야유회 때도 이런 적이 있었다. 일감도 많고 일당도 괜찮던 시절이었다. 강가에 천막을 치고 천렵을 한다, 어죽을 끓인다, 시끌벅적한 동안 일찌감치 낮술에 취한 한상오는 풀밭에 쓰러져 잠이 들었다. 선득한 기운에 눈을 떴을 때는 영일의 등에 업혀 흔들리는 중이었다. 상류 쪽에 내린 폭우로 강물이 갑자기 불어 급히 빠져나와야 했다. 아무리 깨워도 일어나지 않자 영일이 들쳐 업고 뛴 거였다. 누런 강물이 내려다보이는 강둑에 올라선 뒤에야 잠이 깼다. 영일도 자신도 흠뻑 젖어 있었다.

여기가 어딘가? 한참 만에 눈을 뜬 한상오는 일어나 앉으며 두리번거렸다. 누런 강물이 있어야 할 자리에 짙푸른 녹음이 펼쳐져 있었다. 영일도 다른 사람들도 보이지 않았다. 머리며 얼굴을 쓰다듬어보았지만 물기 없이 바짝 말라 있었다. 바로 옆에 있는 검은 명패를 본 뒤에야 자신이 어디에 와 있는지 깨달았다. 모처럼 꿈도 없이 달게 잤다.

한상오는 옷에 묻은 검불을 털어내며 일어섰다. 그 기척에 아래쪽 풀숲에서 새 한 마리가 날아올랐다.

—영일이냐?

새는 건너편 골짜기를 향해 날아갔다. 한동안 영일의 쌍가마만큼이나 야유회가 단골 안줏감이 되었다. 언제나 결론은 한상오가 영일 덕분에 요단강을 건넜으니 그의 목숨에서 몇 년은 영일에게 떼주어야 한다는 거였다. 그럴 때마다 한상오는 까짓 백 년도 줄 수 있다고 큰소리치곤 했었다.

한상오는 남은 소주를 오석 주변에 마저 뿌렸다. 산비둘기가 울었다.

—덕분에 한숨 잘 자고 간다. 또 올게.

한 시간 넘게 국도를 달렸다. 목이 칼칼했다. 한상오는 조금 더 달리다 도로변에 있는 가게를 발견하고 트럭을 세웠다. 가게는 2차선 도로를 사이에 두고 마을과 떨어져 있었다. 서른 가구쯤 모여 있는 마을 뒤로 가파른 돌산이 솟아 있었다. 산그림자가 마을 위쪽에서부터 내려오고 있었다.

가게 모퉁이에 서 있는 자판기는 음료가 진열되어 있던 부분이 통째로 뜯겨 나가고 없었다. 가게 유리문에 '미끼 있음'이라고 쓴 종이가 붙어 있었다. 근처에 낚시터가 있는 모양이었다. 문은 잠겨 있었다. 몇 번 두드렸지만 아무런 기척이 없었다. 한상오는 손차양을 만들어 유리문 안을 들여다보았다. 과자 봉지와 라면 등속이 쌓인 진열대가 보였다. 그 뒤로 문이 반쯤 열린 방에 형광등이 켜져 있었다. 거기를 겨냥해 몇 번 더 문을 두드렸지만 소용없었다.

수도나 펌프가 있는지 둘러보았지만 보이지 않았다. 한상오는 가게 옆에 놓인 나무 평상으로 가 앉았다. 가게 뒤란에 있는 커다란 느티나무가 평상까지 그늘을 드리워 시원했다. 평상 바닥에 말라비틀어진 노래기 한 마리가 눌어붙어 있었다. 앉아 기다리다 보면 누구든 올 거였다. 근처 어딘가 개울이 있는지 물 흐르는 소리가 들렸다. 앉은자리에서는 보이지 않았다.

마을에서 개 짖는 소리가 건너왔다. 한 마리가 시작하자 여기저기서 따라 짖기 시작했다. 그러다 약속이나 한 듯 일제히 멈추었다. 그때 물소리 사이로 불규칙하게 끼어드는 소리가 들렸다. 쇠꼬챙이나 억센 발톱 비슷한 것으로 바닥을 긁어대는 소리였다. 사이사이 깃을 터는 듯한 소리가 보태졌다. 한상오는 소리가 나는 쪽으로 가보았다.

가게 뒤는 의외로 툭 터져 있었다. 다랑이논이 가게 뒤란에서부터 맞은편 산 아래까지 이어져 있었다. 느티나무 그늘에 가린 곳을 빼고는 제법 자란 벼들이 초록빛으로 일렁였다. 그 너머로 개울이 보였다. 물소리로 보면 수량이 적지 않은 듯했다.

수탉은 느티나무에 묶여 있었다. 수령이 엄청나 보이는 느
티나무는 둥치 한가운데 몇 사람이 들어가도 될 만한 구멍이
나 있었다. 수탉은 그 둥치 둘레를 감은 노끈에 묶여 있었다.
둥치에서 2미터 정도 떨어진 바닥에 스테인리스 대접이 놓여
있고 그 주변으로 시든 상추 몇 장과 좁쌀이 흩어져 있었다.
물이 반 정도 담긴 대접 바닥에는 녹갈색 물이끼가 끼어 있었
다. 노끈 길이가 물과 모이에 닿기에는 턱없이 짧았다. 수탉
은 대접 반대쪽에서 먹이가 될 만한 걸 보았거나, 혹은 다른
이유로 나무 둘레를 한 바퀴 돌았고 그러느라 대접까지 넉넉
하게 닿았을 노끈을 써버린 것이다. 바닥을 긁고 깃을 쳐봤자
소용없었다.

한상오가 다가가자 수탉은 부산하게 움직이며 경계했다.
한상오는 노끈을 반대편으로 돌려 감긴 걸 풀어주었다. 노끈
끝에 딸려 오며 발버둥을 치던 수탉은 노끈을 놔주자 곧장 대
접에 부리를 박았다. 여전히 경계는 풀지 않았다. 한상오가
다가가면 눈알을 빠르게 굴리며 달아났다.

한상오는 몇 발짝 뒤로 물러나 나무둥치에 기대어 앉았다.
코끼리 발등처럼 솟아오른 노근이 사방으로 뻗어 있었다. 바
라볼수록 수탉은 크고 당당해 보였다. 날카롭고 단단한 부리
로 상추 잎을 쫄 때마다 선홍색 벼슬이 위엄 있게 흔들렸다.
목 주변의 깃털은 구리 케이블로 짠 갑옷을 걸친 것처럼 황동
빛을 뿜었고 배 쪽은 검은빛을 띤 푸른색이었다. 초록빛 광택

이 도는 꼬리 깃털은 종려나무 줄기처럼 우아하게 치솟아 올랐다가 떨어졌다. 무엇보다도 눈길을 끄는 것은 무쇠로 만들어 붙인 것처럼 검고 단단한 두 다리였다. 그 다리는 노끈으로 울퉁불퉁한 자신의 왕국을 벗어나 저 아래 초록빛 들판으로 나아가려고 끊임없이 시도했다. 적어도 한상오 눈에는 그렇게 보였다. 수탉은 자신의 한쪽 다리가 묶였다는 사실을 번번이 잊은 듯했다. 팽팽해진 노끈이 그 사실을 잊지 않게 해주었다. 그럴 때마다 수탉은 인정할 수 없다는 듯 억센 발톱으로 땅을 헤집었다. 흙이 튀었다.

가게 쪽에서는 여전히 아무런 기척이 없었다. 한상오는 엉덩이를 털며 일어섰다. 주말이라 길이 막힐 거였다. 돌아가면 혼자 텔레비전 앞에 앉아 소주잔을 기울일 일밖에 없지만 막힌 도로에 있는 것보다는 나았다.

한상오는 트럭을 향해 걸음을 뗐다. 오늘 밤은 또 어떨지 은근히 걱정이 되었다. 이러다 수면제 없이는 잠을 이루지 못할 수도 있었다. 자연스럽게 이현우가 떠올랐다. 핸드폰을 꺼내들긴 했지만 망설여졌다. 1년 넘게 연락도 않다가 너무 갑작스러웠다. 하지만 산그림자 짙어지는 풍경이, 낯선 마을에서 혼자라는 자각이 이현우의 목소리를 듣고 싶게 만들었다. 이제 다시 연락도 하고 만나도 괜찮을 것 같았다. 모두 지난 일이었다.

이현우는 지하 주차장으로 나오다 한상오의 전화를 받았다. 아버지를 면회하고 내려오는 중이었다. 이제 '페이스 오프' 정도는 무리라 그보다 덜한 시술을 받았는데도 나이는 어쩔 수 없었다. 통증이 심해 진정제를 함께 썼다. 면회하는 내내 아버지는 잠에 빠져 있었다.

이현우는 액정에 뜬 한상오의 이름을 바라보며 받을까 말까 망설였다. 몇몇 찜찜한 장면들이 스쳐 지나갔다. 그렇다고 굳이 받지 않을 이유는 없었다. 모두 지난 일이었다. 예전처럼은 어렵겠지만 혹시 모르는 일이었다. 전적으로 자신을 믿어주는 친구가 한 명쯤 있는 것도 나쁠 것 없었다.

두 사람은 서로 조심스레 안부를 주고받았다. 지난 1년이 고등학교 시절보다 아득해 보였다. 하지만 몇 마디 나누지 않고도 한상오는 예전의 친밀함이 서서히 되살아나는 걸 느꼈다. 한상오의 목소리는 조금씩 가벼워지고 높아졌다.

─여기? 산 좋고 물 좋은 데지.

어디냐는 이현우의 물음에 한상오는 주변을 둘러보며 대답했다. 한상오는 바람이 만들어내는 들판의 미묘한 색조 변화와 수탉에 대해서 떠들었다. 들판으로 퍼져 나가는 자신의 목소리가 보이는 것 같았다. 어느새 개울까지 걸어 내려와 있었다. 물은 믿기지 않을 만큼 투명했다. 물풀 뿌리 근처에서 송사리들이 놀고 있었다.

─넌 지금 어디야?

—여기?

이현우는 아버지의 전용 주차 구역에 있는 자신의 차로 걸어가며 잠시 뜸을 들였다. 뭔가 감추어야 한다는 게 내키지 않았다. 이제 그럴 필요 없었다.

—아버지 보고 가는 길이야.

—아버지?

한상오는 자기도 모르게 침을 삼켰다.

—입원하셨거든.

—어디…… 편찮으신 거냐?

—그런 건 아니고…… 시술을 좀 받으셨어.

이현우는 귀찮다는 생각을 하면서도 선선히 대답했다. 한상오는 시냇물을 떠 한입 머금었다 뱉어냈다. 조금 전보다 입안이 더 말랐다.

—페이스 오프?

이현우는 한상오의 말에 가볍게 웃음을 터뜨렸다.

—맞아. 페이스 오프.

아버지는 얼굴을 붕대로 싸맨 채 잠들어 있어 자신이 면회온 것도 알지 못했다. 어머니 말마따나 몇천만 원짜리 세수를 한 셈이었다. 아직도 그런 것에 미련을 버리지 못하는 걸 보면 안타깝기도 하고 역겹기도 했다. 하지만 그건 자신이 관여할 영역이 아니었다.

—청담동이겠구나?

한상오는 지나가는 말처럼 물었다.

―여길 알던가?

이현우 목소리 뒤로 다른 소리가 섞여 들렸다. 자동차 문 닫는 소리와 시동이 걸리는 소리였다. 한상오 눈에 그 지하 주차장이 보였다. 바닥에 그려진 화살표와 배기가스 섞인 먼지 냄새와 바퀴가 내는 마찰음이 떠올랐다.

―영일이 소식을 거기서 들은 거잖아. 그 주차장에서.

―그랬던가?

하긴 그 무렵 이현우는 제정신이 아니었다. 그렇다 해도 그걸 잊을 수는 없을 거였다.

―왜 그래? 다 알면서.

―뭘 안다는 거야?

싸늘해진 목소리였다. 한상오는 귀 안쪽의 버저가 깨어나는 걸 감지했다. 지금이라도 끊을까 하는 생각이 스쳤다. 하지만 한상오 안에서 뭔가가 통화를 더 끌고 싶어 했다.

―이현우, 내가 왜 거기 있었는지 정말 몰라?

이현우는 대답하지 않았다.

―거기서 너희 아버지 기다리던 중이었잖아. 네가 한 고백 때문에.

한상오가 킬킬거리는 동안 이현우는 말없이 기다렸다. 다시 이런 얘기가 나오지 않게 어차피 한 번은 정리하고 넘어가야 했다.

―이봐, 팬다! 너 아직도 졸업을 못했구나. 그건 장난이었
잖아. 우리끼리 술 마시면 하는 장난. 설마 그걸 다 믿은 거
냐? 그런 거야?

　이현우도 웃어젖혔다. 이 모든 게 시간 낭비처럼 여겨졌다.
적당히 마무리하고 끊을 수도 있었다. 하지만 이현우 안에서
뭔가가 통화를 더 끌고 싶어 했다. 스스로도 알 수 없는 오기
로 집요해졌다.

　―그래, 인정해. 아버질 죽이고 싶었었지. 한데 그럴 수가
없었어. 다행히 아무 일도 일어나지 않았고. 그럼 된 거 아냐?

　한상오 눈앞으로 영일의 이름이 새겨진 오석 명패가 스쳤
다. 한상오는 핸드폰을 옮겨 쥐고 왼쪽 귀를 손바닥으로 세게
눌렀다. 5월의 투명하고 거칠 것 없는 빛이 머리와 어깨 위로
쏟아지고 있었지만 진저리가 쳐졌다. 영일의 얼굴과 김주희
의 뒷모습이 겹쳐 떠올랐다. 이현우는 아무 일도 일어나지 않
았다고 말하고 있었다. 아무 일도.

　―영일이도 그렇게 생각할까? 주희 씨는? 정말 아무 일이
없었다고?

　―주희? 그래, 주희라…… 내가 얘기해준다는 걸 깜빡했
네. 걔, 어떤 돈 많은 영감하고 나 사이를 왔다 갔다 했더라
고. 참, 너도 알고 있던데? 그 영감이 누군지. 근데 궁금한 게
있어. 넌 어떻게 알게 된 거냐? 걔가 고백한 거야? 설마, 너
희 둘 나 몰래 그런 장난하고 논 거야?

이현우는 점점 묘한 쾌감을 느꼈다.

—너, 주희한테 메시지 받은 적 있지. 저는 잘 지내고 있고 행운을 빌어요. 설마 걔가 보냈다고 믿는 건 아니지?

이현우의 웃음소리가 전화기를 타고 넘어왔다. 한상오는 접속 오류로 다른 사람과 통화하고 있는 것 같았다.

—왜 그랬어?

한상오는 왼쪽 귀를 움켜쥐며 간신히 물었다.

—네가 여동생의 안부를 궁금해하는 것 같아서. 네 전화를 받고 영감님이 여간 언짢아해야 말이지. 이제 영감님 심기를 좀 살펴야 하거든. 왜냐고? 영감님이 꼭 필요해졌거든.

한상오는 고개를 돌려 국도 쪽을 바라보았다. 트럭 한 대가 지나가고 있었다. 짐칸을 덮은 방수포가 바람에 돛처럼 부풀어 올랐다. 장이 전한 소문은 모두 사실이었다.

—잠은 잘 자냐?

한상오는 묻고도 자신이 왜 그런 걸 묻는지 알 수 없었다. 몇백 년째 핸드폰을 쥐고 있는 것처럼 손아귀가 저렸다.

—왜? 너는 문제 있어?

이현우는 한상오의 뜬금없는 질문에 긴장하며 되물었다.

—나? 나도 문제없지.

문득, 담임이 자주 했던 말이 떠올랐다. 고백으로 죄는 용서를 받지만 벌까지 없어지는 건 아니다. 이현우에게나 자신에게나 아직 받아야 할 벌이 남아 있었다.

―이현우! 우리 마지막으로 한 번만 더 놀아보자.

―뭐?

이현우는 말려들고 있다는 걸 깨달았다. 전화를 끊으려 했지만 한상오는 벌써 시작하고 있었다.

―고백하겠습니다.

한상오는 눈을 감았다. 영일의 처가 몰래 찾아온 적이 있었다. 영일이 한창 그녀를 찾아다닐 때였다. 그녀는 비밀로 해달라며 급전을 부탁했다. 그날 둘 다 취했고 함께 여관에 갔다.

어느 순간 전화가 끊긴 걸 알았지만 한상오는 계속했다.

―이 밖에 알아내지 못한 어떤 죄도 용서하지 마십시오.

한상오는 돌멩이 하나를 집어 개울에 던졌다. 물 바닥에서 생겨난 작은 동그라미 하나가 겹겹의 커다란 동그라미로 변하며 수면으로 떠올랐다. 물로 만들어진 파이프오르간 연주를 보는 것 같았다. 강남의 한 성당에서 파이프오르간 연주를 본 적 있었다. 황동 파이프를 돌아 나온 소리가 성전 안에 울려 퍼질 때 한상오는 겹겹의 동그라미가 둥둥 떠다니는 환상을 보았었다.

이현우의 웃음소리가 토막토막 들렸다. 핏물에 잠긴 이태주의 두 눈이 붕대 틈으로 노려보고 있었다. 영일의 순한 눈이 떠올랐고, 비둘기의 눈알이 떠올랐고, 불도그의 눈깔이 떠올랐다.

한상오는 물속을 들여다보았다. 눈 코 입을 알아볼 수 없는 검은 덩어리가 수초처럼 흔들리고 있었다. 영일의 사고 소식을 듣던 순간 트럭 앞 유리에 비치던 얼굴이었다. 한상오는 차고 맑은 물에 오랫동안 손을 씻고 일어섰다.

한상오는 개울에서 올라와 수탉을 지나쳐 곧장 트럭으로 갔다. 짐칸에 둔 연장 가방에서 작고 단단한 칼을 꺼냈다. 맨홀 일을 시작할 때 장만한 거였다. 땀과 먼지로 희미해졌지만 쓰다듬어보면 손잡이에 있는 'H'자를 느낄 수 있었다. 직접 새긴 거였다. 쥘 때마다 착 감기는 칼은 케이블 다발 피복을 벗겨낼 때 최고였다. 15도 각도로 찔러 넣으면 색색의 케이블이 물결쳐 흘러내리곤 했다.

수탉은 한상오가 다가가자 어깨깃을 한껏 부풀려 세웠다. 수탉의 눈에 한상오가 쥔 칼이 비쳤다. 한상오는 수탉의 날갯죽지를 잡아 들어 올린 다음 단숨에 노끈을 끊어냈다.

―가!

한상오는 수탉을 내려놓으며 소리쳤다. 들짐승에게 먹히든 주인에게 먹히든 죽기는 매한가지였다. 그 전에 잠깐이라도 두 다리로 쏘다녀보게 해주고 싶었다. 자신에게 무슨 일이 일어난 건지 알지 못하는 수탉은 그대로 서 있었다.

―가라고!

한상오는 발을 구르며 소리쳤다. 수탉은 훌쩍 날아올라 논

두렁으로 뛰어내렸다. 푸드덕거리며 들판 쪽으로 달아나기 시작했다.

42

이태주의 병실을 찾는 건 어렵지 않았다. 병실의 불은 꺼져 있었다. 침상 옆 스탠드 불빛으로 실내를 알아볼 정도는 되었다. 얼굴 전체를 붕대로 감은 사람이 창가 침대에 누워 있었다. 미라처럼 보였다.

한상오는 소리 없이 침대로 다가갔다. 그의 머리맡에 서서 한참 동안 잠든 그를 내려다보았다. 눈 코 입 일부만 붕대 바깥으로 드러나 있었다. 피멍이 든 눈꺼풀은 으깨진 것처럼 보였고 코와 입술은 터질 듯 부풀어 있었다. 순간 그도 어쩔 수 없는 인간이라는 생각이 들었다. 눈이 뜨거워졌다. 세상에 그와 자신, 단둘만 살아남은 것 같았다. 한상오는 잠든 그를 흔들어 깨우고 싶은 충동에 휩싸였다. 흔들어 깨워 그를 자신으로부터 달아나게 하고 싶었다.

한상오는 칼을 꺼내 쥐었다. 시트에 살짝 가린 붉고 두툼한 손이 보였다. 뱀 대가리처럼 짧고 뭉툭한 엄지가 붙어 있었다. 오래전, 이태주와 처음 마주한 새벽이 떠올랐다. 새벽 정원을 걸어 나오는 자신의 모습이 보였다. 어쩌면 그때에 이 모든 것이 결정된 건지도 몰랐다. 눈물이 멈추지 않았다. 이태주도 자신도 거기에서 벗어나지 못한 것뿐이었다.

아버지를 죽이지 않겠습니다.

고백하는 자신의 목소리가 들렸다. 아이들이 킬킬거렸다. 담임이 쓸쓸한 얼굴로 돌아보았다. 그 고백에서 모든 것이 시작되었다. 다시 돌아가도 같은 고백을 하게 될 거였다. 다시 이현우에게 달려 나갈 테고, 다시 그의 사제가 될 테고, 다시 영일을 신탄진에 보낼 거였다. 이제 이 놀이를 끝내야 했다. 마지막 남은 절망의 힘으로 자신이 할 수 있는 건 이것밖에 없었다. 너무 오래 고백 중이었다.

한상오는 붕대 아래로 드러난 붉은 목에 칼을 찔러 넣었다. 케이블을 싼 PVC 피복을 다룰 때처럼 비스듬히 한 번 더 밀어 넣었다.

43

무작정 걸었다. 걷는 내내 눈앞에서 이 맨홀이 떠나지 않았다. 자신만 알아볼 수 있는 빛이 그곳에서 새어 나오고 있었다. 그 빛을 향해 무작정 걸었다.

맨홀 뚜껑을 열 때보다 닫는 데 시간이 더 걸렸다. 뚜껑 가장자리가 홈에 맞게 들어가는 소리가 난 뒤 깜깜해졌다. 휴대

폰을 켜 내부를 살폈다. 물에 잠긴 흔적도, 증설이나 광케이
블로 교체 공사를 한 흔적도 없이 예전 그대로였다.

더듬더듬 사다리를 타고 내려갔다. 두 다리가 맨홀 바닥에
닿았다. 케이블 다발이 든 관로는 벽에 단단하게 고정되어 있
었다. 그 검은 외피에 케이블 회선 수를 나타내는 숫자가 노
랑 매직펜으로 표시되어 있었다. 그 아래 붙은 코팅지에는 시
공 일자와 작업자 이름이 적혀 있었다.

2007. 4. 3.
한상오 양영일

큰길에서 비껴 난 골목의 맨홀이라 조용했다. 벽에 기대어
앉았다. 휴대폰 불빛이 맞은편 벽에 동그라미를 만들었다. 사
다리 아래 바로 거기에 '돼지'라 부른 자루를 숨겨두었었다.
오늘 밤 자신을 이곳으로 이끈 빛은 그 자루에서 나온 거였
다. 자투리 구리선들이 내뿜던 황등빛. 지금은 사라지고 없지
만 분명 거기서 나온 거였다.

한 뚜껑 할래요?

영일이 물었다. 머리 위로 차 한 대가 지나가고 있었다. 정
말 한 뚜껑 했으면 싶었다.

영일아.

왜요?

너라도 여기로 왔겠지?

우리 둘만 아는 데잖아요.

우리 둘만 알지.

눈앞으로 색색의 케이블이 흘러내리며 물결쳤다. 진짜는 그 속에 감춰진 등황색의 구리선이었다. 자투리만 모아놔도 눈이 부셨다.

영일아! 오늘 돼지 한번 잡을까?

며칠만 더 기다렸다가요.

그럴까?

그래요.

어쩌면 이 모든 것이 꿈일지도 몰랐다. 하필 맨홀 바닥에 들어와 있는 꿈이었다. 이번 주 로또도 해보나마나였다.

형!

응.

왜 그랬어요?

뭘?

그냥……

핸드폰을 껐다. 완벽하게 깜깜해졌다. 눈동자에 묻어 있던 마지막 빛이 사라지자 자신마저 사라져버렸다. 문득, 세상 어느 고해소도 이보다 더 어두울 수는 없을 거라는 생각이 들었다. 이렇게 깜깜한 곳에서라면 어떤 고백을 해도 부끄럽지 않을 거였다. 하지만 이제, 자신의 숨소리 말고 고백할 것이 아무엇도 남아 있지 않았다.

풀밭에서처럼 모로 누웠다. 어쩐지 오늘 하루가 마음에 들었다. 모두에게 모든 것이 남김없이 돌아갔다. 이제야 처음으로 사람이 된 것 같았다.

자냐?

영일은 대답이 없었다.

한상오는 웅크리며 눈을 감았다. 어둠 속에서 흰 토끼풀 꽃이 둥둥 떠다녔다. 모처럼 깊고 긴 잠에 빠져들 수 있을 것 같았다.

다섯번째 책을 냅니다.

매번 그랬듯이, 이렇게 '작가의 말'을 쓸 때쯤이면 제 마음은 이미 이 책에서 떠난 뒤입니다.

타고난 바람기 때문인지

쓰는 동안 느낀 좌절의 추억 때문인지

책이 나오기까지의 오랜 공정 때문인지 몰라도

그렇습니다.

지금 제 마음은 다음번 이야기에 가 있습니다.

그 이야기가 운 좋게 책이 되어 나온다면 또 '작가의 말'을 쓸 테고, 또 지금처럼 제 마음이 이미 떠난 뒤라고 고백하게 될 것입니다. 네번째 책과 헤어지기도 전에 벌써 이 책 『낮잠』과 사랑에 빠졌듯이 말입니다.

징글징글하게 사랑했으므로 미련이 없습니다.

그 배신의 힘으로 이야기를 만들고 또 만들어갑니다. 오래 배신할 수 있어야 할 텐데 말이지요.

그렇다 해도 고마움과 미안함까지 잊어버린 건 아닙니다.

맨홀과 전신주를 오가며 젊음을 바친 김현철, 최풍종 님들의 삶이 없었다면 이 책도 없었을 것입니다. 그분들의 도움과 지지로 쓸 수 있었습니다.

고맙습니다.

마지막으로 소설 속 김주희에게 안부를 전합니다.

미안하다고, 그러니 어디에서든 꼭 살아만 있어달라고.

2019년 7월

한수영

낮잠

© 한수영

1판 1쇄 발행	2019년 7월 12일
1판 2쇄 발행	2019년 10월 14일

지은이	한수영
펴낸이	정홍수
편집	김현숙 이진선
펴낸곳	(주)도서출판 강
출판등록	2000년 8월 9일 (제2000-185호)

주소	서울시 마포구 동교로 17안길 21 (우 04002)
전화	02-325-9566
팩시밀리	02-325-8486
전자우편	gangpub@hanmail.net

값 14,000원
ISBN 978-89-8218-240-2   03810

이 도서의 국립중앙도서관 출판예정도서목록(CIP)은 서지정보유통지원시스템 홈페이지
(http://seoji.nl.go.kr)와 국가자료종합목록 구축시스템(http://kolis-net.nl.go.kr)에서 이용하실 수
있습니다. (CIP제어번호:CIP2019024895)

* 이 작품은 토지문화관과 연희문학창작촌 집필실에서 작업하였음을 알립니다.
* 잘못 만들어진 책은 구입처에서 교환해드립니다.